目錄

CONTENTS

第十二章　留宿兩晚

尚之桃拖著行李箱出了機場。

蘇州六月陰雨連綿的梅雨天氣，身上卻還是膩了一層汗。她上了計程車打電話給Alex：「老大，我到了。現在去飯店辦入住，然後直接去會場。」

『辛苦Flora。Luke和企劃部在妳下一個航班，大部隊要明天上午到。』

「接老闆們的車已經安排好了，您別擔心。其他的情況我到現場看情況跟您彙報。」尚之桃仍舊愛出汗，拿出紙巾擦掉額頭的細汗。

『第一次獨立出差，感覺怎麼樣？』Alex突然問她。

尚之桃認真想了想：「其實還挺緊張的。」

『沒什麼可緊張的，遇到困難及時跟我說。』

「好的，謝謝老闆。」

尚之桃掛斷電話，在計程車上打開電腦。這個季節的蘇州有獨特的風韻，她卻無心欣賞。後天是公司在華東地區的巡展，她們放棄了每年都去的上海，選擇了蘇州。她將整套會場方案看了一遍，然後打電話給會展公司：「Hello，現場怎麼樣啦？」

『今天下午開始搭建，現在正在盤點物資。』

「好的，那我先去飯店放行李，然後去找你們。」

司機從後視鏡看她，終於忍不住開口講話：「小女生年紀輕輕的就開始工作啦？」

「我二十三歲啦！」

「看起來也就十七八歲。」

尚之桃被司機講得有點臉紅，偷偷在車窗上看自己隱約的形象，心想我該化妝啦，不然別人總是以為我很小。要看起來成熟一點。

凌美這次選址在太湖旁邊，因為今年他們要發布一個國風計畫，國際品牌的本土化包裝以及本土品牌的傳統文化打造，這在當時是一個很新的話題。欒念說既然要做，四個大區就選與主題契合的地方，華東定在蘇州、華北定在西安、華南定在福州、華中定在洛陽。其他幾個地方規模很大，只有華東地區邀請的是S級客戶，規模小、但預算高。Alex想了很久，決定把華東交給尚之桃。

規模小，但是是第一站，又都是S級客戶，這令尚之桃有點緊張。她偷偷問過Alex，為什麼要把這麼重要的工作交給她？

Alex說：「不給妳給誰？」

尚之桃參悟不透這句，Lumi卻參悟透了，問尚之桃：「妳是不是該晉升述職了？沒有項目拿什麼晉升？兢兢業業嗎？凌美可是非常現實。上司給妳機會妳就接著，權衡手段。回頭請 Alex 吃頓飯。」

尚之桃非常珍惜這次機會。

她到飯店辦理入住後攔車去會場，在路上 check 了所有接訪車輛和來賓的資訊。在前臺跟會展公司集合時看到欒念在辦入住。凌美只有欒念住在會議飯店，因為他在會議結束後還要接受採訪以及幾個 S 級客戶的一對一交流，所以乾脆為他預訂了這裡。

欒念收起證件回頭看到尚之桃，以及她額頭的細汗，心想妳怎麼這麼愛出汗？

「Luke 好。」尚之桃跟他打招呼，然後跟他介紹會展公司的人：「這是會展公司的王總，這是我們老闆 Luke。」

「您先休息，晚上我們在這裡訂了一個包廂，請您和 Flora 吃頓簡餐。」尚之桃這個專案中標的公司是今年新入庫的供應商，不大的公司，但執行認真。老闆親自上陣督戰，態度誠懇。

「感謝，但稍晚公司有內部會議，心意領了。」欒念朝王總笑笑，又問尚之桃：「進度如何？」

「物資盤點完了，稍後進場開始搭建，明天下午三點後可以彩排，客戶接待也安排好了。」尚之桃言簡意賅說出重要資訊，她已經很了解欒念了，知道他關心什麼。

「Alex 什麼時候到？」欒念又問道。

「明天跟著大部隊一起。」

供應商見欒念與尚之桃對工作，便說：「Flora，我在那邊等您，兩位對完工作您來會場找我們就好。」供應商的禮貌是在日復一日伺候客戶的過程中培養的，尚之桃這時也變成了「您」。

「沒事，你們先忙。等你們忙完了 Flora 再跟我對一遍整體流程，線上拉上 Alex。」

「好的。」

整體流程有什麼可對的，對了八百遍了。尚之桃有點納悶，轉身去了會場。一腳踏進會場門，卻收到欒念的訊息：『一一一八八，我的房號。』

尚之桃騰地紅了臉，她回他：『我不去。』

『？』

『萬一被別人看到不好。』

『在想什麼？開會。』欒念冷哼一聲，尚之桃腦子裡裝的那點東西一眼就能看透。

『哦。』

尚之桃覺得自己又被欒念拿捏了，他們有一個多月沒見了，她以為欒念說的是什麼不可告人的事。換作任何一個成年男女看到他傳房間號過來都會胡思亂想。

她在會場裡待了將近三個小時，將所有的細節都跟會展公司碰清楚了，才拿著電腦去欒念房間。站在他房間門口，突然想起那次在廣州他的房間門口，她那滿腦子亂七八糟的念頭，於是又紅了臉。真奇怪，按道理說他們應該很熟了，至少在床上，可今天站在他房間門口，她還是會臉紅。

臉紅，且緊張。心中那面小鼓擂得響，她長舒一口氣才伸手按了門鈴。欒念接著電話來開門，看到是尚之桃側過身體讓她進門，然後說道：「Alex，Flora 現在在我這裡，等等另一個會我們一起上線就好。」

尚之桃覺得欒念可真坦蕩，心中對他滿是敬佩，抬眼看向他，卻見他朝她挑挑眉，有點壞。尚之桃的臉騰地紅了，坐在他飯店辦公桌對面的椅子上。欒念看到她額頭的細汗，便打開小冰箱拿出一小罐可樂，單手擰開拉環，放到她面前。指尖又捏住她耳垂。欒念很喜歡尚之桃的耳垂，柔軟、飽滿，會在她害羞的時候最先變紅。

尚之桃動都不敢動，生怕擾亂他的電話會。

欒念有點心不在焉。過去一個多月他太忙了，只在公司停留了半天。有幾個晚上他睡不著，在黑暗中想念尚之桃美好的身體。

尚之桃不敢喘氣，終於忍不住打他手，眼睛立起來，讓他老實點。

欒念心情很好，單手捏她臉，嘴唇捏成O字，才坐回她對面。這個會有點冗長，欒念將菜單丟給尚之桃，讓她幫忙訂晚餐，尚之桃出去打電話給飯店前臺，訂了兩人份的晚餐。進門時看到欒念已經掛了電話，正站在窗前看她。

她突然有點腿軟，有酥麻的感覺自膝蓋向上蜿蜒，屋裡有點暗，她看不清欒念的表情，卻能看到他身後窗外筆直青翠的竹景。

她緊抿著嘴唇，第一次在他家裡那種緊張慌亂又包圍了她。

「Flora。」欒念喚她。

「嗯？」

「開會了。」

是真的開會。剛剛兩個人之間的曖昧卻散不開，尚之桃坐在欒念對面覺得自己真是傻透了，她為什麼要中他的色毒這麼深。

她坐在他對面旁聽會議，卻不敢看他。他的眼神像是要將她吃掉。期間輪到 Alex 彙報後天的活動進度，欒念坐在她對面認真看她講話。

尚之桃蛻變了。她不再像從前一樣，彙報工作三言兩語，她深知上司們關注什麼，句句要害，簡明扼要。除了那張紅著的臉。

他們房間的門鈴響了，餐到了，Alex 主動叫了停：『七點多了，大家都有點餓了。先用四十分鐘吃飯？』

「好。」

尚之桃起身收拾桌面，欒念看著她，成年男女都不必太裝，這時他們最想做什麼彼此都心知肚明。床榻柔軟，尚之桃情急之下叫他名字：「欒念！」

欒念很少聽她直呼他名字，停下來看著她，將她散在臉上的髮絲拂去：「怎麼了，

Flora。」

「會展公司可能會找我……」

「嗯……」欒念的唇印在她耳後，又問她：「想過我嗎？」

「什麼？」

「這一個多月，想過我嗎？」

尚之桃不言語，拉著他的手證明給他看，可她的眼神又如孩子般無辜清澈，欒念捂上她的眼睛，兩個人深深陷進床裡。

尚之桃不敢發出聲音，忍不住的時候咬住欒念的手指，欒念吃痛，捏著她的臉：「屬狗的？」

唇壓下去，將她的聲音堵在唇裡。

像打架一樣。

到底還是遲了十分鐘上線。

「抱歉，剛剛接個私人電話，我們現在開始吧。」欒念看了尚之桃一眼，她正在拉她連身裙的拉鍊，拉鍊向上，一點點遮住她好看的背，欒念拿掉她的手幫她，可他動作頓住，唇落下去，無聲的貼在她後背。

尚之桃彈跳開，瞪著他，他卻聳聳肩，張口對著線上會議提問，人模狗樣。

尚之桃餓死了，一邊聽他們開會一邊安靜吃東西，欒念就沒有這麼好命，他一直認真的參與討論，尚之桃偶爾餵他一口，他囫圇嚥了。看尚之桃吃得香，一眼一眼瞪她。

這個會開到十一點，尚之桃順手將會議紀要寄出去，然後開始收拾電腦。

「我走啦。」

「不住這？」

「不。」尚之桃背上大包：「我還要去會場看一眼，今天要連夜搭建。」

「嗯。」欒念為她開門，順口問她：「妳申請晉升了？」

「是的。我問過 Alex，因為我職級低，這次晉升部門內部評定就可以，Alex 讓我放心提報。」尚之桃如實對欒念說：「可我還沒來得及準備晉升資料。」

「什麼時候述職？」

「下週一。」

「做好失敗的準備了嗎？」欒念嚇她。

尚之桃站在臺下看欒念演講，這不是第一次了。欒念仍舊令她覺得眩暈。一個人站在那麼大的舞臺上不顯單薄，氣質卓然。他講淩美今年在國內的新策略，深入研究本土文化，發揚匠心精神，連結國內與國際，讓品牌沉下來，也能走出去。

創意中心聯合市場部做了調研和宣傳片也在他的演講中發布，精美絕倫，底蘊厚重。

欒念是那樣的人，身處這一個行業，不被物欲和大眾審美左右，始終堅持本我。這是他的魄力，也是他的魅力。

彩排時欒念就在臺上尋站位，一句話都沒講，今天是他第一次呈現內容，尚之桃完完整整的聽完了。

她這幾天幾乎不眠不休，就為了最後的呈現，這場會耗盡她近期所有的力氣，現在吊著最後一口氣，嘉賓演講結束就接近圓滿了。

「PR稿什麼時候發？」Lumi問尚之桃。

「正式結束二十分鐘後統一發第一輪PR，第二輪在專訪後，第三批稿件在明天下午。」

「周到。」Lumi朝尚之桃豎拇指。

「老師教得好。」尚之桃朝她笑笑，親暱的將頭靠在她肩膀一下。

「累不累？如果累的話，下週西安妳晚點去，我自己盯。」Lumi有點心疼尚之桃，她工作起來不要命，Lumi擔心她猝死。

「不要，西安還有兩個分會場，妳一個人太累了，我幫妳打下手，不會太累。」

「那也可以，到時我請妳吃泡饃。」

「好。」

欒念下臺了，尚之桃對著手持對講機說：「主持人上臺了，下一位嘉賓姜瀾女士，禮儀跟上。」會議流程不知道過了多少遍，全都在她心裡，計時精確到秒，站位精確到公分，人員分工清楚明細，欒念在知道她接了第一站時對她說：只有做足了功課才能應對會場的變數。

姜瀾很好看，多年商場歷練出來的女強人，在這樣的場合下收放自如。她開口講話，第一句用蘇州話，說真好，回家了。

Lumi 嘖嘖一聲，手肘碰了碰尚之桃：「聽說了嗎？」

「什麼？」

「這位協會主席，我們 Luke 搞定的。」

「怎麼搞定的？」

「妳說呢？」

言外之意怎麼搞定的還用說嗎？姜瀾這樣的女人什麼場面沒見過，什麼東西沒見過，她圖什麼？不過是圖個高興。

尚之桃點點頭，她懂了。

「會嗎？」她問 Lumi。

「謠言歸謠言，但我覺得 Luke 這哥們還是有風骨的。不至於真跟人家怎麼樣，不過就是下點迷魂藥。」Lumi 說完笑了兩聲：「這幾天還有人說他是 gay。」

「哈？」

「最近有傳言說，搞創意的十男九 gay。說我們 Luke 在國外長大，又身處這一個行業，人又精神，看起來男女通吃。」

尚之桃噗哧一聲笑出來，仔細想了想欒念做 gay 的樣子，清了清嗓子：「我們得嚴肅點。妳老逗我我都忘了下面流程了。」

「偏見偏見，都是從業偏見。」Lumi 接著說道。

兩人嘻嘻哈哈，等姜瀾講完話，尚之桃看到欒念鼓掌站起身為姜瀾引位，服務到位，難得他獻殷勤。收回目光去跟進後面的流程，終於熬到演講環節結束，她長舒一口氣。

「禮儀和引導有序指引嘉賓散場，在旁邊有十五個洽談位，銷售同事可以使用。貴賓引導至一樓貴賓廳等候晚宴。Luke 需要接受專訪，我去請。」

尚之桃講完將對講機靜音，走到欒念面前：「Luke，接下來是您的三十分鐘專訪，最後回答兩家電視臺、五家網媒、十家紙媒的問題。大概需要五十分鐘時間。」

「好的，謝謝。」然後轉頭問姜瀾：「一起？」

「我沒準備話題。」

「妳不是出口成章？」欒念笑道：「請吧。」

尚之桃聽他們寒暄，心想當老闆可真難，欒念這種心高氣傲的人也要裝熱情。

尚之桃帶他們去到採訪廳，因為嘉賓有調整，就跟 Lumi 打了招呼，然後去忙別的。過了一下收到 Lumi 的訊息：『我受不了了啊！』

『怎麼了！』

『姜瀾怎麼那麼噁心，她為什麼總是站得離我的倔驢那麼近？』Lumi 稱欒念是她的倔驢，過去半年，她最開心的事就是看欒念犯渾。

『……』

『等採訪完把她都剪掉！』Lumi 玩笑道。

『別別別，妳饒了我吧，回頭再鬧個一級事故出來，Luke 會直接開除我。』尚之桃告饒。

她有了 Lumi 的訊息墊底，對欒念和姜瀾之間的互動有了心理準備。在帶他們去貴賓廳時，看到姜瀾朝欒念溫柔的笑，尚之桃並沒有不自在。而是鎮定的將他們帶到貴賓廳，交給服務生引位，裡面的事跟她無關了，她今天最後一個任務就是伺候好貴賓廳的老闆們。

凌美嚴格，這樣的晚宴菜單是提前定好的，誰有忌口、過敏史，誰偏愛什麼，之前都經銷售調研過，點的菜也是融合多種口味，精緻為主。既然華東的主戰場在蘇州，松鼠桂魚、櫻桃肉、黃燜河鰻是必點菜，這家飯店的宴客菜也是出名的好吃，尚之桃提前試過菜，她放心。

站在貴賓廳門口，一道菜一道菜的看，過了一下她收到欒念的訊息：『姜瀾住哪個房間？』

『Alex 說安排在您隔壁。』尚之桃回他，隻字不提今天聽到的關於他們之間的種種。

『安排在我隔壁？』欒念與她確認。

『嗯，說是方便。』

『哪方便？』

『那我就不知道了。』

尚之桃收起手機，不準備再回欒念的訊息。你問我哪方便，你自己心裡不清楚嗎？她長舒一口氣，對自己說不介意，誰介意誰是大傻子，然後繼續盯後面的晚宴。

過了半個小時，裡面場子熱鬧起來了，尚之桃聽到鋼琴聲。服務生傳菜時，她透過開著的門看了一眼，姜瀾在彈鋼琴，其他人都在認真聽她彈琴。尚之桃又想起兒時經歷，如果在這種場合讓她表演，她恐怕又要抱出筆墨紙硯了。

欒念也在看。

欒念喜歡耀眼的東西，此時的姜瀾很耀眼。他欣賞任何敢於展現自己魅力的女性。這讓他覺得社會很開放，時代在進步。

尚之桃那一眼沒看完，門就關上了，裡面究竟在聊些什麼她只能隱約聽到聲音大的那幾句。總之很熱鬧。

她也在猜測今天裡面會簽什麼樣的合約，達成什麼樣的共識。

又過了一個小時，尚之桃站得有點累，她找了把椅子坐下，看到 Alex 傳的訊息：『Luke 喝多了。』

『Luke 喝多了？多成什麼樣？』

『爛泥。』

尚之桃不信欒念會喝多，她第一次見他喝酒，喝了那麼多，還記得讓保全幫她攔車。這樣的人你說他開局一小時就醉成了爛泥，打死她她都不信。

她聯絡飯店銷售經理：「借我兩個身強力壯的男同事吧？」

飯店動作快，立刻派了人來。她敲門進去，看到大家散在屋裡各個角落，都沒少喝，神清氣爽的人看起來沒幾個。Alex 看到尚之桃進來，搖搖晃晃站起來，拍她肩膀：「拜託了，Flora。」

「應該的。我先送您？」

「送 Luke。」Alex 朝她眨眨眼，尚之桃有點暈，不知道這眨眼什麼意思。服務生架著欒念出了貴賓廳，迎面撞上 Lumi，Lumi 有點驚訝：「Luke？」

「嗯！」尚之桃點頭。

「Luke 喝成這樣？」

尚之桃又點頭。

「我靠！」

兩個人跟著服務生一起將欒念送回房間，服務生禮貌退出，尚之桃裝了杯水放到他床頭，起身的瞬間看到欒念睜開眼靠著床頭坐起來，朝她眨了眨眼。

「？」

欒念輕笑出聲。

Lumi 睜大了眼，小聲說：「Luke 沒醉？」

欒念坐起身：「沒意思，不想喝。Apollo 跟就行了。有麵嗎？」

「有，您等著我幫您叫。」Lumi 打電話給飯店讓他們送一碗麵，掛斷電話說：「我先去看看，順便去取麵。說今天因為我們的活動爆滿了，等送餐有點慢。我去自取，Flora 先陪著您。」

「那我回貴賓廳。」尚之桃抬腿向外走，被 Lumi 攔住：「別，喝得不省人事我們都不留人照顧，不像那麼回事。門打開，妳留在這，不會留話柄。」然後又朝尚之桃眨眼，意思是妳傻不傻啊，Luke 那麼討厭妳，妳還不趁機表現？

尚之桃進退兩難，乾脆像 Lumi 說的，開了門，站在那。

『我在這是不是不方便？』她傳訊息給欒念。

『？』

『萬一等等姜總找您。』

欒念將手機丟到一旁，幽幽看著尚之桃。過了很久才問：「飯店就那一個保險套，前天用了。妳現在要為我備幾個嗎？」

「好的。」

欒念被尚之桃氣笑了，然後點點頭：「無感超薄的，辛苦妳。」

「哦。」

尚之桃站那不動，低頭回會展公司訊息，也絕口不提買保險套的事。欒念雙手交叉在腦後靠在床頭看她，過了一下問她：「不去嗎？」

「不去。」

「為什麼？」

「我老闆又不是鴨子。」尚之桃放下手機朝他笑笑，故意氣他：「我老闆不賣。」

「妳老闆的確不是鴨子，不然妳睡妳老闆為什麼不付錢？」

「……」

尚之桃說不過他，氣紅了臉。

過了一下聽到樓梯間裡陸續有聲音，欒念朝她勾手：「過來。」

「嗯？」

「有妳這樣照顧人的嗎？」

「哦。」

尚之桃擰了一條毛巾到他床邊，蹲下身去幫他擦臉，做出好好照顧老闆的姿態。欒念側過身去，手指勾住她的，尚之桃抽身不成，小聲說：「當心被人看到。」

欒念沒有鬆手，用極小的聲音喚她：「尚之桃。」

「妳走光了。」

欒念的眼落在尚之桃胸前，可以隱約看到內裡春光，喉結動了動，又說：「妳故意的嗎？」

尚之桃想說什麼，聽到敲門聲，慌忙抽回手站起身出去迎接：「姜總。」

「醉成什麼樣了？」

「剛剛吐過一次，現在睡著了。」

姜瀾向前走了幾步，看到欒念在床上睡意正酣，對尚之桃笑了笑：「Luke 酒量還得再練練。」

「我也是第一次見 Luke 喝多。」

姜瀾點頭向外走，突然問尚之桃：「妳叫什麼？」

「姜總您好，我叫尚之桃。」尚之桃沒想到姜瀾會突然問她名字，好在只是問名字而已。

「會辦的不錯。」姜瀾誇她，然後說：「我就住隔壁，Luke 醒了妳可以告訴我，我們還有行業協會的事沒談完。」

「好的。我留個訊息給 Luke，讓他醒了找您。」尚之桃也漸漸學會看人臉色，也漸漸掌握分寸，姜瀾的「讓她告訴她」其實是「讓 Luke 自己找我」。

送走姜瀾，又回到欒念床前，看到他還在裝睡，人都走了，他還緊閉著眼睛，尚之桃輕輕叫他兩聲他都不肯睜眼，只低低說一個「熱」字。

尚之桃「哦」了聲，拿起毛巾幫他擦臉，這次是真的認真幫他，即便是裝醉也喝了不少，現在應該是難受了。

欒念握住尚之桃的手，他們從不在做愛以外的時間碰對方的手，今天他接連兩次，先是勾她手指，現在握住她的手。喝了酒的人掌心很燙，貼在尚之桃微涼的手背上，拇指輕輕摩挲，講話是少見的溫柔：「週五下了飛機直接去我那嗎？」

尚之桃將毛巾放在一旁，唇湊到他唇邊，輕輕貼上去，又迅速撤離：「好。」

「尚之桃。」

「嗯？」

「我頭疼。」

欒念從來沒有說過他哪裡不舒服，尚之桃總以為他有金剛之身，有無窮無盡的精力，時時刻刻在動腦，生命力無比旺盛。

「我去要止痛藥？」

「在我電腦包裡。」

尚之桃從欒念電腦包裡找出止痛藥，已經吃過幾顆，顯然不是第一次頭疼。倒了杯水遞給他，忍不住問道：「經常頭疼嗎？」

「偶爾。神經痛，我媽也這樣。」

「哦。」尚之桃蹲在床邊，手指放到他太陽穴上：「是這裡疼嗎？」

「嗯。謝謝。」

「不客氣，上次我肺炎你也照顧我了。」

「報恩呢？」

「……」

欒念社區那個認識尚之桃的保全已經升職成保全副隊長了，將從前那身保全服換掉，換上一件更有朝氣的，站在門口更顯俐落。看到尚之桃拖著行李箱主動開了小車上前：「我送您吧。」

「那謝謝啦。」

保全隊長將行李箱放到車上：「走吧，尚小姐。」他終於不覺得尚之桃是不良從業者了。

欒念早班飛機回來的，他正在家裡開電話會，聽到開門聲抬頭看了門口一眼，尚之桃看起來風塵僕僕。她應該很辛苦，活動結束，今天上午要跟會展公司算帳，還要跟進各種收尾工作，八成六點就起床了。

尚之桃將欒念家裡的鑰匙放進她的包裡，從鞋架上拿出她的專用拖鞋換上，走到欒念面前，喝了他手邊那杯冰蘇打水。手指了指樓上，用嘴型對他說：「我去沖澡。」

欒念將電話按到靜音，拉住她手腕：「沖了澡先睡一下。」

「好。」

尚之桃去了客房，快速沖了澡，換上睡衣，可她不睏。於是拿出電腦寫述職報告。她沒寫過，不知道該怎麼寫，拿出其他同事的出來看，可工作內容不一樣，也只能抄個大概。PPT開著，她也不明白為什麼述職報告一定要用PPT。

寫了刪刪了寫，折騰很久，寫了不到五十個字。欒念開完會上樓看到客房門開著，就站在門口看她：「不睏？」

尚之桃搖頭：「述職報告還沒寫。」

欒念坐到床邊拿過她的電腦，看到那PPT上不足五十個字：「所以妳過去一個多小時，平均每分鐘不到一個字？」

「我不知道該寫什麼……」尚之桃有點慚愧。

欒念看她一眼，她可真是能接納笨蛋一樣的自己。

「妳過去都做什麼了？」

「我……」

「如果妳說在打雜，那妳就放棄這次晉升。」欒念打斷她。欒念就是這樣，永遠嚴格。

「我可能需要整理。」尚之桃有點心虛，只要在欒念面前聊起工作，她總是覺得自己沒十足的底氣。

「那就好好整理。」欒念將電腦還給她，然後說道：「做述職並不是讓妳把妳做的每一個工作事無鉅細去講，而是讓妳去梳理，在這些複雜的工作中分類去整理，然後呈現妳如何把這些事做好、做成的，甚至形成其他人可以借鑑的經驗。我表達得清楚嗎？」

「清楚。」

「那妳現在寫，先寫妳工作的第一個部分，預算管理。」

尚之桃做的那些工作欒念心知肚明，但他不會幫她寫，她必須學會獨立思考。

「好啊。謝謝 Luke。」涉及公事，就叫他 Luke，尚之桃簡直切換自如。

欒念回了房間，過了一下又拿著電腦進來。他在開評審會，公司每年都會選出一名行業專家，予以百萬股權激勵和年薪調整。下巴朝一邊點，讓尚之桃在床上騰個地方給他。尚之桃向一邊挪，欒念靠在外側床頭坐著，腿在床上伸平。

他按了靜音，對尚之桃說：「不知道述職報告怎麼寫是吧？聽這個。」

「我能聽？」

欒念看她一眼：「話太多。」欒念並不覺得有什麼不能聽的，事實上他覺得這個晉升制度有問題，也跟 Tracy 討論過。他希望高等級的專家聘用公開透明一點，允許旁聽，甚至應該變成公開述職。但 Tracy 不同意，她的理由是這樣的述職變數太多，很多時候已經不是述職，拚的是背景、資源、人脈。沒辦法尋求絕對的公平。

正在述職的人是Grace。Grace是創意中心的核心員工，職能雙跨企劃部。尚之桃跟Grace對接過項目，知道她有多厲害。

尚之桃也是第一次看到這樣的述職。

這哪裡是述職？這是打仗啊！

Grace講她的內容，會隨時被老闆們打斷，然後抛出一個很尖銳的問題。欒念問了一個問題，讓尚之桃覺得如果她是Grace，她一定會在心裡罵死他。

欒念問：「這個項目成功，跟妳有什麼關係？客戶是銷售部談的。」

我的天。

欒念可真行，在這樣的場合，連自己人都發難。尚之桃突然覺得做欒念的下屬也沒有那麼好了。

Grace沉默了幾秒，然後答道：『我非常理性的認為，我之於這個項目，是錦上添花。沒有我，這個項目也會交付，但不會這麼出色。』

哎？尚之桃心想：這就是Lumi說的職場自信嗎？

尚之桃蹭了欒念的光，偷偷旁聽了一次晉升競崗，參與這次競崗的都是公司的核心員工。那是在二〇一一年，百萬股權和大幅漲薪，相當於拿到在這個城市的入場券，至少可以擁有一間房子了。

他們的工作真的優秀，操作S級專案、打通公司內外部資源、制定行業標準、斬獲國際大獎，每個人都在各自的領域裡是專家。

那天對尚之桃內心的衝擊非常非常大，工作的回報依據人各有不同。真正優秀的人獲得的巨額回報令人無法想像。

「所以我的述職也是這樣嗎？」在結束後她問欒念。

「不是。妳是部門內述職，情況要看你們部門的風格。」

尚之桃盯著自己寫的那一頁述職報告，覺得寫得糟透了。欒念拿著電腦向外走，留尚之桃獨立思考。有時做愛也沒有那麼重要，比如現在，跟做愛比起來，欒念更希望尚之桃把她糟心的述職報告寫完。

尚之桃熬了個夜，週六睡到中午才起，欒念在健身。她一般週六起來就會走，起初那兩個月，她走的時候欒念往往還沒起，他只在週末賴床。不知道從什麼時候起，欒念週末起得早了一些。

他偶爾會問尚之桃：「有急事？」

尚之桃不好意思說自己在學習，也不願將自己的私生活袒露給欒念，就會說：「跟室友約了吃飯。」

「每週都吃飯？」

「是啊。您不是也是嗎？」

但今天她有一點猶豫，他們前一晚什麼都沒做，什麼都沒做，她來這裡的意義就不存在了。欒念放下器械去擦汗，看到站在門口的尚之桃，淡淡說道：「妳要是不著急走，就等一下。我幫妳做述職演練。」

「真的嗎？」

「嗯。」

尚之桃有點意外欒念主動提出幫她演練，他們之間向來她問他答，他主動的時候很少很少。

「那您可以先幫我看看我的內容嗎？」尚之桃有點心虛，她旁聽了昨天的述職會議，覺得自己寫的這些跟一坨屎一樣。她能想像得到欒念看到她內容時的神情。

「寄給我。」欒念拿起浴巾去電梯間：「不過妳要等我沖個澡，再做口飯吃。」

「我可以做飯！」尚之桃舉起手自告奮勇。她覺得她不會做飯，總是吃欒念做的飯讓她抬不起頭。所以她有意跟孫雨學了幾道菜。

「那妳去。」

「我這次不會燒你廚房了。」尚之桃信誓旦旦保證。

欒念沖澡，她去了一樓廚房，看到欒念冰箱裡存貨那麼多，而她卻只敢煮麵。但她態度端正，要認認真真做一碗番茄雞蛋湯麵一雪前恥。

欒念沖了澡下來，看到尚之桃正翹著小手指擺盤，走上前去看了一眼，她竟然還配色，提高了賣相，比那一次進步多了。

可禁看不禁吃，一口下去眉頭皺了起來，看到尚之桃充滿期待的看著他，就說：「下次別做了。」

尚之桃夾了一口，好像吃了一勺鹽，又不好意思吐出去，就那麼嚥了。欒念嘆了口氣，起身用清水過了麵，又拿出一罐醬料舀了兩勺，將就吃了。

尚之桃有點不好意思，對欒念說：「我只是不夠熟練，以後勤加練習，應該能做得挺好吃。」

「妳讀書時候就煮這樣的麵給自己吃？吃了四年？」

「可能是做飯的工具發生了變化……」

「承認沒有做飯天賦這麼難？」

「哦。」

兩個人鬥著嘴吃完飯，欒念帶尚之桃演練。

尚之桃只是從二級向三級述職，部門內部述職，走形式而已，過不過要看 Alex。但 Alex 給了尚之桃蘇州的項目，他的態度很明顯，尚之桃這次過了。

欒念心知肚明，卻不多話。尚之桃早晚要面對更殘酷的競爭，從這一天開始練習未必是壞事。

他問尚之桃：「蘇州的供應商為什麼選這一家？」

還問：「妳覺得妳來凌美這一年，最大的進步和收穫是什麼？」

「妳對現在的工作有什麼困惑或不滿？」

「妳認為現在的市場策略正確嗎？還需要調整嗎？」

任哪一個問題都不是一個二級員工需要思考的，但欒念認真問她。尚之桃沒有這樣的述職經驗，被問的一愣一愣，她的腦子跟不上欒念的問題，到了最後甚至有點沮喪。

「怕了？」

尚之桃點點頭：「我緊張。」她以為欒念會說緊張妳乾脆就放棄，他一貫這樣講話。誰知他一反常態，難得寬容：「緊張妳就多練練。」

緊張妳就多練練。這像欒念說的話？他甚至又講了一句：「準備好，贏就要贏得漂亮。」

尚之桃眼光移過去，欒念站起來問她：「吃魚，去嗎？」

「中午不是吃過？」

「那只能稱之為果腹。」欒念拿起車鑰匙：「順便去看酒吧蓋得怎麼樣了。」

「那我也去。」

他們很少一起過週末，尚之桃還想問欒念很多晉升的問題，藉著吃魚的藉口就上了車。欒念說要將那塊地方推了重新蓋，果然就是推了重蓋。

他們開車向山上走，尚之桃將車窗搖下，去吹山風。欒念的電話響了，他順手掛掉。對方又打進來，尚之桃微微垂下眼，看到「臧瑤」的名字。

好像看到什麼不該看的，慌忙移開眼。

欒念看了一直亮著的電話一眼，臧瑤很執著。她搬來北京，並沒有尋求任何人的幫助，而是一個人在後海邊租了個平房。人來人往的後海邊衚衕裡，只有半夜兩點才能清淨。但臧瑤喜歡，她覺得有人氣。

欒念接起電話對臧瑤說：「我在開車，等等回電給妳。」

『晚上來聽歌嗎？』

「不去。」

『行，那等等再說。』

臧瑤的新男友也是玩樂隊的，認識臧瑤第二天就搬進了她家。欒念早已習慣臧瑤頻繁更換男友，她不停遷徙，不停換人，是人生常態。

尚之桃一直看著車窗外，六月的山上，樹也蔥綠，草也蔥綠，是北京一年中最好的季節。

欒念的酒吧蓋了兩個多月，已經開始有了樣子。他在酒吧裡留了一間屋子用於日常休息。

尚之桃不大能想像出未來的樣子，只是覺得這地方真大，一定能裝很多人吧。

「這麼偏僻，誰會來呢？」她終於問出了困擾她很久的問題。別人的酒吧在後海邊、南鑼鼓巷、五道口，都是在人多的地方。他的酒吧開在這裡，這不是白扔錢嗎？尚之桃想想就心疼。

「生意是一門學問。」欒念這樣說：「如果妳想學，我可以慢慢教妳。」

「慢慢？」尚之桃不知道慢慢的意思，在她心中，他們總有一天是要分開的，可能是明天，可能是下個月，也可能是下一年。總之他們不會長久。

「嗯，慢慢。」欒念回答她，他正在問施工隊長進度的事。比預想得慢了一點，他想知道原因。收起手機問尚之桃：「去吃飯？」迫切想安慰自己被尚之桃那碗麵委屈的胃。

還是那家魚莊。還是那個老闆。

老闆好像已經習慣了他們一起來，也默認了他們之間不同尋常的關係，對待尚之桃相較從前隨意了很多。他們吃了魚，欒念又把尚之桃帶回了家。

尚之桃懷疑欒念體內有一個永動機。她有時困惑，會上網去搜：『男人性能力幾歲開始退化？』大多數答案都說二十五歲。二十五歲以後要看技巧。

這不適用於欒念。

她喜歡親吻欒念，他的嘴唇總是有一點涼，而她的總是溫熱。她的溫熱碰到他的微涼，心總會漏跳半拍。

她執著的在親熱時吻欒念，他也不拒絕，甚至有一點喜歡。

當一切結束，尚之桃穿上睡衣去清洗，然後回到客房。他們從不睡在一起，但這一天是個例外。

他們都累壞了，結束以後並不想動，欒念的手還在尚之桃腰間。她想：先休息一下吧。只是想休息一下，卻睡著了。

這種感覺很奇妙，她窩在欒念的懷裡睡覺，頭枕著他的手臂，後背貼著他的胸膛。尚之桃睡得很香，睜眼時發現欒念一條腿緊緊鎖著她的，手臂也緊緊束著她，她透不過氣，不舒服的哼唧一聲，艱難轉身，看到欒念閉著眼睛凶她：「別動！」

閉著眼，也能看出不悅。

「……」

尚之桃動作停下來，對欒念說：「你的腿，有點重……」

欒念過了很久才說：「妳前男友跟妳說過妳睡覺會翻跟斗嗎？」

「？」

尚之桃當真認真思考了這個問題，也認真答了：「他說有時候……」

欒念放開她下了床去沖澡，尚之桃跟在他身後問他：「我翻跟斗了？怎麼翻的？」

「妳要跟我一起洗？」他擋在門口，嚇唬尚之桃。

「我不要。」

欒念關上門，打開蓮蓬頭，隱約聽到尚之桃提高音量：「我真翻跟斗了？怎麼翻的？我翻跟斗你沒把我從床上踹下去？」

欒念很少跟女人一起睡，難得這樣睡一夜要睡出陰影了。尚之桃於睡夢中飛出一腳，差點踢到他命根子上。欒念甚至合理懷疑她故意的。他有將她踹下床的念頭，已經準備伸腳了，尚之桃卻側過身來，將手環在他腰間，在他懷裡找一個舒服的位置。好像在夢裡，她很信任他。

欒念突然有一點心軟。睡得好好的被人踹下床，再受點什麼驚嚇往後發個癔症，忍了吧。

就這樣鎖著她不讓她亂動。懷裡的尚之桃大概是驢變的，時不時抬腿向後踢，讓欒念心驚肉跳。

出了浴室，看到尚之桃已經沖過澡，坐在床上等他，表情有一點心虛和歉意：「我真踢你啦？」

「不然？」欒念扯開浴巾，尚之桃慌忙捂住眼睛：「大白天的，別這樣！」指頭卻是分開的，眼睛從指縫裡看欒念肌肉結實的腿。

欒念被她逗笑了，拿下她的手，指指自己腿根，有瘀青，距離命根子很近。他至今不知道尚之桃的力氣哪裡來的，大概是她吃得多動得多，有蠻力。

尚之桃有點驚訝，指指那瘀青，又指指自己：「我踹的？」

「妳是不是鬼上身了？」欒念將她從床上趕下去：「我餓了，妳去煮麵。」

「我煮麵不好吃。」

「那也妳煮。」

「哦。」

尚之桃放鹽的時候欒念出聲說道：「鹽，手別抖，少放點。」

說得她小臉一紅，無地自容。好在比昨天好吃了一點。

外面下起暴雨，保全攔不到車，尚之桃走不了，被迫留在了欒念家裡。她只在週五晚上留宿，像這次這樣，接連兩晚睡在這裡還是第一次。突然不知道該幹什麼。

欒念窩在沙發上翻雜誌，尚之桃看電視，十分無聊，就偷偷看欒念，被欒念抓到，放下雜誌：「怎麼了？」

尚之桃笑了笑，面朝他盤腿坐著，十分鄭重的跟他講話：「欒念，你覺不覺得我們兩個太陌生了。」

「？」

尚之桃見欒念皺眉，又說道：「我覺得，增進對彼此的了解，也有助於我們性生活品質的提升。」

欒念有意配合她：「所以呢？」

「所以我們一起玩吧！」

「玩什麼？」

「我跟我前男友經常玩剪刀石頭布的提問遊戲，輸的人選擇回答問題或者彈額頭，我們也玩，好不好？」

尚之桃腦子裡大概是缺了根筋，看到欒念點頭，她甚至挺開心。於是伸出白淨細嫩的手：「那我們開始吧！來來來。」這時的她可真像十七八歲的女孩，天真可愛，欒念認真看她半晌才跟她討論遊戲規則：「什麼都能問？」

「對。百無禁忌。」

「只能講真話？」

「對，講假話是豬。」

「願賭服輸？」

「是！」

欒念朝她勾手：「來。」

男人從本質上來講都是賭徒，欒念更甚。他玩遊戲絕不會讓別人，不論男女。

第一局欒念就勝了，尚之桃選回答問題。欒念問她：「妳拿過第一嗎？無論什麼比賽。」

「當然拿過！」

「什麼？」

「小學時候鉛球比賽！高中時候書法比賽！」尚之桃回答完，看到欒念了然的神情，以及他那句不鹹不淡的話：「我浪費了一次提問。」

不是奧數比賽、英語比賽、唱歌跳舞比賽，是鉛球和書法，她講完自己先慚愧了。突然覺得欒念這個老東西挺陰損，好在她能承受。

第二局，尚之桃還是輸了，她還是選回答問題。

「現在有別人追求妳嗎？」欒念不鹹不淡問了這個。

尚之桃想了一下，如果說沒有，會顯得她沒有魅力，於是準備講假話，卻聽欒念說：「撒謊是豬。」

「……」

「沒有。」尚之桃的人際圈很小，除了幫孫雨工作混過兩次線下相親會，就是同事和身邊那幾個人。

「沒事，不丟人，正常。妳知道有很多人終其一生都沒被追求過吧？」

「我被追求過。我前男友很愛我。」尚之桃不服。

「很愛妳你們分手了？」

欒念嘴毒，永遠改不了了。

第三局，尚之桃還是輸了。她不想回答問題了，下一個問題肯定更令人難堪，不然也不是欒念了。她選彈額頭，那時她輸了選彈額頭，辛照洲的指尖象徵性在她額頭敲一下，一點也不疼，很溫柔。

「妳確定？」

「我確定。」

尚之桃掀起自己的瀏海讓欒念彈，瀏海剛掀起，就聽到清脆一聲響，疼得她腦子「嗡」的一聲，轉而捂住自己的頭，不可置信地看著欒念。

她甚至不知道自己疼出了眼淚。

「怎麼了？不是願賭服輸嗎？」欒念陪她演完了，起身自己去倒水喝，留尚之桃坐在那揉頭。他心情不好。

有時不知道尚之桃怎麼想的，張口前男友閉口前男友，你們戀愛時做什麼關我屁事？我憑什麼跟妳玩你們玩過的遊戲？

尚之桃還有一點愣，過了很久才說：「我以為你會輕點。」

「為什麼？妳輸不起？」

「我……」

「還玩嗎？」

「不玩了。」

尚之桃也有一點生氣，她不知道自己怎麼想的，順手拿起沙發靠墊扔向欒念：「我疼死了！」

「活該。」欒念接住靠墊丟到沙發上，自己也跟著坐回來，看到尚之桃的額頭有點腫了，把她扯到面前，仔細看看，口中念叨：「下手好像很重。妳是疼哭了嗎？」

「我沒有。」

「那妳也彈我。」

「我不彈，我又沒贏。」

尚之桃口口聲聲輸得起，其實這時已經輸不起了。欒念太用力彈她，讓她有點難過。一點都不喜歡下手才會這麼狠。

「那這樣，妳出石頭，我出剪刀。」欒念對她說。

「好。」

象徵一局，欒念輸了，指指自己腦門：「來，妳彈我。」

尚之桃對著捏起的拇指和中指吹了口氣，有種大仇即將得報的快感，手伸到欒念額前，卻又改了主意，她下不了手，索性捧著他的臉，溫熱的唇印在他額頭。

「我可捨不得。」她這樣說著跳下沙發，去冰箱裡找吃的。這個吻輕飄飄的，令欒念心裡癢了一下。

這雨不知道要下到什麼時候，尚之桃覺得自己大概回不去了。她傳訊息給孫雨，問她：

『妳從邯鄲回來了嗎？』

『路上。今天雨好大，妳回去了嗎？』

『我在欒念這，叫不到車。』

『好的，我有他家地址，如果真要殺人拋屍至少能抓到凶手，哈哈哈哈。』

孫雨跟尚之桃哈哈，可真實的情況卻是腳上纏著繃帶，在火車上痛苦不堪。她沒有告訴尚之桃她在邯鄲的工作受了委屈，這次活動辦得不好，有一個女會員是在婚姻狀態中，孫雨他們系統裡沒有相關資料。會員老公在活動期間帶著人來砸場子，孫雨摔了一跤，腳扭了。她沒跟大家說，心裡覺得挺丟人的。

孫雨的哈哈比從前多了兩個，她不對勁。尚之桃直接打給她：「妳沒事吧？」

『我沒事。』孫雨看著自己的腳，眼睛紅了。但她不想在人來人往的火車上哭，於是咬緊牙關。

「下雨了，公寓門口很滑，妳上樓要小心。我房間的抽屜裡有零食，妳餓了自己去拿。」

『好啊。』

孫雨費了好大的力氣才到家樓下，她腳受傷了，爬樓梯就成了難題。站在公寓門口，看著眼前的傾盆大雨，終於忍不住放聲痛哭。

情緒崩潰就是這麼突然，一顆心沒著沒落的，覺得自己熬不下去了，不如索性就回家嫁人吧。

孫遠翥的出現毫無預兆，他在大雨時下樓扔垃圾，順便想去走走，看到拄著拐杖的正在痛哭的落湯雞一樣的孫雨。

「還好嗎？」他將傘罩到孫雨頭上，看她哭花了妝。

孫雨覺得哪哪都讓人喘不過氣，項目舉步維艱，生活雞零狗碎，她快要挺不下去了，哽咽著說：「我不好。」

「那我們也先上樓吧？」

孫遠翥走上前拿過她的行李箱：「妳站在這，我先把妳的行李箱送上去。」他了解孫雨，她肯定會擔心行李箱不見。也不等她回答，就兀自上了樓，過了一下，又很快跑了下來。

他微微喘著，在孫雨面前蹲下身：「來吧。」

孫遠翥的後背那麼溫暖，背著孫雨爬樓梯，孫雨覺得自己的心好像被他治癒了，漸漸止住了哭聲。

「妳想吃點什麼？」孫遠翥問孫雨。她的睫毛膏花在眼周，十分狼狽。

孫雨搖搖頭：「我不知道想吃什麼，我覺得我今天太糟糕了。是只有我過得這麼糟糕還是所有人都是？」

「你知道嗎？我這個創業項目拉不到投資，我們本來也不需要多少錢，只是需要時間。可是沒有人願意給我們時間。」

「我們看好了二三線城市婚戀市場，可二三線婚戀市場太複雜了。我們在邯鄲的這個活動，被人砸了，有會員受傷了。」

「我的腳好疼。」

孫雨覺得自己很堅強了，可還是在孫遠翥面前丟盔棄甲。孫遠翥很安靜地聽著，只是偶爾為孫雨遞紙巾。

到了傍晚，孫雨終於覺得自己好一些了，她擦掉最後一滴淚，有些羞赧的笑了：「我今天真是太糟糕了。謝謝你孫遠翥，我是不是嚇到你了？」

「沒有。」孫遠翥想了想，又遞一張紙巾給孫雨：「我有一個朋友，他跟我說他經常有輕生的念頭。他鬧情緒的時候可比妳剛剛厲害多了。這沒什麼，能發洩情緒是好事。」

「你知道嗎？我覺得對我來講最好的好事就是之前那家仲介騙了我，讓我只能住在這裡，然後我認識了你們。」

這太好了。

真是太好了。

他們都覺得造化時常弄人，但也未必都是輸局。偶爾，苦極了就會來一點甜，這是人生常態。

第十三章　心中縫隙

尚之桃的述職果然是走過場，她講她的報告，同事們做自己的事，Alex 不痛不癢問了幾個問題，然後就提交了評分。她有點摸不著頭腦，這與她聽過的專家述職完全不一樣。就在結束後偷偷問 Lumi：「我過了嗎？」

「當然。」

「真的。Alex 跟我說的，今年我們部門占比高，妳又這麼努力，當然讓妳過。」

「漲薪嗎？」

「漲，漲幅應該在百分之十五左右。」

尚之桃在心裡捏手指算數，然後睜大了眼睛：「百分之十五?!那也太多了!」

Lumi 被她的傻樣逗笑了：「出息!」

兩個人嘻嘻哈哈一下終於收神開始工作。後面幾站峰會，Lumi 都是專案經理，尚之桃自告奮勇的承擔分會場的會議組織幫 Lumi 減壓，踏踏實實做職場好人。

這一忙，就忙到八月。

工作就是這樣，一旦忙起來，就漸漸失去生活。尚之桃還不懂如何在工作中抽身，一頭扎進去，就很難出來。她又認真，到她手裡的活無論如何都不能出錯，哪怕一個小小的失誤，都讓她沒辦法原諒自己。

在洛陽站結束後的慶功宴上，尚之桃喝了一點酒。心裡那塊石頭放下了，拉著 Lumi 的手問她：「我配合的還好嗎？」

「那是相當好。」Lumi 朝她豎拇指，然後對她說：「公司給我們部門特殊集體假期了，四天，讓我們出去員工旅遊。妳也趁這個機會好好休息。」

「哈？」尚之桃第一次聽說特殊集體假期：「這是什麼假期？還有這樣的假期？」

「因為我們做這些項目沒日沒夜非常辛苦，所以公司給了特殊假期和經費。Alex 剛剛念叨想占用週末，帶我們去海邊。」

「哇。」

尚之桃喜歡海邊，可她沒什麼機會去。

「那去哪裡呢？」

「說是去普吉島。」

「哇！」

「回北京一起買比基尼！」

尚之桃的頭腦被比基尼三個字支配，滿腦子都是陽光、沙灘、椰子樹、比基尼美女，以及有腹肌的外國帥哥。哼著小調回房間拿東西，卻在飯店天井那裡看到站在那裡講電話的欒念，背對著她，好像心情不錯。尚之桃在經過的時候聽到欒念說：「只想要一束花嗎？」

「好。那我週末帶著花見妳。」

週末帶著花見妳。尚之桃一邊走一邊想像欒念抱著花走在街上的樣子，一定惹人側目。突然就決定週末要跟室友們去泰山。於是在群組裡回他們：『我剛剛確認了，週五走沒問題哦！』她想她不應該因為週五要見他，就放棄跟朋友相聚的機會。她應該有自己想過的週末，想跟他在一起的時候就去找他，不想跟他在一起的時候，就安排自己的事情，比如此刻。

既然決定了，就開始期待。週四晚上到家，認真聽張雷講夜爬泰山的攻略，四個人一致決定輕裝上陣，到山上再租軍大衣。兩個男生負責負重大家的零食和水果，大家各自只背一瓶水。

尚之桃按照張雷的攻略準備了換洗衣物和雙肩包，第二天早上五點就出門去公司上班。心中那該死的責任感和道德觀作祟，令她沒有辦法光明正大的蹺班，她寧願早點到公司把工時補上，這樣她走的時候不至於心虛。

可當她開會時聽到 Alex 宣布公司獎勵假期最終定在普吉島，費用由公司全額支付時，突然間就改了主意。主動跟 Alex 請了假：「我下午可以兩點走嗎 Alex。」

「可以。」Alex 連原因都不問，這令尚之桃覺得窩心。

在下午兩點時光明正大背上背包離開了公司。她為自己有過蹺班的念頭而羞愧。在她出電梯間時，遇到出差歸來的欒念，行李箱立在他身邊，正在悠閒等電梯。看到背著包的尚之桃，抬腕看了眼時間，又看著尚之桃。

尚之桃朝他笑笑，心虛道一句：「Luke好。」

「蹺班？」

周圍有人經過，「蹺班」這兩個字嚇出尚之桃一身冷汗，有一點怕欒念神經病發作，因為Alex沒讓她線上提假，她有一點怕連累Alex。只能朝欒念投去饒我一命的眼神。欒念看到了，卻裝作沒看到。

又淡淡問她一句：「蹺班？」

尚之桃看出來了，他心情不好。他心情不好的時候不能跟他硬槓，這個經驗尚之桃有。只好說道：「我臨時有點事。」

「跟Alex和考勤報備了嗎？」

「報備了。」

「去哪？」

「跟朋友們去爬山。」

「今天週五。」

「嗯嗯對，剛好今天去，週日回。」身後電梯門開了又關，關了又開，下了幾波人，她和欒念莫名其妙的僵持還沒有結束。尚之桃知道欒念說的今天週五是什麼意思，可她不想接招。

並不是每一個你想見我的週五我都應該在，朝欒念微微一笑：「我該走了Luke，再見。」轉身跑了。

她坐上地鐵，一路奔向火車站。幾個人難得湊上一次短途旅行，都覺得無比開心。

尚之桃人生第一次夜爬，就這樣獻給了泰山。他們從深夜十一點開始，一步步向山頂攀登。這是一種很神奇的體驗，氣溫一點點降低，一條狹窄的上山道，周圍是各色的人。甚至還有拄拐杖的老人，走一步停一步，像是在朝聖。

山路上那微弱的燈光像散落塵世的星，指引妳走向宇宙浩渺。

沒有欒念的週五夜晚，尚之桃過得一點都不糟糕。只是不常爬山的人冷不防承受這樣的強度，會有一點累，漸漸就落在後面。

孫遠翥聽不到尚之桃哼歌的聲音朝後看，她的身影消失了。於是對孫雨和張雷說：「在前面等一下，我去找一下尚之桃。」

他逆人流而下，在三百餘臺階後終於看到了尚之桃。她正在擦汗，好像還有點冷。看到來尋她的孫遠翥，開心的笑了。

兩個人並排爬山，尚之桃羨慕孫遠翥體力好，忍不住問他：「為什麼你爬得這麼快？」

「因為我在大山裡長大啊。兒時最好的消遣就是爬山。」

「山上是不是很好玩？」

「藏著一個神奇的世界。」

尚之桃有點期待孫遠翥口中那個神奇的世界，一定很有趣。是到了十八盤，崖壁陡峭，似天門雲梯，尚之桃有點腿軟，一隻溫熱的手用力抓住她的，孫遠翥輕聲說：「我幫妳吧。」

溫暖激穿寒冷，在人體留下一道輕飄飄的痕跡，是春雨潤物細無聲，讓人他日細思仍覺悠長。

他們到了山上，每個人都裹著一件軍大衣，在泰山絕頂玉皇頂上找了一個最好的看日出的位置，各自蜷縮睡去。那天的日出時間是早上五點五十七分，在那之前，雲海漸露。孫遠翥逐個將他們拍醒，口中說道：「要天亮了。」

要天亮了。

孫雨這樣念了一句，他們並排坐著，看那雲海在眼前一點點換了顏色，當太陽露了一點，最終跳出雲層的時候，尚之桃聽到孫遠翥說：「真想跳進這雲海裡。」

他眼中甚至有淚光。

他們都沒有講話，不知道該說什麼，只是都覺得這一路辛苦在這一刻都得到報償。這一生一定要有很多很多這樣的經歷，吃過了苦，也嘗到了甜，所有的經歷都會值得。

他們在下山路上風景最好的地方拍照，尚之桃最喜歡其中三張照片：一張是他們四個人，並排站著，沐浴著晨光，是一生之中最好的時光；一張是她和孫雨的合照，孫雨將頭靠在她肩上，她們都笑得歡暢；還有一張，是她和孫遠翥，兩個人站的有一點距離，好像是誰說了一句什麼話，他們彼此對視了一眼。

那時他們二十多歲，二十多歲真的是太好的時光了，有著旺盛的代謝能力，無論吃多少都不太會發胖的年紀。看起來稚嫩生澀，目光澄澈的年紀。

那時遇到的很多人，值得一生去珍惜。

我說的都是真的。

在他們做足療時，孫雨在尚之桃耳邊反覆念叨那些話，然後對她說：「這段話做我們這次相親活動的宣傳語到底行不行？」

「行。」

後來尚之桃去過很多地方了，但她最喜歡的永遠是這一次，青春萬歲的他們在山路上前行，將巍峨巉峻踩在腳下。所以最好的旅行，是要跟合得來的人一起去的。

他們週日回到北京，仍覺得意猶未盡。張雷提議在家裡再吃一頓飯，總結這次旅行的心得。都想吃火鍋，於是孫雨在家裡炒鍋底，尚之桃和孫遠翥去菜市場買菜，張雷去超市買酒。

在走去菜市場的路上，尚之桃聽孫遠翥接電話，好像是他的父親跟他要錢，他說好的，他下午就去銀行轉錢。然後又問他父親的身體是不是好了些，妹妹課業成績好不好，媽媽還掉頭髮嗎？都是些很平常的話，可孫遠翥溫柔，那些話問出來帶著長輩的溫度，甚至像老尚跟尚之桃打電話的口吻。

她有時會看孫遠翥一眼，他的眼鏡在北京夏末的陽光下反射一點光。

那麼淡的一個人，卻在看到日出的時候說出那麼壯烈的話：「真想跳進這雲海裡。」

他掛斷電話，對尚之桃說抱歉：「抱歉啊，電話時間長。」

「沒關係啊。我爸打電話給我要講一個小時起。」尚之桃嘿嘿一笑，尚家小富即安，尚之桃沒有大富大貴過，也沒吃過什麼苦，她就是普通人家嬌養出的普通女兒，丟到人群裡看都看不見。

「妳看起來就是家庭很幸福。」孫遠翥這樣說。

「啊？怎麼看出來的？」

「單純陽光的女孩，大多被父母寵大的。」孫遠翥側過臉來朝她笑笑：「所以妳千萬別受什麼委屈，不然妳爸媽會傷心死的。」

「我沒有受過什麼委屈。」

「所以戀愛也很快樂嗎？」

尚之桃想說我沒有談戀愛，可她心中繃著小小一根弦，不能碰的，一碰整顆心就會有震顫，那根弦的這邊是不能為外人道的自尊，另一邊是不能為外人道的錯愛。

「就……還好。」

「還好可不行。妳的父母可不希望妳的戀愛只是還好。還有我們，都希望妳的戀愛是很好。」

尚之桃抿著嘴不講話，伸出手指著牛羊肉攤：「今天我要買肉哦！買很多肉！」

「為什麼？妳賺錢不容易。」

「你們總是說我賺錢不容易，我只是收入比你們少而已，我們付出的努力是同等的。」尚之桃板起臉跟孫遠翥講道理：「而且我要買肉是因為我漲薪了！人生第一次漲薪是不是該請客？」

孫遠翥點頭：「是，今天必須妳請。」

「所以你很喜歡雲海嗎？」尚之桃問他。

「很喜歡。」孫遠翥沒有遲疑。

他們幾個人在一起涮火鍋，涮得開開心心。尚之桃是在喝可樂的時候突然想到，欒念那束花送了嗎？是他親手挑選的嗎？他會給包裝建議嗎？

她關心那束花，更甚於關心欒念。她勇於承認她嫉妒收到欒念花的女人。

吃得正酣，收到 Lumi 的訊息，只是文字卻能看出激動：『尚之桃！妳猜我看見誰了？』

『誰？』

『Luke！我跟妳說過我奶奶那個衚衕裡的破房子租給一個仙女了妳記得嗎？』

『我記得啊。』

『我今天回衖衖拿東西，看見 Luke 了！抱著一束花！在我奶奶家的房子裡！』

世界真小。

這世界可太小了。

尚之桃想要的那束花正在 Lumi 奶奶家的房子裡，在那個仙女的手中。

『仙女叫什麼啊？』

『真八卦！哈哈哈！』Lumi 非常樂於跟尚之桃分享這個八卦：『臧瑤，那個仙女叫臧瑤。』

『真好。』

尚之桃想，那束花一定是欒念親手挑選的，他搭配了顏色，又給包裝建議，他一定買了一束市面上很少見的好看的花。

「好想收到一束花啊。」她突然對孫雨說：「妳可以送我一束花嗎？」

孫雨一口酒差點吐出來，忙嚥下去咳了兩聲問尚之桃：「所以我們以後的相處模式要同時兼顧實用主義和浪漫主義了嗎？」

張雷哈哈大笑：「不就一束花嘛！地址給我，哥哥送妳。」

「為什麼想要花？」孫雨打斷張雷問尚之桃。

「因為我的女同事都收到過花，就我沒有。」尚之桃沒有說謊，凌美的女生們都那麼漂亮，公司樓下常見抱著花的人在等她們。漂亮的女生們收到鮮花後分給公司的女同事們，浪漫就散在辦公室各個角落。

「難得我們尚之桃同學有鬥志，哥哥連送妳五天。」張雷拍胸脯保證：「每天都不重複。」

「你還挺懂。」孫雨逗他。

張雷聳聳肩：「沒吃過豬肉還沒見過豬跑嗎？」

尚之桃果然在週一上午收到花，她抱著鮮花上樓，回到自己的工位前。女同事們照例圍上前笑鬧：「呦，小女生有人追啦？」

尚之桃紅了臉，是因為羞愧。只有她自己知道這束花是怎麼回事，是她那膚淺的自尊和好勝心而已。偷偷傳訊息給張雷：『花我收到啦，謝謝雷哥。』

『我還沒送呢！』

尚之桃愣住了，站起身在花裡找卡片，真的有一張，寫著簡單一句話：「祝妳好心情。」

沒了。

所以是誰送我一束花？孫雨嗎？她問孫雨，孫雨否認，又問孫遠翥，孫遠翥也否認。

第二天，那束花按時送到。

第三天，第四天，第五天，沒有間斷。

連續五天收到花的尚之桃突然成為了公司裡那個被羨慕的女同事，在她去茶水間裝水時遇到 Tracy，她甚至特意走到尚之桃身邊，笑著問她：「妹妹，戀愛了？男朋友很浪漫啊。」

尚之桃點頭，又搖頭。她想說我也不知道誰送的，卻看到欒念恰巧經過，於是只是朝 Tracy 笑笑。

尚之桃不知道自己進入了一個怪圈。她那顆心因為欒念變得兵荒馬亂安穩不下來，她想攀比，別人有的我也要有。她不知道自己究竟在比什麼，大概就是不肯輸得難看，又或者簡單直接一點，那就是：你給不了我的，別人會給。

週五晚上，她抱著花坐電梯，在樓下看到剛見完客戶的欒念，乖巧跟他打招呼：「Luke 好。」

欒念眼掃過她懷中的花，說一句：「花不錯，就是跟妳不襯。」

「那我該襯什麼花？」

他講話還是不鹹不淡：「狗尾巴花。」按了關門鍵，沒多看尚之桃一眼。

尚之桃突然覺得沒意思。

有什麼意思呢？從她想攀比那一刻起她已經輸了。將那束花丟進垃圾桶裡，上了回家的公車。她這週五仍舊不用去欒念那裡，她要跟部門的同事們一起坐早班飛機去普吉島，開始他們的完美假期。

這個假期一定很完美，如果沒在登機口看到欒念的話。

「那不是Luke嗎？」尚之桃問Lumi。

「是啊，那不是Luke嗎？他跟我們一起去普吉島？」

「他為什麼跟我們一起去普吉島？」

她們兩個的小聲嘀咕盡數落進欒念耳中，他摘下墨鏡掛在襯衫上，回頭對她們說：「大概因為我是老闆，想去哪就去哪？」

「……」

這句話挺氣人吶。

Lumi和尚之桃朝他笑笑，Lumi嘴快：「果然當老闆的人，聽力都比別人好。」

Lumi也納悶，其他人講話聲音那麼大，她跟尚之桃說幾句悄悄話怎麼就被瘟神聽見了？大哥聽就聽了，竟然還參與進來？北京女生通常可忍不了這些，除非那人是妳軟硬不吃的老闆。

欒念看Lumi和尚之桃像兩隻鬥敗的公雞，心情大好。排隊登機的時候走在尚之桃身邊，突然問她：「今天花沒送到機場？」

尚之桃收到花，竟然成為欒念嘲笑她的話柄。她假裝沒聽到，將耳機塞上耳朵聽歌。她那幾天聽的歌是〈給未來的自己〉。她覺得自己真是又幼稚又淺薄，要靠一首歌來治癒內心的不甘。

她曾想像過未來的自己是什麼樣子，應該是過得很好，在北京有一間自己的小房子，開一家能養活自己的小公司，身邊有一群很好的朋友，還養了一隻狗。

對，還有一隻狗，名字叫盧克，是隻阿拉斯加犬，她每天牽著遛牠，跟在牠屁股後面兢兢業業撿屎，還認認真真立規矩給牠：「盧克！坐下！盧克！站起來！盧克！闖禍了不給你吃的！」

她遙想的未來十分具體。

那裡面沒有欒念，卻有一隻叫盧克的狗。

到了頭等艙，以為欒念會停下。根據公司的要求，欒念的差旅標準是頭等艙和五星或以上級飯店，結果他竟然跟著大部隊向後走，挺高一個人，在安全出口的位子坐下，兩條長腿擋了整個走道。

Alex 還對女同事們誇他：「Luke 真不錯，幾乎每次因公出行都坐經濟艙，說不搞特殊化。」

這個表揚尚之桃沒聽到，她閉著眼睛聽歌，正在腦子裡揍盧克呢，因為盧克愛上了鄰居家的狗，不願意跟她回家。

普吉島並沒想像中的熱。

沙灘細膩，海水湛藍清澈，尚之桃很滿意自己人生第一次出國獻給這裡。她跟 Lumi 合住海景房，推開窗就看到海，看得人頭昏腦脹。

到了飯店不著急出去，先各自休息，傍晚時才集體活動。

「我們什麼時候穿比基尼啊？」尚之桃趴在床上，兩條腿交替翹起，難得的放鬆自在。「妳最後買了哪件？」

尚之桃高興起來，跳下床，從行李箱裡翻出那件比基尼比給Lumi看：「妳看！」

Lumi嘆了口氣：「姐姐，您這是比基尼嗎？」

尚之桃選了一款連身露背泳衣，前面很保守，乾坤在後背，深V到腰部，這已經是她認為的最開放的款式了。

「我不會允許妳穿這件跟我曬太陽的。」Lumi搖著食指：「絕不允許。」

「哈？」

尚之桃見Lumi從行李箱拿出兩條東西丟到她面前，又聽她訓她：「這是比基尼，懂嗎？今天姐姐我要送妳一件比基尼，真正的比基尼。妳必須給我在沙灘上釣到外國帥哥，不然我們就斷絕友情。」

尚之桃捧腹大笑：「好！」

Lumi說到做到，真的送了尚之桃一件比基尼。大紅顏色，三點式，要多豔麗有多豔麗。

尚之桃雙手放在胸前跟在Lumi身後，陽光熱烈照在肌膚上，甚至令其發燙。但燙不過她的臉，這太刺激了，可是沙灘上穿比基尼的女生那麼多，她遮著胸多少顯得有點多餘。

Lumi回頭凶她：「把手給老娘拿下來！不許擋！」

「別別。」尚之桃擺手，又忙把手放回胸前：「我不自在。」

「好像誰沒長似的！」Lumi手指指向遠處：「瞧見沒？那女生身材可比妳差得遠了，不是一樣很開心嗎？自己的身體，想怎麼樣就怎麼樣。」

「哦。」

尚之桃終於放下手，Lumi又拍她後背：「挺胸！」

尚之桃被平日穿著遮住的好身材此時在陽光下熠熠生輝，最令人叫絕的是曲線，好看的胸乳有一點壯闊，可到了腰線那裡，又柔和收進去，到了臀那裡又放出來。

一下就顯出好看，水靈靈一個人。和Lumi走在沙灘上，不知道被多少人看了。

「這麼好看的女生，得配個什麼樣的爺們啊！」Lumi逗她，指著遠處一個外國帥哥：「看見沒？那個，依據姐姐多年經驗判斷，應該很強。」

「哪裡強？」尚之桃是真的沒聽懂。

「一寸長，一寸強。」Lumi嘿嘿一笑，拉著尚之桃朝遮陽傘走：「我們找個地躺著曬太陽，等等那外國帥哥就來了，看妳好幾眼了。」

「行。到時妳晚點回房。」尚之桃迎合她，反正兩個人私下講話口無遮攔，百無禁忌，都不當真。

遮陽傘下躺著一個人，報紙蓋在臉上，好像在睡覺。三個遮陽傘，他偏偏躺在中間那個，把另外兩個分開，挺討厭。Lumi上前想跟他換位子，那人把報紙從臉上拿下來，看看Lumi又看看尚之桃：「釋放自我了？」是欒念。

尚之桃突然有點臉紅，不敢看欒念，也怪自己穿得太少，這種感覺很奇怪。可欒念並沒有多看她。而是朝Lumi笑笑：「也有人說五短必有一長，妳剛剛的說法狹隘了。」又躺回到躺椅，把她們當空氣。

他前幾天很忙，睡得不大好。這幾天也惦記曬曬海邊的太陽補鈣，順便放鬆幾天，結果剛躺了一下就聽見Lumi和尚之桃要釣外國帥哥，他心中笑她們可笑，兩個土妞還想上天。掀開報紙才看到兩人的打扮，眉頭皺了皺，又躺回去，報紙蓋臉上不理她們。

他欣賞敢於展示魅力的女性，女性裡不包括尚之桃。欒念心中不悅，卻一言不發。再遠點還有一張空椅子，可這樣兩人就離得遠，欒念擺明了不願換地方，於是一人一張椅子，在欒念兩側坐了下去。

Lumi這時倒是害羞了，將浴巾蓋住重要部位，尚之桃身上那稀有的一塊反骨又作祟，偏不肯遮擋，就這樣躺在那，有心想看看那外國帥哥究竟會不會來。

心中甚至還燒了根香，祈禱那帥哥快來。好像那帥哥來了她就能揚眉吐氣一樣。

可那外國帥哥竟然沒來，這讓尚之桃有點沮喪，傳訊息給Lumi：『我去買椰子，妳喝不喝？』

『喝！給姐妹來一個。』

尚之桃站起來走了，現在她不怕了，Lumi 說得對，身體是自己的，我高興什麼時候露就什麼時候露，我取悅的是自己，不是別人，包括欒念。

有時想通一個道理就是那麼簡單，她站在椰子攤前看攤主敲椰子，聽到有人用蹩腳的中文跟她打招呼，她回過身去，看到那個外國帥哥。

他說：「妳好，我剛剛就看到妳了。」

尚之桃突然笑出了聲：「我知道。」

她裝不出驚訝的樣子，知道就是知道。外國男孩反倒有些害羞，手撫在後腦上笑道：「我請妳和妳的朋友喝椰子好嗎？」

「好啊，謝謝。」

兩個人捧著椰子往回走，男孩問她何時走、這幾天的行程，尚之桃一一答了。臨別的時候，男孩對她說：「妳真的很美。如果有機會的話可以一起吃飯。」

她說：「好啊，謝謝。」

原來來自於異性直接的誇獎這麼令人愉悅，尚之桃體會到了。她往回走，看到 Lumi 驚訝的看著她，朝 Lumi 拋了個媚眼。將椰子放在她手上，Lumi 指了指欒念，意思是妳沒買給他？

尚之桃聳聳肩，憑什麼？

憑什麼買給他？憑他占著中間那張躺椅一動不動嗎？

Lumi 指了指手機，尚之桃打開看，她叮囑尚之桃：『別惹瘟神，剛剛妳買椰子的時候他接了一通電話，發了好大的火。』

哦。

尚之桃喝了幾口椰子躺到躺椅上，將耳機塞進耳朵，浴巾蓋在身上，閉上眼睛聽歌。她那段時間需要瘋狂的聽歌，什麼歌都行，心中其實有一個小的縫隙是無論什麼東西都填不滿的。

只因為欒念在電話裡說那我帶著花去見妳，然後真的送一束花給臧瑤。就是一件這麼小的事而已。

普吉島的陽光真好，熾熱照在身上，潮熱的海風吹在臉上，是睡覺好光景。尚之桃睜眼時已經日落，拿起手機看到 Lumi 傳給她的訊息：『我先去看晚上的菜單，Alex 把這活交給我了。妳醒了來西邊飯店西側，我們在那裡的沙灘吃晚餐。』

『好的，我醒了。』

尚之桃回了訊息坐起身，看到普吉島的日落。

落日餘暉將海灘染成紅色，亮晶晶的海水耀在那裡，像上天遺落的星星。她想不出該用什麼詩詞形容眼前的景象，只能在心裡感嘆一句：太美了。

看得有點呆了。

聽到旁邊的躺椅有動靜，偏過頭去看到欒念睡醒了。尚之桃跟他打招呼：「Luke 睡醒了嗎？Lumi 說晚餐在半個小時以後。」

欒念眼落在尚之桃比基尼上身，指向遠處在打沙灘排球的外國女生：「看見了嗎？比基尼適合她們穿。」那些女生都健美異常，不同於東方女性的美。

如果是從前，尚之桃會羞愧，可今天她不一樣了，她懂得無論如何打扮，都是為取悅自己，跟別人沒有半毛錢關係。好看溫柔的眼睛帶著笑意，一字一句說道：「我知道她們好看，但我喜歡這樣穿。與別人無關。」

尚之桃站起身，朝房間走。她不在乎欒念怎麼看她，反正欒念看過的好看女人那麼多，無論她什麼樣子，都換不來他的一句讚美。

她朝自己的房間走，聽到身後有急促的腳步聲，回身去看，卻被來人推進旁邊房間，速度之快，令她躲閃不及。手抵在他們之間，所有的戾氣都消失不見，聲音甚至在顫抖：「會被別人看見。」

「以後別這樣穿。」

「我高興，我喜歡。」

欒念手從比基尼下伸進去狠狠按住，張口咬住她肩膀，動物一樣凶猛。他真的用力咬，那絲疼意令尚之桃生出懼意，終於妥協：「我不穿了。」

欒念心頭的火氣消了大半，手卻不肯撤出來，在昏暗的光下看著尚之桃的眼，她好像有說不清道不明的委屈。這令欒念心軟，他說了從前打死他他都不會說的話：「我不喜歡別的男人那樣看妳。」

「因為妳今天該死的好看。」

尚之桃咬著嘴唇不講話，她知道她只要開口，可能就會哭出來。欒念說她好看，這多難得，難得到讓她心酸。手按住他尚未撤退的手，眉頭微微皺起，呼吸亂了。嘴唇顫抖尋找他的，舌尖遞給他，任由他狠狠裹挾，帶進他口中。

電話鈴聲令他們慌亂分開，欒念去床邊接起電話，眼還看著尚之桃。他冷靜了下來，意識到自己剛剛失去了理智，在這樣的情形下將她帶進自己的房間，如有不慎，將會給他們帶來多大的麻煩。他自己尚能從容應付，她呢？大概會崩潰。

掛了電話走到門口，開了門，看到走廊裡空無一人。

就這樣分開，都有一點失落。

尚之桃回到房間換一件吊帶裙，想起被欒念咬的肩膀，又在吊帶裙外加了一件罩衫。

沙灘BBQ熱鬧異常，公司出手闊綽，龍蝦螃蟹雞尾酒，一應俱全。大家站在那裡等欒念舉杯，他卻只說了一句：「大家辛苦，有特殊獎金下個月發放。祝大家玩得愉快。」

眾人鼓掌歡呼，開了酒，碰了杯，簡單啜一口，就各自去餐臺取餐，配著桌上的燭光吃海鮮，吹海風，好不愜意。

Lumi跟尚之桃分食一塊蛋糕，指尖擦掉嘴角沾到的奶油，突然問她：「我走後Luke沒為難妳吧？」

「哈？」

「在躺椅那裡，沒對妳發火什麼的吧？」

「沒有。」

「那就好。」Lumi 放下心來：「妳不知道，妳買椰子的時候他發了好大的火，對著電話那頭說能幹就幹，不能幹就滾蛋。」

欒念從前再生氣，沒這樣講過話，他只是嚴格而已。

「什麼事啊？」尚之桃問。

「我不知道啊。」Lumi 聳聳肩。

尚之桃回頭去找欒念，他呢，跟 Alex 對坐在海邊那桌，兩個人不知道在聊什麼，神情都很嚴肅。

有同事拿著攝影機在人群裡竄，逢人就要求打招呼，還說回去要剪旅行宣傳片，市場部 Team building 的保留項目。

其他同事都象徵性對著機器點頭，只有尚之桃認認真真打招呼：「你好，我是尚之桃。」可愛極了。

尚之桃跟 Lumi 說好了看日出，可 Lumi 臨時賴床，只好自己去了。她穿了一件風衣，出了飯店，走向那片沙灘。

那一片沙灘空無一人，尚處夜色中的大海令人產生莫名畏懼。

公司的人都喜歡賴床，對他們來說，最好的旅行就是窩在飯店裡吃飽喝足，傍晚出門溜達，直到深夜才回。尚之桃有一點不同，她想看日出。

一個人在海邊漫步，看到出來晨跑的欒念。尚之桃想起昨天在他房間裡的失態，象徵性跟他打招呼，然後就向海而立。欒念跑完步，海平面已經變了一點顏色，索性停下來看日出，站在離尚之桃三公尺遠的地方。

再不願意有那樣不可控制的時候。

欒念有一點看不懂自己，他從前不是占有欲很強的人，女朋友喜歡什麼就做什麼，喜歡穿什麼就穿什麼，他不限制她們，也不要求她們按照他的意願去做。但他對尚之桃有可怕的占有欲。

他不喜歡自己這樣。

兩個人站在那，背影看過去都有一點疏離，也有男同事起得早來海邊，看到他們站立的姿態轉彎去了別的方向。總覺得他們好像在較勁，加入進去會殃及無辜。

尚之桃很感激凌美，也感激欒念。她感激凌美是因為凌美給了她身處行業上游的機會，讓社會在她眼前迅速打開，她的付出和得到是成正比的；感激欒念是因為他始終嚴格，他用他的方式迫她成長。

可她對欒念的感情又是複雜的。一半是愛，一半是崇拜和尊敬，她沒辦法擁有他平等的愛，也沒辦法毫不自卑的愛他。日出多美，他就站在離她不遠的地方，可她都不敢向他邁進一步。就這三公尺，永遠是他們之間的距離。

「Luke。」她突然開口喚他。

「嗯？」欒念看著她，晨曦初露，海面輕波浮動，像極了此刻尚之桃溫柔的眼神。

「很開心能跟你一起看日出。」尚之桃是勇敢的，她心裡裝著那麼多對欒念的愛，如果她一句都不說，那些愛會漾出去，流失掉，那會多可惜：「我有時會希望，能跟你一起看日出，也能一起看日落。」

我猜你看出來了，我愛你。這句話尚之桃沒有講出來，她不笨，一個男人愛不愛她她是看得到的，她只能表達到這裡，再多一句，今天就會是他們關係的終點。尚之桃愛欒念，愛到沒有抽身的勇氣，哪怕就以這樣卑微的姿態在他身邊，她仍甘之如飴。

尚之桃轉身跑向飯店，她跟辛照洲在一起時並不主動說我愛你，大多時候是辛照洲手放在她胳肢窩下，惡狠狠問她：「愛不愛我？」

尚之桃會笑著說：「愛。」

她跑回房間，爬到床上，又想起那束花。尚之桃覺得她應該放過自己，今天是一篇遊記，明天是一束花，後天是一通電話，這樣下去，她的痛苦會永無止境。她不應該總是這樣，她應該擁有自己的生活，去認識其他異性，學會離開欒念。

部門有個男同事要去衝浪，尚之桃和 Lumi 也跟飯店借了衝浪板一人抱著一塊跟在男同事後面去了。尚之桃膽子大，到了海邊有樣學樣幾分鐘，就往海裡衝，大浪把她掀翻，她在水裡站起來，頭髮濕透了，在陽光下咧嘴對 Lumi 笑，一口白牙晃得人心神不寧。Lumi 嚇得嗷嗷叫：「祖宗啊，妳真是初生牛犢不怕虎啊，妳衝過浪嗎？」

「沒有！」尚之桃大笑出聲：「好玩！」

她本來就喜歡玩，被海浪掀翻這一下體驗到了樂趣，又趴在板子上玩了。再過一下，海上有快艇駛來，一個人在快艇後的衝浪板上穩穩站著，雙手伸開保持平衡，神情專注而快樂。

Lumi 跑到尚之桃身邊，口中一句靠：「這爺們真厲害，他怎麼什麼都會。」

尚之桃不意外，她知道欒念愛玩，也知道他工作生活分得清。可她還是覺得站在衝浪板上的欒念真的太酷了。她和 Lumi 並排坐在沙發上，Lumi 不知道從哪搞來一個望遠鏡，架在眼睛上看欒念，看了半晌對尚之桃說：「這爺們體力真好。」

「啊……」

「要不然姐妹今天衝破道德束縛去睡一下他吧，我太好奇他什麼樣子了。」

「不至於不至於。你男朋友多帥，髒辮花臂肌肉機車男，多帶感。」尚之桃突然有點心虛，她剛剛差點脫口而出我知道，我告訴妳。Lumi 對她那麼好，她卻瞞著她這件事。尚之桃覺得有點對不起 Lumi。

Lumi 哈哈大笑：「可我還是想睡一下 Luke 這樣的斯文敗類男人啊，多帶勁。」是挺帶勁的。

尚之桃又有一點心不在焉，兩個人並坐在海邊垂涎那個在海裡乘風破浪的男人，尚之桃睡過他那麼多次了，還是覺得新鮮。大家玩累了，各自換好衣服相約去普吉鎮上吃東西。他們租了四輛車，四人一輛，因為尚之桃跟 Lumi 總是黏在一起，就決定分兩個男士給她們，分來分去，分了欒念和管品牌傳播的男同事 Jony。

女士們不怎麼會開右駕車，乖乖坐在後排。Jony 著急改傳播稿，開車的任務落在欒念頭上。反正出來玩，索性把上下級觀念拋在腦後，高高興興享受老闆做司機的好待遇。

普吉島都是陡坡路，欒念開起來很帶感，尚之桃卻要吐了，心臟忽上忽下，好不容易熬到鎮上，找了停車位停了車，Jony 去選餐廳，其他人去閒逛。

欒念難得穿休閒短褲和 T 恤，帶了一頂鴨舌帽，皮膚被曬得有一點紅，雙手插在口袋裡，跟在 Lumi 和尚之桃身後。女生們喜歡的東西很奇怪，首先鬧著要去買冰箱貼和明信片，欒念跟在她們後面就顯得有一點突兀，冰箱貼有什麼好買的？網路上能買到全世界的。

到了付錢的環節，Lumi 突然看著欒念笑。

欒念切了聲：「妳們沒錢？」

她們真的攤開手，一人一件裙子，連包都沒拿。

「那就留下打工吧！」他嘴上這麼說，卻將錢包丟給她們。尚之桃有點不好意思，Lumi

卻覺得好不容易宰老闆一次，當然不能手軟，拿出三張大額泰銖，將錢包丟給尚之桃，轉身去結帳。

尚之桃拿著欒念的錢包覺得有點燙手，欒念送過她幾個包，但她沒直接花過他的錢。手伸到那個小象鑰匙鏈上，看欒念臉色，見他沒什麼反應，又去拿小象玩具。伸手去拿筆記本時，聽到欒念說她：「搶錢呢？」

也沒多少錢，折合人民幣幾十塊錢，尚之桃緩緩將筆記本放回去，欒念竟然笑了：「挑好點的。」

Lumi付錢回來聽到欒念這句話，睜大了眼睛：「挑好的？」

「不然呢？說妳們老闆送妳們這些破東西嗎？」

「那我們就不客氣啦？」

「假客氣嗎？」

出錢的是大爺，損幾句就損幾句，Lumi才不往心裡去，花欒念的錢比自己的還順手。拿過錢包去血拼，尚之桃去選明信片。

欒念坐在她對面，看她提筆寫明信片，她選了十幾張，不知道要寫到猴年馬月。欒念掃了署名一眼，第一張寫給一個叫孫雨的，第二張應該是叫孫遠翥？原來是寫給室友。

他坐在那喝咖啡，也等著看她哪一張是寫給自己。寫了十幾張，結束了，沒打算寫給他。情商顯然很低了，出口提醒她：「寫完了？」

「對啊。」

「沒忘記什麼人？」

尚之桃認認真真看了一遍，搖搖頭：「沒有啊。」

「我的呢？」

「你也要？」

「不然呢？我花了錢一無所獲？妳想什麼呢？」

「哦。」

尚之桃又起身去挑了一張，問欒念：「這張行嗎？」

「嗯。」

尚之桃好看的字終於派上用場，欒念垂眼看她寫字，落筆不凡，那字是真的好看。卻只寫三個字：祝開心。沒了。有點敷衍了。

欒念伸手拿過看了看，又將它丟在桌子上：「我收到了。不用寄了，省點郵票錢。」他站起身去外面接國際電話，透過窗戶看尚之桃聚精會神貼郵票，連身裙衣領歪了，露出小半個白嫩肩膀，有不自知的美。

欒念不喜歡，卻也不再管束。他意識到一個問題，那就是他對尚之桃管得太寬了，超過了跟床伴相處的度，再這樣下去就沒辦法收場了。

已經不好收場了。

晚飯時候欒念話不多，他們最終選了家泰餐，鎮上的人說這家海鮮烹飪得好。Lumi 和 Jony 選海鮮時，欒念接到姜瀾的電話，他並沒有避諱尚之桃，含笑與她周旋。姜瀾問他要不要去體驗泰式服務，欒念說他近日體力不佳。講這句話的時候看了尚之桃一眼。

後者故意把臉轉向一邊，卻紅了耳垂。

好像他體力不佳，她是罪魁禍首。他們今天明明什麼都沒做，她卻先心虛了。

欒念心裡好像被貓抓了一樣不得安生，在桌下握住尚之桃手腕。尚之桃的手迎向他，指甲刮著他掌心，被他狠狠握住。欒念想：週五見面，必須要風雨無阻了。他不能等一個星期，再等一個星期，大好年華，身體纏在一起才算數，不然都是虛度。

他掌心微微有了汗意，在 Lumi 他們回來前放開了她的手，也對姜瀾說了再見。

尚之桃說不清這趟旅行究竟發生了什麼，她跟欒念之間又變得不一樣。

他急切、熱烈，雙手縛住她不許她動，讓她將所有的熱情都成倍爆炸在自己身體裡，也不去聽她啞著嗓音的求饒，卻突兀問她一句：「泰山好玩嗎？」

「比跟我在一起更好是嗎？」

欒念從根本上是一個小肚雞腸的記仇的人。他為了週五見她，加了三天班，匆匆趕回公司時卻見她背著包蹺班，他問她去做什麼？

她說她去爬山。

明知道那天是週五，卻毅然選擇爬山，連解釋都沒有。

就像她在他那過夜，週六早早起床不告而別，總是在枕頭上留一張紙條。

尚之桃終於承受不住，狠狠咬他，欒念悶哼一聲捏住她臉讓她鬆口，又變本加厲懲罰她。讓她從內而外，精疲力盡。事後窩在床上動也不願動，被他撈進懷中，沉沉睡去。

尚之桃在返工時才知道那天在普吉島的海灘上，Alex 和欒念神情嚴肅談的究竟是什麼。

Alex 要離職了。

職場人事變動明明是很常見的事，尚之桃卻有一點失落。她很喜歡 Alex，她甚至不理解 Alex 為什麼要走。於是偷偷問 Lumi：「Alex 做得那麼好，為什麼要離職？」

「人往高處走。」

「還有更好的地方嗎？」

Lumi 看到尚之桃是真的困惑，難得認真對她說：「Flora，妳也不會一輩子待在凌美。對於 Alex 來說，更好的地方是指更好的待遇、更大的空間。肯定會有公司願意花更多錢聘用他。」

「那凌美為什麼不留他？」

「象徵性留過，在普吉島，Luke談的。但沒有更好的方案，所以Luke的想法很明白了，那就是凌美從不缺人。」

「他們關係很好。」

「這裡是職場。」

尚之桃大為震撼，Alex對她那麼好，一直在力挺她，她甚至很惶恐，換了下一個上司，她的境遇又會如何呢？是在下班的時候開部門會議，Alex正式公布了這個消息，並對大家說：「在新的市場總監沒到位前，Luke會監管市場部。」

尚之桃聽到大家的哀號。

換新老闆，就要適應新的工作風格，欒念像魔鬼一樣，大家本質上有一點抵觸。但都是職場中人，哀號過後就算了，該怎麼工作還是怎麼工作。

尚之桃晚上到家時收到Lumi的訊息，她對她說：『Alex應該會帶兩個人走，聽說薪酬漲幅百分之五十以上，職級上調一級。』

『找妳了嗎？』

『找了。』

『那妳也要走是嗎？』尚之桃突然覺得緊張，她私心並不希望Lumi走，Lumi是她在職場交到的第一個朋友，她對尚之桃真的很好，掏心掏肺那種好。

『我不去，我又不缺錢。換地方還得重新適應環境，在凌美多好，熟悉了，橫著走，大家都讓著我。』

尚之桃長舒一口氣，又聽 Lumi 說：『Alex 找了我，找了 Sunny，他還想帶走一個人，那個人是妳。』

『什麼？』

『對，妳沒聽錯，Alex 想帶走妳。妳跟他走，就算抱上了大腿，從此他不倒妳就過得好，他倒了妳就重新開始。不跟他走，就面臨新老闆的壓力，新老闆肯定會安排自己的人，目前部門用人名額滿了，自然要從現有員工下手。妳會不會被幹掉，不一定。』

Alex 要帶她走，為什麼？她那麼平庸。尚之桃還是年輕，並不懂老闆的用人策略，不是所有的老闆都是欒念，大多數老闆是 Alex，他們用人講求認真、聽話、能幹、忠誠度高。欒念最先看的是能力。僅此而已。

尚之桃恰恰是大多數老闆喜歡的那種人。

當 Alex 打給她的時候，她甚至有一點慌亂，還有一點感動，她聽到 Alex 對她說：『Flora，市場部是妳來到凌美的第一站，我是妳第一個老闆。在過去一年多的相處中，相信妳了解我的為人。我要去另一個新興領域搭建一個新的市場團隊，妳可以考慮要不要跟我一起走。』

尚之桃首先想到的問題是：我行嗎？我剛剛畢業一年多，甚至沒有獨立做過什麼項目，我是職場的那個菜鳥，我去了能幫您什麼呢？她一心一意為 Alex 著想，對所謂的漲薪沒有概念。她只想知道自己行不行，於是她逕直問了：「我可以問問您，為什麼是我嗎？我覺得自己太平庸了。」

Alex 在電話那頭笑出聲：『Flora，不要妄自菲薄，想想妳自己過去一年的成績，搭建供應商入庫招標體系、獨立完成巡展第一站專案、預算管理沒出錯，妳為什麼覺得自己不行？不要懷疑我的眼光，妳只要確定要不要跟我走。』

尚之桃很少聽到這麼直接的表揚，Alex 講的話讓她十分感動，眼中甚至有一點淚光。掛斷電話仍激動很久，待冷靜下來才發現自己根本沒辦法做決定。她想請教欒念，又覺得這樣等同於出賣了 Alex，於是生生忍住了。

她忍住了，欒念卻傳了一則訊息給她：『如果 Alex 要帶妳一起跳槽，原因只有兩個，妳便宜、聽話。其他自己想。』

第十四章　不忘初心

尚之桃熱氣沸騰的心被欒念潑了一瓢冷水。她是不是永遠得不到他的肯定了？即便她知道，他說的很有可能是對的，但她內心接受不了。或許我應該跟 Alex 走，或許我就應該像 Lumi 說的那樣，緊緊抱住 Alex 的大腿，從此我就飛升了。而我留下來，很可能被新老闆幹掉，還要忍受欒念根深蒂固的輕視。

我不是職場中第一個靠抱大腿飛升的人，也不會是最後一個。這是命運給我一次走捷徑的機會，我應該珍惜。

她躺在床上輾轉反側的時候，Alex 寄了一封郵件給她，是新公司的簡介，C輪融資，廣闊天地。她甚至搜了一下公司地址，就在她家附近，從此她可以少擠幾趟公車，減少在路上的時間，提高自己的幸福指數。最重要的是，有了新工作，就不必哪哪都是欒念，她可以減少見他，慢慢斷掉兩個人之間的不正當關係。她可以擁抱新的人生了。

她規劃了很多很多，第二天當她上班的時候，甚至產生了我在凌美待不了多久的錯覺了。

Lumi 一到公司就湊到她面前，小聲問她：「找妳了嗎？」

尚之桃點點頭。

「妳怎麼想？」

「我想跟他走。」

Lumi 安靜了一下，才對尚之桃說：「走或不走，只是妳的個人選擇。妳這麼能幹，到哪都不會差。」

「我真的很能幹嗎？」尚之桃問 Lumi。

「是的，妳很棒。」Lumi 想了想，又說道：「可我希望妳做決定不是因為錢，因為那不夠理智。但我必須對妳說，妳真的非常棒。」

那為什麼欒念覺得我一無是處？尚之桃敏感了，欒念並不針對她。他只是講了他心中所想。職場複雜，市場部能獨當一面的員工有幾個，如果 Alex 要去新環境戰鬥，他應該帶更能打的才對。而不是選尚之桃。欒念只是猜測，他沒有 Alex 要帶尚之桃和任何其他人走的證據。他希望尚之桃具有獨立思考的能力，雖然她很可能沒有。

選擇凌美，短期內沒有新工作那樣豐厚的現金報酬，但凌美是業內頂尖的公司，更容易成為行業專家，但需要恆久堅持；去新公司，短期內會有相較凌美豐厚的現金報酬，但也伴隨風險。欒念始終覺得，只有能力足夠，才能勝任任何工作。無論老闆怎麼變，能力最終能讓自己站住腳。這個道理他希望尚之桃自己能想明白，沒有任何一份工作能天上掉餡餅。

到了週三，欒念才通知週四召開市場部會議。Alex 的 Last day 是月底，這次會議他仍列席。欒念要求大家整理各自手中的專案，他要一個一個聽彙報。

大家都很緊張。除了已經決定要跟 Alex 走的 Sunny。而尚之桃在走與不走之間搖擺不定，無論如何，項目彙報還是要好好做。她用週三一整天將自己的工作做了總結和反思，當她收拾東西準備出門的時候，外面已是深夜。欒念辦公室還亮著燈，他不知道在忙什麼，永遠那麼忙。

欒念也是靠抱大腿走到今天的嗎？尚之桃突然這樣問自己。他也是靠抱大腿拿到行業大獎，進入董事會，帶領中國區分公司的嗎？如果他沒有靠山，那他靠什麼走到這個位置的？

手放在電梯按鍵的開門鍵上而不自知。

直到欒念進了電梯，看著她的手問她：「在等我？」

「哈？」尚之桃不懂他的意思，順著他的眼神看到自己按錯按鍵的手，驀地紅了臉：

「不是。」

「魂丟了？」

「沒有。」

欒念看到尚之桃躲閃的眼神，知道自己猜對了，Alex 果然要帶她走。職場很複雜，該講的話他講了，她是成年人，應該自己做決定。

他下到地下車庫，車從正常車道開了出去，並沒有繞到公司前面。欒念想減少在尚之桃面前出現的次數，讓她有時間獨立思考。

他甚至也覺得或許尚之桃離開凌美是好事，這樣他們能自然而然斷了這段關係。坐在床上看了一下書，接到母親梁醫生的電話，每一個上了年紀的母親都熱衷於為自己的單身孩子相親，梁醫生也不例外。這次她傳來的資料正常一點了，二十六歲的女生，在大學裡教畫畫，倒是跟欒念愛好相符。梁醫生還傳來女生的照片，頭髮挽在腦後，顯瘦白皙，顧盼生輝。用梁醫生的話講，難得遇到一個看照片就覺得跟我兒子相配的人。

『要見嗎？』

「不見了。」

『為什麼？』

「最近太忙。而且，」欒念想了想又回梁醫生：「我最近體力不好。」

『什麼症狀？』

「頭暈眼花，四肢無力，沒有色欲食欲。」欒念胡說八道，轉移梁醫生注意力。

『腎虧了吧？去醫院檢查。』梁醫生知道欒念在胡扯，也不戳穿他，母子關係好，欒念胡說八道的時候就代表對相親反感了，梁醫生有度，本來也不是什麼大事，就嘻哈幾句過去了。

欒念將手機放到一旁，想起尚之桃的失神，終於還是打給她：「妳確定妳沒有事想問我嗎？或者妳確定妳沒有什麼事要告訴我嗎？」

『沒有。』尚之桃絕口不提 Alex 的事，儘管欒念傳了那一句奇怪的話給她，代表他已經猜到了，但尚之桃不說他就沒有證據，Alex 就不是那個要打破團隊平衡的叛逃者。

這個道理她想明白了。她沒有發覺自己不知不覺間站到了 Alex 那一邊，在這樣重要選擇的當口，她不信任欒念，也不選擇他。因為她知道自己的去留和發展對他來講不重要，他甚至都沒有真誠的挽留 Alex，自己算什麼？他眼中那個便宜聽話的員工嗎？這樣的員工只要凌美肯要，那一定到處都是的。

她的沉默代表了她的堅決，欒念懂了。他思考良久對她說：「如果要走，可以提前告訴我，我會跟人力資源打招呼，以解僱的方式，這樣妳能拿到賠償。」

尚之桃意外欒念竟然有這麼好心，於是很真誠的感謝他：『好的，謝謝你 Luke。如果我決定了一定會提前告訴你的。』

「所以 Alex 跟妳承諾什麼了？薪酬翻倍？一年之內升職？只要跟著他混就能發展得好？尚之桃妳有腦子嗎？」欒念聲音突然大了起來，他的怒火穿透電話燒著尚之桃的耳骨，令她無所遁形。

尚之桃突然發現自己中了欒念的圈套，他以退為進誘她進到他布的局裡，讓她不知不覺間就出賣了 Alex。根據公司規定，離職高管半年之內是不許帶團隊員工走的，這屬於不當競爭，是要被競業的。從前的人不追究，是因為他們不是欒念。欒念不講人情。

尚之桃握著電話不敢講話，她此刻腦子不動了。

人之複雜，並非尚之桃所想。Alex 跟欒念也不盡然是表面上看起來那麼融洽，Alex 本來也有機會上位的，他甚至以為是他，但董事會選了欒念。Alex配合欒念工作，卻是欒念上任後第一個出走的高管。無論表面工夫做得多好，實際行動暴露了真實的想法。

「怎麼不說話？」欒念忍住火氣說道：「妳知道妳的根本問題是什麼嗎尚之桃？是妳不夠堅定。妳才幾歲，遇到點誘惑就這麼動搖，妳想過妳的未來嗎？還是說妳就只要眼前的利益，目光就是這麼短淺？」

『有錢就有未來。』尚之桃這樣說，她並不是這麼想的，但她就是想這麼說：『我自己的事情自己做主，不勞您費心。』

「妳以為我願意為妳費心嗎？但凡妳動點腦子我都不用跟妳廢話！」

『我沒求你跟我說話！』尚之桃從沒想過她會與欒念爭吵，她是他們之中聽話的那一個，他教她，她就學；他做決定，她跟隨。可是欒念生氣的時候講話口不擇言，在她左右搖擺的時候，他的態度徹底將她推離，她強迫自己平復心情，然後說道：『那我現在就告訴您我的決定，我決定跟Alex走。不為別的，就為他一次又一次挺我，也因為他從來都尊重我，好好跟我講話。』

好好講話，講好聽的話，是尚之桃何其卑微的願望。儘管她知道欒念就是那樣的人，他對誰講話都是那樣。但他也是那個在電話裡溫柔說那我帶著花去看妳的人。只是她不是電話那頭的人而已。

尚之桃還是計較了，計較得徹徹底底。

她掛斷電話，突然有點委屈。她期待過欒念挽留她，但不是以這種方式。

可當她再冷靜下來，意識到雖然欒念講的每一句話都不好聽，但她確實是欠思考了，她也確實被無端捲入了高層爭鬥。Alex 到底為什麼要走？欒念究竟為什麼不留他？只顧眼前的利益不思考未來究竟是什麼意思？

尚之桃是倔強的。她開始因為欒念的嚴格而反抗，他們之間的問題從來都是存在的，只是她從前不願面對，而此刻恰恰被激發了而已。

『那就祝妳好運。』欒念對她說。

『會的。』

尚之桃在床上輾轉反側，第二天開市場部會議的時候眼底還有黑眼圈。她和 Lumi 選在角落的位子坐下，彼此看一眼，大氣都不敢出。

欒念卻笑了，他打趣道：「氣氛這麼凝重，會讓我誤以為市場部解散了？」

「Alex 只是平常的換工作而已，但跟凌美和各位的感情不會斷。沒事的時候還是可以一起喝點小酒。」欒念今天過於和氣了：「所以在會議開始之前，先祝福 Alex。我本人也非常感激在我任命後，Alex 以及整個市場部給予的支援。Alex 真的帶出了一支很厲害的隊伍。感謝 Alex。」

「應該的。」Alex 一如既往的和氣，雙手合十擺了擺：「這的確只是平常的換工作，我在凌美待了太多年了，也想換換環境。也說不準什麼時候就殺個回馬槍。」

叛。

「歡迎。」

欒念說歡迎，但所有人都知道，欒念是不會允許他殺回馬槍的，所有的老闆都討厭背叛。

「那我們今天的會議正式開始？」Luke 徵求 Alex 的意見，該給的尊重一點也不少。

「Luke 定，我旁聽，有需要我解決的問題我來就好。」

「好，那我們就開始吧。」

欒念召開這個會議，無非是想了解目前市場部工作的全貌，需要了解每個人都做什麼。高管離職勢必會帶來團隊異動，他得準備備選方案，以及確定該讓 Tracy 在市場上挖什麼樣的人。本著這樣的目的，今天的會議欒念並沒有吹毛求疵，他只是認真聽著，偶爾會問幾個關於工作的問題，但都不尖銳。

大家緊張的心漸漸放了下來，氣氛逐漸融洽。到 Lumi 的時候，氣氛已經很放鬆了。Lumi 又是一個那麼隨性的人，她彙報的時候順口說了一句：「這客戶可是挺垃圾的！」大家笑了出來。

尚之桃也笑了出來。Lumi 就是這樣的人，她不會為了錢換工作，也沒什麼大抱負，有點事幹就挺好。她不會故意去害誰，但別招惹她，招惹她她才不會管那個。Lumi 教會尚之桃很多。

欒念也笑了，他問 Lumi：「要不然以後這些客戶統一介面到妳這裡對接怎麼樣？」欒念看人準，Lumi吊兒郎當，但她堅定，她堅定純粹就是因為她有底氣。這也是為什麼後來很多年，市場部換了老闆，凌美組織架構升級，很多能力停滯成長的員工被解僱，但Lumi仍舊能在市場部做小兵。再往後，凌美的人都知道市場部有一尊大佛，全公司的人活不下去，但這尊佛能活著。

放下，也是一種智慧。

「別。」Lumi忙擺手：「我還想多活幾年呢！」

大家哄笑出聲，欒念眼掃過尚之桃，她也在笑，不知道在想什麼。

到了尚之桃彙報工作，她總結了自己最近在做的新的預算管理專案，是市場部準備彙報最認真的一個。

大家都認真聽著，欒念問她：「新的預算管理流程下來，團隊提效的率值有計算過嗎？」

「已經測試了兩個專案。提效百分之二十。」

「如果能到百分之二十五就好了。」欒念看著尚之桃，他拋給她一個機會，不指望尚之桃能接住，也不指望她能領悟。儘管她踏實、勤奮，但她也年輕、衝動，容易被人左右。預算是市場部的核心工作，管理預算的人必須嚴格自律，尚之桃正直細心，她合適。他拋給她一個機會，在他們昨晚大吵一架以後。

欒念和尚之桃之間總是差一個機緣。這個決定是之前就做下的，卻在這樣的時間說出來。看起來像他在施捨。

「如果能到百分之二十五，將對公司整體的業務管理有很大作用。」欒念又說了一句：「能做到嗎？」

尚之桃看著欒念，她很少在工作的時候、在眾人面前直視他。她知道自己平庸、脆弱、在這些菁英之間顯得不堪一擊，但她奢望欒念能跟她平等的溝通，她努力了那麼久，不是為了讓他說自己便宜、聽話。

「應該能。但我不行。」她拒絕了欒念給她的機會，她不想要。當愛情跟工作混在一起，這會讓原本該有的秩序被打亂。她本可以在做決定的時候更冷靜，但那時她年輕，她不懂那些。

欒念聳聳肩，眼睛彎了一下，繼而笑了：「可以看出 Flora 對工作有很多思考和沉澱。我也不只一次聽 Alex 和 Tracy 提起過妳的努力，今天聽了這個彙報，我覺得他們對妳的評價過於保守了。妳不僅努力，還很聰明。加油。」

尚之桃對他笑笑，她把欒念對她的誇獎定義為場面話，她不信。

散了會，欒念回到辦公室，Tracy 正在等他，問他：「前幾天說的事落實了？」

「什麼事？」

「讓 Flora 輔助 Lumi 管預算的事。」

「Flora 拒絕了，Lumi 是提不起的小阿斗。」欒念難得信任什麼人，他在心裡嘲笑自己，瞧瞧你看好這兩盤菜。

Tracy 一口水差點噴出來：「Flora 拒絕了？」

「嗯。」這件事過去了，欒念不想再提，他打開郵箱看 Tracy 寄給他的資料，都是一些市場大神，履歷漂亮。

「怎麼樣？看好哪一個？」Tracy 問他：「或者你自己去找？」

「不用了。我看上的人不會來，我看不上的人我也懶得找。就走正常的聘用流程，多看一些履歷。」欒念想了想：「不著急，反正市場部人員肯定有變動，等變動平穩再讓新官上任也不遲。」

「行。」

「妳要檢討一下人力資源的工作失誤嗎？別人挖我們的高管，妳一點動靜都沒聽說？」欒念問責 Tracy。

「我已經在團隊內部開始自省了，這次是我們的問題，我承認。下次不會了。」Tracy 作為一個職場大神，向來坦蕩直接，該是誰的問題就是誰的問題，她從不推脫責任。這次高管出走，他們要處理的問題還很多。不僅是用人的，還有公關方向、品牌方向，還有很多內部遺留問題。

「妳跟 Alex 談，控制好輿論。」欒念並非善類，Alex 也違規操作過，欒念有證據。他在普吉島的海灘上跟他面談的時候也講得非常清楚，他在凌美實現階級跨越，在北京有三間房子，兩輛好車，公司待他不薄，好聚好散最好，別因為利益引誘鬧得不可開交。

鬧急了，欒念是會把 Alex 送進去的。

「而且我知道，公司員工的郵箱是你洩漏給張欣的。」欒念那天這樣對 Alex 說：「但我沒追責，因為我尊重你，也感謝你。」

職場遠比想像複雜。

尚之桃人生中第一次處於職場風暴的中心，心中有無數疑惑。她下了班並沒有加班，而是背起包出了門，她想去走一走。

她想的還是那幾個問題，欒念走到今天是靠抱大腿嗎？Alex 要帶我走真正的原因是什麼？他可以帶更能獨當一面的人走。她從傍晚走到晚上九點，終於走到社區門口。

她住的社區人可真多，好多人把這個社區叫做「睡城」。夜晚了，住在睡城的人陸續回來了，這裡開始有了喧囂和熱鬧。她想到這一年多經歷的每一天，苦樂參半的每一天。雖然辛苦，回望時也有收穫的每一天。

孫雨下了公車看到坐在那的尚之桃嚇一跳：「哎？妳怎麼坐在這？」

「我不想回家。」

「為什麼？」

「因為這裡熱鬧。」

獨自來北京生活的人，要學會的第一門功課就是忍受孤獨。尚之桃是一個遲鈍的人，又相對幸運的遇到了好室友和好同事，所以她的孤獨不明顯。可今天，她覺得有點孤獨。要知道心裡有一個地方，室友和朋友是填不滿的。

孫雨在她旁邊坐下，扯過她的手，嘶了一聲：「怎麼這麼涼？」

「我從公司走回來的。」

「將近二十公里？」

「是。」

孫雨不再講話，只是陪她坐著，看著路燈明亮，路上行人匆匆。尚之桃想起她來北京的第一天，那天下著雨，她在那間狹小擁擠的房間裡收拾東西。那時的她很簡單，她想要的是成長，透過終生學習獲得成長。

兩個人坐得肚子都叫了，叫聲打破了尚之桃營造的奇怪氣氛，相視一笑。

「算了，妳不適合悲傷，妳適合跟我去吃點東西。」孫雨打趣道。

「還真是餓了。」尚之桃拍拍肚子站起來，一旦餓了，什麼情緒都沒了，就想趕緊填飽肚子。兩人手拉著手朝社區後面那家麻辣燙走去，孫雨偷偷看尚之桃好幾眼，被尚之桃抓到，她問：「怎麼啦？」

「跟妳老闆鬧不愉快了？」孫雨多聰明，尚之桃這麼開朗的女生，沒因為誰特別難受過，她少見的那兩次情緒崩潰都是因為欒念。

尚之桃把自己遇到的事情跟孫雨說了，在孫雨看來這並不是小事，她在創業呢，團隊裡的人每天都跟走馬燈似的，看好他們項目的人太少了。

「妳想聽我的建議嗎？」孫雨問尚之桃：「你們公司那麼好，不像我們這朝不保夕的創業公司。我的建議可能沒什麼用。」

「我想聽。」

「我的建議就是……問問自己當初為什麼來，再問問自己是不是真的厲害到可以離開的程度。」孫雨攬住尚之桃肩膀：「思考的過程很痛苦，但決定是一瞬間做下的。」

「思考的時候能讓妳更加認清自己。迷茫沒什麼丟人的，沒有誰生來就強大。」孫雨自嘲的笑笑：「妳看看我，今天還哭鼻子呢！」

「為什麼？」

「一個高級會員，對我們系統推薦的相親對象不滿意。認為系統計算邏輯有問題，先是跟客服鬧，然後揚言要炸掉我們公司。最後我出面了，被他罵慘了。」孫雨咯咯笑道：「誰不是在爸媽手心裡長大的寶貝呀，卻被這些王八蛋把祖宗八代都罵了一遍。」

尚之桃突然覺得，跟孫雨遭受的比起來，自己遇到的這點事簡直不值一提，而她卻跟孫雨嘮叨這麼久。孫雨明明才是更需要安慰的那一個。

我果然不夠堅強，也不夠堅定。

她很鄭重的擁抱孫雨：「妳今天太辛苦了，我請妳去吃烤魚吧？」

週五下班前，Tracy 安排欒念和市場部的員工一對一面談。

外面的人都不知道進去的人談些什麼，猜測很久。到 Lumi 進去的時候，她拍著尚之桃肩膀：「別怕，姐姐幫妳探探路。不管是刀山還是火海，為師都去踩第一腳。」

尚之桃被 Lumi 逗得咯咯笑，目送她進去，又低頭看自己的流程圖。在研究怎麼提效百分之二十五呢！吵也吵了，鬧也鬧了，提效百分之二十五這件事還挺有挑戰性的，尚之桃有一點想試試。反正最近手裡就這一件核心大事。

Lumi 進去後對欒念和 Tracy 笑了笑，難得端正坐在他們對面。

「沒別的事，就是隨便聊聊，不用緊張哈。」

「我沒緊張。」

欒念看 Tracy 又要開始人力資源的手段了，忍不住打斷她。他大概了解 Lumi，她不喜歡拐彎抹角。於是問她：「對今年的調薪滿意嗎？」

「少了點。希望明年能多點。」

「最近有離職打算嗎？」

「沒有。」

「談完了。」欒念攤開手，忽略 Tracy 瞪他那一眼。

「沒啦？」Lumi 以為要談什麼要命的大事呢，進來之前認真備戰了，結果兩句話就談完了，那別人進來乾坐了半個小時嗎？

「沒了。妳有想問的嗎？」Tracy 嘆了口氣問 Lumi。

「我想休幾天假行嗎？」前段時間太忙了，Lumi 想出國玩。

「去幹什麼？」欒念問她。

「去倫敦買房子。」

「……」

那年剛剛開始小範圍流行海外房產投資，有錢的去歐洲，沒錢的在東南亞，反正置辦一個房產也沒壞處。Lumi 開玩笑的，她才不去海外置辦房產呢，她就單純想出去玩。

「行嗎？」她又問了一遍。

「不行。」欒念拒絕她。

「為什麼？」

「你們部門接下來要有部分人員離職，工作沒辦法分擔。等新人到崗再說。」欒念故意用了「部分人員離職」這樣的字眼，然後觀察 Lumi 的反應。

「走一個人能影響什麼？」Lumi 不服氣：「反正活都是尚之桃幹的。」

「那如果尚之桃也走呢？」Tracy 終於插上話了。

「不可能。她正在研究提效百分之二十五呢！」

欒念從手機上抬眼看了 Lumi 一眼，又低頭回訊息。尚之桃在電話裡跟他吵架，說自己決定要走，口氣那麼堅決，轉眼就開始研究提效百分之二十五，沒人比她更善變了。

Lumi 出了欒念辦公室，拍拍尚之桃腦袋：「到妳了。」

「哈？妳怎麼這麼快？」

「我怎麼知道？」Lumi 也一頭霧水，這不是有毛病嗎？把人弄進去，問兩句話就出來了，跟鬧著玩似的。

「那說什麼了？」

「問我對漲薪滿不滿意。」

「那妳怎麼說？」

「我當然說不滿意了。我傻嗎？」

尚之桃一想，也是。萬一說滿意了，老闆覺得這個漲薪幅度妳滿意了，明年肯定不能多漲了。

尚之桃進了欒念辦公室，看到欒念在看手機，Tracy 對她友好的笑。

她端坐在椅子上，是她一貫的姿態。工作一年多了，站姿和坐姿沒有變過。Tracy 等欒念開口，畢竟剛剛談 Lumi 的時候他突然搶詞，結果欒念呢，放下手機問 Tracy：「還不開始？」

「？」

Tracy 有點無奈，問尚之桃：「別緊張哈，其實沒別的事，就是因為 Luke 接下來要親自帶市場部一段時間，所以安排一次面談，了解一下大家。」

「哦哦，好的。」尚之桃答道。

「最近工作還那麼辛苦嗎？」Tracy 問她。

「其實還好。」尚之桃說的是真話，工作強度比之前小多了，至少她晚上十點半以前能到家。

「週末加班的時候還多嗎？」Tracy 又問她，她非常關心尚之桃的工作強度，在系統的打卡紀錄裡，尚之桃的工作時長第一。Tracy 研究過是她效率低還是工作本來就多，也安排評估過她的工作，是真的很多。她除了本職工作還承擔了市場部雜亂細碎的工作。

「不多啦。有時會需要電話溝通，但不影響過週末。」

「所以妳週末通常做什麼？」

也不是什麼大不了的問題，尚之桃卻覺得臉有點發燙。週末做什麼？欒念一直看著她，卻不開口講話。

「我週末……還挺豐富的……」尚之桃仔細想了想，學語言、幫孫雨的線下活動充數、跟孫遠翥他們一起吃飯、陪姚蓓逛街、陪老闆睡覺，她最近還準備念書，明年考在職研究生。

「比如呢？」Tracy 是真的好奇。

「比如跟朋友們一起吃飯、逛街看電影什麼的……」

「還沒談戀愛呢？」

「快了快了。」

尚之桃不知道為什麼 Tracy 要問這些，只能說快了快了。其實也是 HR 的手段，她問妳單身嗎？結婚多久了？有孩子嗎？統統都是手段，要試探妳的穩定性。即將談戀愛的女孩沒心思放在換工作上，快要結婚的女孩有換工作的念頭是因為結婚後可能要面臨生孩子，再換工作很難；剛生過孩子的女性頭腦裡都是孩子，對工作貢獻度有影響。Tracy 不是壞人，但她需要了解員工的穩定性。

聽到尚之桃說「快了快了」就笑了，對她說：「我有一個學弟剛剛回國，年紀比妳大三歲，家境不錯，長得也不錯，介紹給妳？」

「……」

尚之桃愣了愣，終於忍不住說道：「您為什麼不問我對漲薪滿不滿意？」

她話音剛落，聽到欒念一聲很簡短的笑，微微偏了頭，看到他嘴角還沒收回去。欒念覺得這師徒倆挺逗的，大概都屬於那種腦子裡裝不了太多事情的人，講話要直接點，不然她們會被繞暈。

Tracy 也笑了，她本來就喜歡尚之桃，因為尚之桃從沒讓她失望過。點點頭：「那妳對今年的漲薪滿意嗎？」

「如果能再多一點點就好了。」尚之桃說出以前準備好的答案，然後聽到 Tracy 開懷大笑。

她不知道他們為什麼要笑，她又沒有講什麼搞笑的話，有點摸不清頭腦。欒念幽幽看她一眼，又低下頭。尚之桃心事輕，不記仇。本質上就是一個單純快樂的女生，也不常跟人計較。

這些優點欒念都知道。

尚之桃那麼單純的人，心思都寫在臉上，欒念也看得到。

「百分之二十五提效研究得怎麼樣了？」欒念終於開了口，問她。

「立項系統還能最佳化一下，評審和驗收純數字化，應該差不多。」

「什麼時候能修改完？」

「要兩到三個月。」都不用討論妳要不要做這個，而是直接討論解決方案。

「去做吧。順便問問妳師父，能不能帶著妳一起管理一下預算。人手不夠了。」欒念又把這個問題拋了出來，一雙眼炯炯看著尚之桃，等她的答案。

「哦。」尚之桃哦了聲：「談完了？」

「嗯，談完了。」Tracy 點點頭，心裡卻想，這哪裡是談話？這叫閒聊。太沒挑戰性了。

「那我出去工作啦？」

「好。辛苦。」

尚之桃站起身朝外走，手放到門把上，聽到欒念叫她：「Flora。」

「嗯？」她回過頭，看著欒念。

「如果 Alex 有跟妳談過，希望妳跟他去其他公司，我內心希望妳拒絕。」欒念看了眼 Tracy：「妳的職業生涯剛剛開始，還有很多路值得妳探索，很多經驗值得妳學習。同時公司看得到妳的努力付出和成長，希望妳能留下來一起戰鬥。Tracy 曾對我說過妳的工作表現在三百六十度測評中得到認可，我本人也認同這個結果。」

尚之桃愣在那。

這是欒念第一次正式表揚她，在人力資源總監面前。這也是老闆的用人手段嗎？她看不懂，卻大受觸動。

「謝謝。」她只回了這一句。

直到坐到工位上 Lumi 叫她她才緩過神：「怎麼啦？談什麼了？」

尚之桃搖搖頭：「什麼都沒談。」

尚之桃走後欒念嘲諷 Tracy：「妳最近上了什麼培訓課嗎？現在談話方式是這樣了？」

「這不是挺好嗎？」

「我終於知道你們部門為什麼監視不出高管異動了。」

「為什麼？」

「都鬧到介紹男朋友給員工了，還怎麼用心工作？」欒念覺得挺逗，他還是第一次在談話現場看到人力資源總監介紹對象給員工的。

「順便聊幾句，別這麼嚴肅。」Tracy 勸他：「放輕鬆。」

「我挺輕鬆的。我怕你們太輕鬆。」

「好好好。我再次檢討。」Tracy舉起手：「我說不過你，我投降，你贏了。」抱著電腦出去了。

欒念也並沒有那麼在乎輸贏，但他覺得他應該跟尚之桃說點什麼，比如他剛剛誇她，是認真的、中肯的、發自內心的。他之所以對尚之桃說Alex要帶妳走是因為妳便宜、聽話，並不是因為在自己心中尚之桃是聽話便宜的，而是真實去剖析一個跳槽的職場管理者的心態，他要帶人走，必須是各種層次的人，不能都是強者，Sunny是強者，那下一個層次就是執行者。

他在辦公室處理工作，偶爾起身遠眺緩解乾眼症，坐下時看尚之桃一眼。她正對著電腦皺眉，應該在研究百分之二十五提效。欒念不知道尚之桃是什麼時候改主意的，但他從週三晚上起清楚知道一件事，女人惹不得。跟女人吵架，傷敵一千自損八百。賺不到什麼便宜。

尚之桃滿腦子都是提效兩個字，等公車的時候也還在凝眉思索，以至於欒念站在她身邊很久她都沒發現。欒念站了有一陣子，不指望尚之桃主動發現他了，終於跨了一步到她面前。尚之桃下意識向後退一步，定睛看到欒念。

「妳幹什麼呢？」欒念雙手插在褲口裡，姿態閒適。

「我研究提效呢。」尚之桃很認真地說，她是在跟孫雨吃飯的時候突然做了留下的決定的。因為她聽勸，她記得自己剛來北京的第一天心中想要的是什麼，也知道自己還沒強大到獨當一面。雖然跟欒念吵了一架好像不走就抬不起頭，但用孫雨的話講：吵成那樣，還能留下來的人，心態才是真的強。

「走走嗎？」欒念問尚之桃。

「可我還沒有吃飯。」

「想吃什麼？」

「我想吃烤肉大醬湯。」

「走。」

兩個人並排走在深夜中，中間隔著一個人的距離。尚之桃走了幾步才想起欒念今天沒開車，左看右看，問他：「哎？車呢？」

「坐了一天，不想開。」欒念最近幾天睡眠不好，乾眼症嚴重了一些，並不適合開車，也不願意讓劉武開。劉武家人生病了，這點慈悲欒念是有的。

「哦。」尚之桃安靜下來想起自己那天的失態，突然有點不好意思，嘿嘿笑了兩聲：「我那天在電話裡說的是氣話。你別生氣啊。」

尚之桃就是一個大方的人，勇於承認錯誤，一點都不扭捏。她那天不冷靜，變得跟欒念一樣，有話不會好好說。想想挺羞愧的。欒念停下腳步偏過頭看她一眼，多可愛的女生，一張討喜的臉，一雙笑咪咪的眼，忍不住伸手捏她臉，才對她說：「尚之桃，我知道我有時候講話不好聽，但我希望妳明白，大多數時候，我並沒有惡意。如果妳覺得我哪句話令妳不舒服，直接告訴我就好。不需要用那樣的方式。」

「鬧起來挺傷神的。」

如果譚勉他們聽到欒念剛剛講的話，一定會說：「欒念八成是被什麼怪東西附身了吧？」哪裡見過欒念說這樣的軟話？但欒念講的是真話，他從前沒為這些事情傷過神，他懶得談戀愛，談了懶得分手，分手了懶得回頭，心裡沒受過什麼重創。在他心中，維持性關係比談戀愛難多了。

跟尚之桃吵這一次架，氣得他整夜睡不著，氣得他胃疼。第二天在會議室看見她眼底的黑眼圈，又恨不得掐死她。

「那你能偶爾誇誇我嗎？像今天那樣。」尚之桃拉著他衣角：「我需要你偶爾誇獎我，讓我知道我其實不像你說得那麼糟糕。欒念，我需要你的鼓勵。」

「我的鼓勵很重要嗎？」

「很重要。真的。」

尚之桃想說，我這樣的人，安心坐了二十二年鼓掌人，是認識你之後才被激發鬥志的。在我覺得自己屢戰屢敗的時候，我需要你的認可，那是我上戰場的糧食和彈藥，也是別人給不了的小小的歡喜。

「所以妳能搞定提效百分之二十五嗎？」欒念問她。

「我能。」

「那妳等等可以多吃一點肉。」

「好的。我還可以喝一點酒。」尚之桃手指捏在一起：「一點點。」

「不行。」欒念瞪她一眼：「妳喝完酒會咬人。」

小氣。

第十五章　轟轟烈烈

尚之桃拖著行李走到社區門口，迎面遇到三位親愛的室友向外走。忙收住腳問他們：「去哪啊？」

「找仲介。」幾個人在家裡各自加班，房子卻莫名停了電，查了半天才發現仲介吞了他們交的電費。打電話問仲介，卻莫名被仲介罵了一頓。

黑仲介橫行的年代，很多人都以為自己運氣很好，不會成為恰巧撞上的那個，卻偏偏逃不過。

「那你們等我一下，我把行李放回去，我也要去。」

「妳不用去了。」孫遠翥讓尚之桃在家等著，又對孫雨說：「還有妳，讓妳在家妳非要跟出來。」

尚之桃推著行李箱就跑，邊跑邊喊：「等我啊！我也要去！」那段時間很多新聞都在講黑仲介的事，尚之桃心裡知道黑仲介不好惹，自己好歹也算是個成年人，這個時候必須要跟他們共同進退。

張雷跟孫遠翥對視一眼，勸孫雨：「回去吧，兩個大男人在，用不著妳們。妳們在家裡等著。」

「我不回。」孫雨朝包裡塞了一把剪刀：「我可會打架了，萬一那些地痞流氓要無賴，我還能露一手。」自從邯鄲那次活動被人砸了場子，孫雨總是會隨身帶防身的東西。用她的話說：地痞流氓來也要好好思量思量，敢不敢在老娘這裡撒野！

她想得潑辣，卻還沒真的比劃過。生活到底是把一個嬌滴滴的女生逼得無所不能了。

尚之桃放好了行李跑來追上他們，幾個人走到仲介的小門那，孫遠翥停下腳步，跟她們商量：「妳們看這樣行不行？妳們站在外面，如果裡面打起來，妳們就報警。」

「不行。」孫雨拒絕。

「冷靜點，聽我說。」張雷把大衣脫了放到孫雨手上：「我們不能讓人一網打盡。如果真打起來，妳們就先報警，然後喊救命。妳們進去我們還得照顧妳們。行嗎兄弟們？」

「行。」

尚之桃沒經歷過這種場面，她拿出手機按好一一〇，緊緊盯著裡面的動靜。她自己都不知道，她的指尖微微抖著。很快裡面傳來拍桌子的聲音，緊接著是一句「操你媽！」孫雨衝了上去，尚之桃迅速撥打了一一〇報了警。她不知道自己嚇哭了，帶著哭腔說了地址，掛了電話大喊了幾聲「打人了！」也衝了進去。

張雷說得對，必須要喊幾聲，喊了才會有人圍觀，他們才不至於吃虧。

她不知道自己哪來的勇氣，大概就是我不能讓我的朋友獨自面對的信念，當她進到屋內，看到幾個仲介將孫遠翥和張雷圍在中間，他們扭打在一起。孫雨在周邊拿起一個菸灰缸朝一個人腦袋砸去，被另一個人攔住，伸手要打孫雨，尚之桃衝上去用力推開那人。

外面開始圍了人，那個年頭仲介公司打架太常見了，終於有人看不下去，喊了句警察來了！讓倡狂的仲介住了手。

圍觀的人把門口圍個水泄不通誰都出不去，仲介那幾個小夥子要從後門溜，被孫遠翥眼疾手快擋住了。他唇角有擦傷，也顧不上去抹，剛剛打過架的人現在冷靜下來講道理：「現在幫我們交電費，不交也行，把錢和電卡給我們自己交。」

「別得寸進尺啊！跟你說了，錢在公司那，跟我們沒關係！」

「我們不知道錢在誰那，但我們今天必須有電！」張雷真的被這些人氣壞了，做商業化的人，結交天下朋友，幾乎很少動真氣，今天卻被氣得要死。

仲介一個無賴大概蠻橫慣了，見這幾個年輕人嚇不住，挑軟柿子捏氣急敗壞朝尚之桃臉上出了一拳，孫遠翥眼疾手快鑿他手臂，拳頭卻還是擦到尚之桃的臉，一張白嫩嫩的臉瞬間腫了。

這真是太欺負人了！

尚之桃活了二十三年，哪受過這樣的委屈，跳上前去狠狠咬住那人的手臂，冬天穿得多，這一口能有什麼威力？又反手抓那人的臉，只恨自己沒有 Lumi 那樣的長指甲。

警察終於來了，看看這一屋子男男女女，仲介沒吃什麼虧，吃虧的是四個租客。顯然從前都是守法公民，但今天被逼急了。索性把人都拉到派出所調解教育。

「誰先動手的？」

「他們！」手都指向對方，仲介顯然更有經驗，沒有證據是他們先動的手，路人圍觀的時候已經打起來了。

「電費呢？」

「在公司呢。」

「你們公司在哪？」警察就只是問一下，這片什麼事他們不知道？無非走流程而已。幾個黑仲介互相看一眼，其中一個人開口：「不知道啊……我們來的時候就在店裡，沒去過公司。」

放屁！

警察心裡罵他們：看你們一個個垃圾樣！幹什麼不好幹黑仲介！

警察跟這些仲介沒辦法說了，他們練出來了，團結得很呢。就問尚之桃他們：「想怎麼解決？」

「第一，我們受傷了，要去醫院檢查……」

「我們也受傷了！我們也要去檢查！」混混們大聲吵嚷。

「閉嘴！」警察手拍在桌子上，大家安靜了下來。

「第二，我們要拿回我們的錢還有電卡，同時我們要直接跟房東對話。」孫遠翥講到這看了看尚之桃和孫雨：「第三，女生受到了驚嚇，我們需要他們當眾道歉並保證不尋釁滋事。」

「先去醫院。」警察看了看這幾個吃虧的年輕人，心想你們也是膽子大。

「我還有一個要求。」孫遠翥打斷警察：「肯定還有其他人跟我們有一樣的遭遇，請聯絡他們一起解決，不然我們將訴諸法律。」

從前的孫遠翥是多麼溫柔的人，今天因為兩百塊錢這麼剛硬。尚之桃突然想起讀書時老師講五四運動：你看那些弱不禁風的學生們，最先覺醒。她突然明白讀書能賦予人的最棒的那一部分，大概就是今天孫遠翥的樣子。

他們去醫院驗傷，警察把那個黑仲介的老窩端了，帳本帶走了，財務抓了，第二天尚之桃他們就跟房東見面了。速度之快令人咂嘴。

但房東說：「鬧成這樣，怕仲介報復。你們知道潑油漆堵鎖孔吧？鄰里不得安寧。對不起呀，孩子們。」

尚之桃他們對著那個頭髮花白的房東突然不知道該說什麼，房東的擔心都是對的，她一個老人家兒女不在身邊，如果惹來這樣的麻煩她沒辦法處理。

「阿姨，您看能不能給我們幾天時間？我們找房子。」

「三天好嗎？」

「好。」

他們回到家，坐在客廳裡，好像都不是很想講話。還是孫雨先開了口，她被黑仲介坑過，也經歷過這樣的情景：「所以我們接下來找大四房還是隔間呢？」

「找三房吧。」安靜很久的張雷終於開口：「我考慮搬到公司附近的地方，我剛剛升職，工作太忙了，通勤時間長我休息不好。」

尚之桃上一次面對相似情景是在大三下學期，宿舍的姐妹們討論未來去向，有人說去北京，有人說回老家，有人想去深圳闖蕩，有人要考研究所。大家都很年輕，沒經歷多少分別，討論這個話題那天格外傷感，最後都哭了鼻子。

今天尚之桃沒哭鼻子，她知道大家早晚會散的。換工作、談戀愛、結婚生子，在一起的時間就那一兩年，起初還會經常在一起，慢慢的疏於聯絡，最終消失於人海。身邊剩下的人只有幾個。

聚散無常，也是人生真相。

大家都不知道該說什麼，還是張雷撓撓自己後腦勺：「請大家原諒我先走一步，但我真的太喜歡你們了。只是天下沒有不散的筵席。」

「哪有這麼傷感啊？」孫雨站起身來拍拍手：「罷了罷了，今天不討論找什麼樣的房子了，今天先為張雷送行吧！去喝頓酒！」

尚之桃點頭：「好好，喝酒。」

幾個人出了門去旁邊的燒烤店裡喝酒，臉上多多少少都掛著彩，惹別人側目。他們也都有點不好意思，萬萬沒想到求學十幾載，最後卻跟上學時的混混同學殊途同歸，總歸都要在社會上打這麼一架。

等菜的時候，尚之桃看著自己的指甲，然後對孫雨說：「我準備留指甲了，留Lumi那樣的指甲。然後把指甲磨出一個尖，下次打架不吃虧。」她這一年多的時間被欒念逼出了不斷自省和總結的習慣，打完架一直在反思，琢磨著下次怎麼打能贏。

大家都被她逗笑了，她一邊臉還腫著，嘴角也破了，看起來有一點滑稽。互相看看，全軍覆沒，真慘。

孫雨拿起杯子：「為張雷舉杯吧，恭喜你搬出這個破房子，開始新生。」

「別這樣說。」搞商業化的人見慣了裡裡外外的場面，今天有一點動容：「這將近兩年的時間真的是我來北京後最開心的一段時間。無論我在公司受了什麼委屈，生了多大氣，回到家裡看到你們三個，一下子都好了。雖然我決定搬走，但我們的感情不能斷。」

「在北京，能交到一起打架的朋友，不容易。」

這一天的情形其實挺滑稽的，為了兩百塊錢和心中那口氣，幾個人吃了那麼大的虧，也沒覺得丟人。反而覺得一起打了一架，徹底打成了朋友。

但人生總歸是要散場的呀！

熙來攘往、絡繹不絕，再熱鬧也還是要散場的呀！

都喝了很多酒，兩個男生破天荒在北五環街邊的樹下尿了泡尿，邊尿邊拍彼此肩膀：

「別學我，別學我，不文明不禮貌。」又吐得稀里嘩啦。

尚之桃和孫雨站在遠處背對著他們，吹著寒風，凍得哆嗦了一下。

孫雨揉著自己腫起來的手臂，再看看尚之桃腫著的臉，突然就有一點難過：「妳看看我們啊，一年到頭都幹了些什麼？在這一年臨了的時候掛了彩。」

「轟轟烈烈，也不枉這一年。」

就跟做夢似的，好的壞的都經歷了一遍。第二天一早張雷就搬走了，孫雨去籌組活動，尚之桃和孫遠翥去找房子。

臨出門前，孫遠翥看到尚之桃腫的臉有一點瘀青，那一拳真不輕，又覺得心疼，進屋拿出酒精：「我幫妳擦一下吧？」

「好。謝謝你。」

尚之桃側過臉，孫遠翥動作很輕，棉花棒擦了酒精輕輕觸到她的肌膚，柔聲問她：「疼嗎？」

怎麼不疼呢？

尚之桃卻搖搖頭：「不疼。孫遠翥我覺得你以後別打架了，做學問的人不適合打架。」

「他們威脅我們，說再鬧就套妳和孫雨麻袋。我們才動手的。」

尚之桃心裡真暖，她吸吸鼻子：「不值得的。」

「值得。」

成年人做事總是要先想值不值得，哪裡就有那麼多利益需要衡量？

「認識一場不容易，我看不到的時候不會管，但我看到了，就一定會保護妳們。」

尚之桃覺得眼睛有一點濕，在孫遠翥胸口搗了一拳，學張雷的語氣：「謝謝你，兄弟。」

「不客氣。」

不要這麼客氣。

到了週一，尚之桃的臉還沒完全消腫，嘴角也還破著。在樓下遇到難得早到的 Lumi，捏著她腮幫子問她：「誰他媽打妳了？」

尚之桃嘶了一聲，從她掌心掙脫出來：「跟仲介幹架了。」

「黑仲介？」Lumi 拿掉帽子：「我靠！哪家啊？妳說！不他媽砸了這店算老娘白混了！」Lumi 怒火一下子被點燃了。

「別了別了，不至於。我們也沒吃虧。」尚之桃沒想到 Lumi 是這種反應，頓時後悔剛剛嘴快講了實話。

「沒吃虧妳他媽讓人打成這樣？」Lumi 要氣死了。一直從電梯間罵到工位，尚之桃急得捂她嘴：「祖宗祖宗！老師老師！快消消氣！」

尚之桃打仗沒頭疼，勸 Lumi 消氣勸頭疼了。她這勸著呢，Lumi 那邊已經壓不住了。打電話給她那髒辮花臂肌肉機車男友：「我告訴你啊，我一個姐妹讓人打了，這事你給我問清楚。讓誰打了？就他媽北五環那個黑仲介公司，你現在就去給我問！欺負人欺負到奶奶頭上了，奶奶不把他們墳掘了算奶奶白活了！」

尚之桃一聽 Lumi 要去幹架，嚇得腿都軟了，小聲對 Lumi 說：「都過去了啊，我們沒吃虧啊，報警了，警察把他們的門關了，還帶我們去檢查了，錢拿回來了……這不是贏了嗎？」

「過去什麼就過去了。妳不知道這些黑仲介，壞著呢！妳以為你們搬家就了事了？回頭偷偷堵你們鎖孔！警察叔叔都拿他們這些小打小鬧的手段沒辦法妳知道吧？不一次制服他們能行嗎？」

「哦。我們報警立案的時候，警察叔叔說有事就找他們。」

「警察叔叔是警察叔叔，奶奶是奶奶！」

尚之桃偷偷跟姚蓓打聽是不是 Lumi 說的這樣，姚蓓說是。你們以為打一架就完了，後面麻煩事多著呢！

「那我們搬遠一點？」

「搬去哪？除非你們幾個徹底不一起住了。」

「哦。」

尚之桃這下有了心事。

去茶水間裝水時，從鏡子裡看到自己的臉，真的狼狽，還有一點疼。揉著臉出茶水間時遇到了剛開完管理會的欒念，他眉頭一皺，眼神落在她唇角和腫著的臉上，問她：「妳挨打了？」

能看出他很不悅了。

周圍有同事經過，那頭Lumi嚷嚷一早上了，大家都知道尚之桃遭遇黑仲介的事了，這下欒念一問，興致又起來了，都放慢腳步等尚之桃回答。看看老闆怎麼處理員工被欺負的事。

「我摔了一跤。」

尚之桃不想讓欒念知道她跟仲介打架的事，總覺得這件事對欒念說不出口。

但其實她明天開始就沒地方住了，他們看了兩天房子，沒找到適合的，然後決定，孫雨去公司睡，孫遠翥去同學那裡借住，尚之桃說自己要出差，可以把行李找個地方寄放，回來再看。

她想，不行就先找個飯店住，房子早晚能找到的。

欒念沒再追問，又掃了眼她的臉，轉身走了。回到辦公室才傳訊息問她：『怎麼回事？』

『真的摔了一跤。』

『妳現在再摔一跤，讓我看看妳怎麼摔到嘴角的。妳怎麼就這麼厲害？妳摔跤臉著地？』

尚之桃倔強不肯講，生活雞零狗碎的，她不想再講一次了。欒念是在下午路過茶水間聽到同事議論尚之桃遭遇黑仲介的事的。

公司的茶水間真是一個神奇的地方。欒念有時故意去茶水間裝水，總能聽到一兩句閒言碎語。他倒不是想偷聽，但管理公司總該要有辦法聽一兩句真話。茶水間再適合不過。

很多故事都在茶水間發酵，從而開始傳播。

他假裝去裝水，聽到大家說尚之桃和黑仲介，這不是講同事和公司的壞話沒必要避諱老闆，跟欒念打招呼又繼續說。

欒念聽到黑仲介圍著尚之桃打了一頓時，轉身走了。

他要氣死了。

尚之桃沒有腦子嗎？她沒有腦子她室友也沒腦子？幾個人單獨去找黑仲介，你們他媽以為你們是趙雲呢？七出七進逞威風？靠！

『妳給我過來！』

『？』尚之桃傳來一個問號，他從不在辦公室單獨找她，今天口氣看起來不好，難道是提效專案測試模型沒通過？

尚之桃狐疑的站在他辦公室門口敲門，聽到他不耐煩一句：「進來！」

尚之桃進去，又聽他說：「把門關上！」

「哦。」

關了門，站在門口，看到欒念的表情跟吃了屎一樣難看。

「那家仲介叫什麼名字？」欒念直接問她。

「哈？」

「哈什麼哈？叫什麼名字。」

「都解決了。」尚之桃有點納悶欒念是怎麼知道的，她並不知道欒念有去茶水間聽八卦的習慣。

「叫什麼名字？」欒念又問。

尚之桃仍舊不肯說，她不想把事情鬧大。欒念盯著她很久才說：「在妳家社區左側那家對嗎？」

「……」

尚之桃不用回答了，臉上寫著呢，欒念一眼就看懂了。

「出去吧。」欒念懶得再跟她說了，等尚之桃出去了他才打電話給一個朋友：「昨天路過一個地方，看到裡面消防不行，我覺得會有隱患，得查一查吧？」

「地址？我沒有詳細地址，我自己帶你們去。」

「舉報人寫誰？寫我。」

欒念穿上大衣出了門，跟那個搞消防的朋友見了面，那個朋友說：「等等啊，跨區。我聯絡了這邊的人。怎麼就突然想起舉報了？」

「在社區底商，怕有火災隱患。我昨天路過看到他們在裡面打牌吸菸做飯，還不知道哪裡弄來的瓦斯罐。」欒念記得那家仲介公司，裡面沒一個人看起來像好人，最初他送尚之桃回家的時候掃過一兩眼。

朋友看他一眼，大概明白怎麼回事了，嘿嘿笑了兩聲：「反正有人舉報，我們就得處理。但消防不合格這事，關門整頓也就一兩個月。」

「夠了。」

黑仲介的帳禁得住查嗎？先關了他們，再舉報稅務。慢慢解決，欒念有耐心。他還真就跟他們槓上了。他們坐在車裡等，沒等來別人，卻等來了穿著貂皮大衣的Lumi。拎著根棍子，旁邊跟著幾個人。

「是這嗎？」欒念聽到Lumi問旁邊那個髒辮男。

「是。問過了。」

「敲門。」衚衕裡長大的Lumi在公司裡裝得真是好，這下好了，那點江湖氣都來了。

欒念看她那樣被她逗笑了，聽到旁邊的朋友說：「這家黑公司招惹誰了？你要舉報他們，下面那夥人要砸店。」

欒念沒回答，打電話給尚之桃：「把妳那缺心眼的導師叫回去，她不回去妳明天就進警察局看她吧！」

尚之桃一聽嚇壞了，Lumi下午突然穿衣服說出去辦事，原來是辦這件事？她打電話給

Lumi：「妳能陪我去趟派出所嗎？」

『去派出所幹什麼？』

「警察叔叔讓我去錄口供。」

『那行。』

欒念看到Lumi對旁邊的男人說：「我去趟派出所，今天這沒人，等有人再收拾這幫人渣。」

尚之桃交的都是什麼朋友？欒念心裡罵他們蠢蛋，目送他們走了，消防來了，警察也來了，也打電話叫來了經理：「開門吧。」

消防檢查的時候，欒念要跟進去，朋友攔他：「不好吧？萬一被報復呢？」

欒念也不作聲，跟在後面進去了。

仲介經理抽空到欒念面前，遞一根菸給他，又諂媚朝他笑笑：「外面聊一下？」

欒念接過菸跟了出去，聽那經理問他：「您是社區業主嗎？從前沒見過。」

欒念抽著菸，看那店長手上有兩道撓傷：「手怎麼了？」

「嗨，前兩天有租戶來胡鬧，不小心打起來了。」

「什麼租戶？」

「兩男兩女。有兩個兄弟不懂事，忍不住打了其中一個女生的臉，這兩天警察教育好幾頓了，也是，別管租戶怎麼鬧，我們忍著就對了，又不是黑仲介，怎麼還打人呢？」那經理哭訴起來：「要說現在的租戶素質也低，就晚交一下電費就忍不了，上來就要砸店，什麼人呢！」

又嘆了口氣：「其實我們挺不容易的，在租戶和業主中間，兩邊不是人。我們也知道這店消防不過關，但那是公司的問題啊。這店要關了，大家就要喝西北風了。您看您發個善心，撤銷舉報行嗎？別的我們好解決。」

「都是在外頭混的，交個朋友如何？」

欒念沒有講話，安靜抽那根菸，菸抽完了，走兩步將菸蒂丟進垃圾箱，又走回那經理旁邊，伸手就是一記急拳，出手穩準狠。那經理被打愣了，指著他：「你怎麼打人？」

欒念也不講話，一手揪住他衣領，另一隻握拳揮到他左臉上，他脖子上青筋暴起，從前的斯文敗類皮囊被撕下去了，滿臉的逞凶鬥狠。旁邊幾個人迅速圍上來拉架，有兩個人拉住欒念的大衣，他轉身把大衣脫掉，照著那人飛出去一腳。

逮著一個人就往左臉打，有人打他他也不顧，就是打人左臉，好像那些人的左臉礙他什麼事了一樣。沉默著鬥了三分多鐘狠，裡面的人終於看到了，邊向外跑邊喊：「幹嘛呢！幹嘛呢！」

欒念又朝那經理揮了一拳才住手，指著那經理說：「他威脅我，說下次再舉報就要弄死我！」

都在社會混的，那些黑仲介混國內，欒念混紐約，手段都是世界通用的，誰不會？他玩起來比所有人都熟練。警察當然信他，他前前後後邏輯連貫，正常人也不敢一個人跟這些人動手。

欒念拉起衣袖給警察看：「我報案，他們這就是黑社會，必須抓起來！」

地痞無賴一樣，如果不是揮拳的狠戾尚有職場上佛擋殺佛的氣勢，別人真不敢相信這是欒念。

他自己都不信。

欒念真的生氣了，他氣尚之桃這個傻子遇到那麼大件事不跟他說，讓別人打了！弄死這些人的心都有，直到錄完口供都沒消氣。開到公司樓下打電話給尚之桃：「下樓。」

『哦。』

尚之桃看了看時間，這都幾點了？他這一下午到底去幹什麼了？

覺得欒念語氣不好，拖拖拉拉上了他的車，看他臉色鐵青也不敢再講話。

「妳沒我電話是吧？」

「除了上床和工作什麼事都不用跟對方說是吧？」

「寧願讓別人打也不跟我說是吧？」

「妳他媽有腦子嗎？」

「妳腦子是擺設嗎？」

「我跟妳說話呢！妳啞巴了？」

尚之桃沒見過欒念發這麼大的火，她窩在副駕上不敢講話。但欒念喋喋不休，讓她又心虛又沒面子，於是哽著脖子跟他辯：「不是你說讓我們保持距離的嗎？」

「保持距離嘛，當然就是上了床做朋友，到了公司做同事，出了公司不相干。」

「我不是做得挺好的嗎？我遇到事情不麻煩你，你怎麼還怪起我了……」

尚之桃講這幾句話沒什麼底氣，聲音嗡嗡的，但每一句都挺氣人。欒念本來就在氣頭上，聽她這麼說突然覺得自己操心尚之桃這個人真是多餘了。

「現在妳能說會道了，要電費時怎麼說不明白還挨別人揍？」

「妳就是窩裡橫[1]！」

欒念兩句話又把尚之桃說沒電了，抿著嘴自動關機。兩個人都生氣，沒人去追究欒念「窩裡橫」三個字究竟是怎麼從嘴裡說出來的。一個覺得對方什麼也不是，一個覺得對方嘴特別壞。

欒念的氣都撒在開車上了，油門踩得凶，尚之桃一顆心忽上忽下。見欒念車越開越快，終於怯生生拉住他衣袖，見他投過來凌厲眼神，朝他笑笑。

---

1 窩裡橫，意思是說某個人對待自己人很凶，愛發脾氣，對外人卻很溫和，不敢發脾氣。

「別他媽跟我笑！」

欒念根本沒意識到自己今天講了很多髒話，如果打尚之桃一頓能消氣，他現在就停下車打死她。

尚之桃哦了一聲，縮回手，看向車窗外。

欒念一轉頭就能看見她腫著的左臉，真是氣不打一處來。尚之桃怎麼這麼窩囊這麼沒腦子呢？

坐在那跟個受氣包似的！

「還疼嗎？」

欒念又看了她的左臉一眼，不知道打她那人用了多大力氣，都三天了，臉上的瘀青還沒消，也沒消腫。

「不疼。」尚之桃可不敢說疼了，他發了那麼大火，她如果說疼，大概要調轉車頭放火燒店了。但她也很意外，欒念竟然因為這件事這麼生氣，她以為在欒念心裡，他們之間的關係並沒到這一步上。

或許——尚之桃找了個藉口——或許就跟電影裡演的一樣，我睡了就是我女人，我女人我可以不要可以不愛，別人欺負可不行！

是這樣嗎？尚之桃偷偷看欒念臉色，他這臉色真是太難看了。咬著嘴唇不講話，一路沉默到欒念家。

他開門進去將大衣扔到一邊，坐到沙發上伸手拍拍：「妳過來。」他本意是想再訓她一頓，順便跟她講講社會的險惡，讓她下次遇事別衝動，先動動她那本來就不好用的腦子。如果解決不了，不是還有他嗎？

尚之桃依言坐過去，坐得離欒念稍微近了點，直接坐欒念腿上了。這打亂了欒念的節奏，他身體後仰靠在沙發上，嘴上還凶尚之桃：「滾蛋！」

尚之桃才不滾蛋，她跟欒念睡了一年多，知道這男人什麼脾氣。無論他多生氣，妳服軟就行。如果有一天軟硬不吃，那就代表他要弄死妳了。

「我就不滾。」尚之桃捧著他的臉看，發現他左耳破了，剛剛在車上她根本沒看見：「你耳朵怎麼了？」

「不知道。」

「你打架了？」

「關妳屁事。」

欒念要將尚之桃趕下去，尚之桃死死抱著他脖子：「我不。我臉疼，嘴也疼，你別趕我啊。」

「妳手機給我。」

「什麼？」

「給我。」

欒念拿過尚之桃手機，見上面有密碼又丟給她：「輸密碼。」

尚之桃解鎖手機遞給他，看他翻到聯絡人，找到他自己的電話：「不是有我號碼嗎？」

「……」

「妳失憶了是吧？妳忘了妳有我號碼了是吧？」

「在床上裝得挺熟似的，穿上衣服不認人了是吧？」

「妳……」

尚之桃堵住他的嘴，欒念今天話太多了，他在公司開會都沒這麼多話。尚之桃一直被他罵，心裡卻很甜很甜。欒念的嘴唇怎麼這麼好看？她心猿意馬，牙齒咬在他薄薄的嘴唇上，手從襯衫下擺探進去，一隻冰涼涼的手貼在他滾燙的肌膚上。

欒念半瞇著眼看她，那臉上的瘀青讓他的火燒到頭頂，眼瞪得要吃人一樣，那就給他吃掉好了。欒念不吃她這套，要將她丟下沙發，尚之桃像無尾熊一樣纏住他，悶聲做大事。

「別鬧。」欒念這聲別鬧真的要了尚之桃的命，越發努力，欒念卻扯她：「我對著妳這張醜臉沒興趣。」

無論怎麼哄都哄不好，這也太難哄了。

尚之桃有點氣餒，像泄了氣的皮球，眼睛蓄了一池水：「哼！」嬌滴滴一聲哼，彈坐在沙發上，也生了悶氣。這一聲哼讓欒念那臭脾氣築起的高牆土崩瓦解。跟她一起跌進沙發裡，期間不小心碰到尚之桃嘴角，她喊了聲疼，欒念卻冷冷一句：「活該。」

「現在知道疼，早幹嘛去了？」

話說得特別狠，動作卻很輕，唇印在她傷口上，還有瘀青上，在她要到頂的時候突然停下：「我手機號碼多少？」

尚之桃不上不下，急得快要哭出來了，欒念卻還是問她：「我手機號碼多少？」

尚之桃搖頭：「我不記得。」

欒念逼她背他號碼，第三遍時她背熟了，他終於把她從坑底撈出來，送到了雲上。

雲上飄忽，又接近光，讓她心生好多好多歡喜，好像也多了一點放肆，不許欒念撤離，打定了主意要給自己的勇士獎賞。

欒念手臂吃痛，坐起身，尚之桃眼掃過去，才發現他左手臂腫了那麼高。再仔細看，手背上也有擦傷。尚之桃覺得自己真是瞎了，怎麼現在才看見，剛剛還跟他胡鬧。

「得去醫院吧？」

「不用，沒骨折。」

「萬一呢？」

欒念瞪她一眼不講話，起身拿了酒精給她，享受尚之桃的推拿服務。尚之桃幫他揉手臂，揉著揉著又覺得心疼，唇印上去，一下一下，表達自己的感激。

「欒念。」

「嗯？」

「我可以在你這裡借住幾天嗎？我無家可歸了。」尚之桃終於放下面子開口求他，她本來想就算自己露宿街頭也不會讓欒念知道這件事，可今天事情莫名其妙就鬧這麼大，索性就開個口，在他這裡借宿幾天。

「幾天啊？」欒念睥睨她，好像很不情願的樣子。

尚之桃伸出三根手指，想想又把另外兩根立起來：「五天？」

欒念還是靠在沙發上，半死不活的樣子，不說行也不說不行。尚之桃慢慢挪騰到他身邊，將衣領拉下，白嫩圓潤的肩頭露出來，朝他拋媚眼：「我不白住哦，我服務可好了。」

「滾。」

欒念瞪她一眼，問她：「我號碼多少？」

「背下來就住，背不下來現在就滾蛋。」

那個時候滿腦子淫欲，敷衍背過轉眼就忘了，現在他突然一問，尚之桃大腦一片空白。慌忙拿出手機對著欒念的手機號碼又背了一遍。

欒念懶得再理她，轉身上樓，尚之桃跟在他身後，有點得寸進尺的意思了：「您看這樣可以嗎？明天可以借用您的座駕，幫我把東西也搬過來嗎？我沒地方放，等找到房子了我就拿走。」

「妳動我車試試！」尚之桃撞他車那次至今心有餘悸：「我開車帶妳去。」

「那明天下班？」

「好。」

到了樓上，尚之桃自覺往客房走，明天還要上班呢，今天晚上可不能再鬧了。欒念卻扯住她衣領，迫著她跟他回了主臥，脫了衣服趴在床上：「妳幫我按摩。」

「……」

按摩嘛，本來好好按，可欒念的後背也寫著「絕色」二字，令尚之桃心不在焉。手腳就開始沒規矩，一點一點扒掉欒念那層冰冷的皮，把滾燙的自己送給他。

欒念手臂疼，尚之桃嘴疼，但她此刻腦子好使，嬉笑著對他說：「您別動！我來！」

欒念就由著她，讓她去瘋去放肆，眼神幽幽在她身上，要把她生吞活剝了一樣。

尚之桃發現她不能單獨跟欒念在一起，只要單獨跟他在一起，她腦子裡就裝不下別的事，就想跟他這樣胡鬧。她動情的時候彎下身尋他的唇，顫著聲問他：「喜歡嗎？」

「喜歡。」欒念這次沒嘴硬，喜歡就是喜歡，喜歡又不丟人。

尚之桃眉頭微微皺了，最後那聲嬌啼落到欒念口中，他化被動為主動，又急風驟雨一樣送了她一程。

尚之桃覺得周身通透，這幾天因為房子帶來的糟糕心情都消散了，就想安心在欒念身邊待一下。也不想去客房，就閉著眼睛裝睡。以為欒念會趕她走，他卻沒動靜，比她還快入睡。

第二天上班時，聽到Lumi講電話：「什麼？封了？怎麼就封了？老娘還沒去揍他們呢！」

「有人舉報消防？昨天打了一架？人被關進派出所了？」Lumi咯咯笑出聲：「這幫人渣夜路走多了撞見鬼了吧？哈哈哈哈！」

尚之桃在一旁聽著，終於知道欒念昨天下午去幹什麼了，也知道他身上為什麼帶著傷，眼睛就有一點紅了。抬頭看了看黑仲介撞見的「鬼」，心裡滿是感激。

『所以你昨天下午一直在為我的事情奔忙嗎？』尚之桃傳訊息給他。

『為我司員工生存奔忙。』欒念皺著眉頭回她訊息。

這邊的尚之桃捂著嘴偷偷笑了。

到了晚上回去拿東西，帶著欒念走到樓下，尚之桃突然攔住他：「我自己上去就行啦。」

欒念臉上畫著問號。

「你不認識我室友，他們也不知道你，我怕你尷尬。」

「？」

「我馬上下來哦！不會讓你等太久。」

尚之桃說完撒腿跑了，她不想讓欒念去她家，說不清為什麼。總覺得那間屋子，是她和室友們的小天地。

孫遠翥幫她拎東西下來，就放到樓梯口，輕聲對她說：「這幾天我抓緊找房子，妳別太著急。我們可以找到適合的房子的。」

尚之桃點頭：「我知道！我不著急！週末我們一起找。」

孫遠翥笑了，那笑聲真溫柔，又四下看看：「妳朋友呢？」

欒念站在陰影裡沒動。

「我朋友……」尚之桃回頭找，沒看到陰影中站著的欒念：「我朋友應該去外面等我了，沒事，我站在這裡等他。你快上去收拾，明天還要上班。」

「妳自己行嗎？」

「我行。」

尚之桃目送孫遠翥上樓，回過頭看到從陰影走出來的欒念：「哎？我以為你不在。」

欒念看了眼她的東西，也不幫她，轉身朝車上走。

「你不幫我嗎？」尚之桃問他。

「妳沒長手？」欒念丟下這一句上了車，冷眼看尚之桃一個人折騰。她東西不多，兩個大行李箱，還有一個大紙箱，想來一個人在北京漂著，也不會準備太多東西。候鳥一樣一年搬兩次家，買那麼多東西做什麼？

尚之桃費了好大力氣把東西放到欒念後車廂裡，欒念是真的一點忙都沒幫，等她上了車就發動引擎，走了。

變臉比翻書還快呢！

到了家也還是讓尚之桃自己收拾，下樓取東西的時候看到尚之桃那個大箱子裡放著他送她的東西。他自己送出去的東西他認得，包裝都沒拆，上面還有一小層灰。

「不背？」直接開口問她，有一點突兀。

「什麼？」

欒念下巴點在那個箱子上：「我送妳的包。」

「哦哦哦。」尚之桃哦了幾聲：「我捨不得。」

欒念看得出她敷衍，轉身走了。是在第二天上班路上，在等一個紅綠燈的時候問尚之桃：「妳租房子多少錢？」

「什麼？」

「妳租那房子多少錢？」

「我那個房間一千多。」

「妳可以租在我這裡，每個月房租一千。」

尚之桃愣怔在那裡，欒念的房子多好呢，哪怕算她兩千一個月她也願意啊！她竟然真的認真地想了想，然後搖頭：「謝謝你啊，但是我還是去租房子吧。」

「為什麼呢？因為妳捨不得妳室友嗎？」

「是啊。」尚之桃認真點頭：「我室友人都很好的。」

她心中是坦蕩的，室友們本來就是很好的人啊！

「恭喜妳，找到好室友。」欒念不鹹不淡不冷不熱的，尚之桃也看不出他是真的在恭喜自己還是嘲笑自己。

到了週六，尚之桃早早出門去跟孫雨和孫遠翥會合，還是在那附近，提前在網路上看好，一家一家打了電話，一家一家去看。找房子真的很難，網路上的照片看起來很好，去到房子裡一看，比豬窩好不了多少。好不容易看見一間好的房子，房子卻貴上了天。

太難了。尚之桃心想，租房子太難了，我一定要買一間自己的房子啊！讓我的朋友都搬到我家來，我們一起吃飯喝酒。

三個人在北五環遊蕩了一整天，到了晚上都有點精疲力盡，天氣又冷，肚子又餓，隨便吃了一碗刀削麵，約定明天再找。臨分開的時候，孫雨接到一通電話，電話那頭是和氣的阿姨的聲音：『孩子啊，還記得我嗎？我是房東阿姨啊。』

「記得，阿姨您好。」三個人彼此望望，不知道房東阿姨打給他們做什麼。

『找到房子了嗎？』房東阿姨直接問他們。

「還沒有，阿姨。」孫雨禮貌回道。

『既然沒找到，還來阿姨這裡住吧？從前的價格就好。』

「啊？您不是怕仲介報復嗎？」孫雨問房東阿姨。

『沒事啦，今天警察打電話來了，說是事情解決了。仲介今天也打電話給阿姨了，說是寫了保證書了，交了身分證，按了手印了。不僅不來搗亂，還會幫我們盯著。態度特別好。』

「好的阿姨，我們先商量一下，等等回覆您好嗎？」

這戲劇性的轉折令三個人哭笑不得，孫雨問他們：「還住嗎？」

「住啊！」尚之桃突然特別開心。

「那就住！」孫雨也點頭。

孫遠翥看她們這麼開心，就點頭：「好，那就還住在這裡。但是我有一個小小的提議……」

「什麼？」

「我們重新布置一下這裡好嗎？張雷搬走了，他那份房租我出，因為我想要一間單獨的書房。」

「好！」女孩們心知這樣是在占孫遠翥便宜，可她們都不願跟他算清楚，因為他是孫遠翥啊！他多花了房租，她們就多負責日常的開銷，無論怎樣，還是跟好朋友住在一起，這就夠了。

尚之桃很開心，進門的時候哼著歌，欒念正在跟梁醫生打電話，聽到聲音按了靜音鍵，抬起頭瞪她，尚之桃忙捂住嘴，手指指樓上，撒腿跑了。

『哎？剛剛好像有個女孩在哼歌？』梁醫生耳朵多靈呢，直接問他。

欒念當沒聽到，繼續說：「我下週日的飛機。」

『什麼時候回國呢？』

「二月末。要在總部開會，然後有兩個專案我要做評審。」

『那很好，可以多陪我們幾天。』梁醫生聽起來心情不錯，喝了口水，說道：『所以你談戀愛了是嗎？』梁醫生永遠不會被欒念岔開話題，自己生的孩子自己最懂怎麼拿捏。

『剛剛我肯定沒聽錯，就是有女孩在哼歌。』她又肯定的說這一句。

「我不想討論這個問題。」

『為什麼？談戀愛就談戀愛唄。談戀愛不敢告訴我是怕我催婚嗎？你放心，我不會的，你爸也不會。我們讓你相親無非是有時親朋好友盛情難卻。』

「我不想討論這個問題，因為我不是談戀愛。」欒念頓了頓：「我是成年人。」

話說到這，梁醫生就明白了，沒談戀愛，成年人，那不就是玩玩嗎？自己的兒子竟然也要玩玩了。

『這樣不好吧？對你對女孩子都不好。』梁醫生這樣說。

「我自己會把握。」

『那你自己把握，我掛了。』

欒念掛斷電話，看到尚之桃拿著水杯下來：「樓上不是有飲水機？」

「沒水了。」

「妳剛剛為什麼那麼開心？」

「我找到房子了。」

尚之桃喝了一杯水，將杯子放到欒念的吧檯上：「我明天就可以搬走了。謝謝你這幾天照顧我。剛剛我不是故意出聲音的，我不知道你在打電話。」

「沒事。」

「沒惹麻煩就好。」

尚之桃手指指樓上：「那我先睡啦？我明天一早就走，因為要收拾房子，可能要折騰一整天，早點走，不影響週一上班。」

「嗯。」欒念嗯了聲，再沒別的話。

尚之桃上樓後將東西都打包好，關了燈躺在床上。她聽到欒念講電話了，不是故意的。我不是談戀愛，我是成年人，我自己會把握。就差直接對自己媽媽說那是我長期炮友了。

尚之桃覺得欒念沒做錯，他只是講了實話而已。那天欒念帶給她的感動就這樣消失了，原來真的是那樣，因為我們睡過，自己睡過的女人被人揍了，總要為那個女人出頭一次，這樣才能顯出男子氣概，又或是男人的占有欲作祟，而不是因為喜歡或愛。

第二天她早早起床，輕手輕腳將東西搬下去，想了想寫了張紙條放到枕頭上：「感謝這幾天的收留，打擾了。」客客氣氣的。

尚之桃叫的小貨車將她從欒念社區載到了北五環，前幾天那種不真實的感覺消失了，站在公寓門口，感覺又回到了人間。她的人間就是在一個這麼真實的情景中，周圍破敗熱鬧，但是有好朋友在身邊。

天上下起小雪，她站在樓下看了一下，多快啊，這一年就這樣過去了。她覺得這一年的收尾很好，雖然有一點戲劇性的波折，但勝在圓滿。

孫雨也拉著東西回來了，兩個人看著對方的行李，都笑出聲。

「沒想到走了一圈，又回到了這裡。這大概就是我們跟這裡的不解之緣了。我找了個搬運工來。」孫雨指指不遠處走來的人：「我們就別挨累了，好歹我也是一個瀕臨倒閉的創業公司合夥人，這一百塊錢我能出得起。」

「那我好歹也是頂尖外企的跑腿員工，今天的飯錢我包了，出得起。」

相視一笑，上了樓。

推門進去，看到孫遠翥的東西已經堆到了客廳，他正在裝書櫃，從網路上買的，需要他自己組裝。他還買了好看的壁紙，客廳那個舊沙發也不見了。

「這……」

「不是說要好好收拾一下嗎？」孫遠翥笑了笑，拍拍手上的灰：「兩個陽面的房間留給妳們，我經常出差，不需要住陽面，妳們兩個自己挑。」

這等好意是要接受的，因為他是孫遠翥。

三個人放起了音樂，安靜的聽歌收拾東西，孫雨傳了一則訊息給尚之桃，她說：『我所剩不多的浪漫主義在作祟，我希望此情此景，伴我們到長命百歲。』

尚之桃也喜歡這樣的時光。

在這樣的空間和時間裡，周圍沒有讓她感覺到有壓力的人或事，一切都很簡單。

這樣布置一間房子，讓她在這座城市第一次有了歸屬感。

孫遠翥坐在客廳的陽光裡裝櫃子，周遭暖洋洋的，美好的像一場夢。

他們一直折騰到晚上，家才有了新的模樣。

孫遠翥拿出一張圖，對她們說接下來他的規劃。

「我想在這裡放一張長條的書桌，我們可以並排坐在那辦公。」

「這裡我想擺幾個花架，放上幾盆花，再養一小缸魚，這樣才能有生氣。」

尚之桃舉起手：「我也有想養的。」

「什麼？」

「我想養一條狗。」

看到另外兩個人睜大了眼睛，她篤定的點點頭：「我真的想養一條狗做為送給自己的新年禮物。你們有人怕狗嗎？」

另外兩個人都搖頭。

「那我要養狗囉！」

尚之桃為自己做的決定鼓起了掌。

第十六章　上下一心

尚之桃說行動就行動。

年前最後一週，同事們休假的休假，回家的回家，辦公室沒幾個人。尚之桃手裡的提效專案模型通過測試和審批，年後就要正式上線了。

突然間沒什麼事，難得在工位上看一下其他網頁。Lumi 裝了水回來，看她在網站上看狗。

「喜歡狗？」

「喜歡。想養。」尚之桃點頭。她看網路上說狗狗愛黏人，沒事就臥在妳腳旁邊，她想像了一下，下雪下雨或者純粹是一個人百無聊賴的時候，身邊能有這一個可愛的東西陪著，那感覺一定很好。

「我剛好有一個朋友在通州開狗場，我帶妳去挑？」

「哈？現在嗎？」

尚之桃真的佩服自己的導師什麼人都認識，好像一整個北京城沒有她辦不了的事，熟悉不了的人。

呢？」

「當然是現在啦。」Lumi穿上大衣：「一年就這幾天蹺班的大好時機，不走等什麼

尚之桃也穿衣服，看到Kitty從工位上站起來，她今天穿一件黑色連身短裙，一雙過膝長靴，破天荒對她們笑：「去哪看狗啊？」

Lumi想說「關妳屁事」，尚之桃搶先一句：「去通州啊。」將她們的吵架扼殺在搖籃裡。

她們穿衣服向外走，Kitty也跟了出來。

三個人在電梯間裡都不講話，尚之桃手機響了，她接起：「王總你好。」

是今年入庫的供應商，尚之桃蘇州站的活動就用這一家。

「我在公司啊。」尚之桃笑著說。

「你在我們公司樓下？」

「好啊，我馬上到樓下。」

尚之桃掛斷電話，對Lumi說：「老王來了，說是路過就來看看。」

出了電梯看到王總在一樓坐著，手邊是兩個紅色新春禮盒，Kitty從後門進咖啡廳，看了那個新春禮盒一眼，又看了眼尚之桃，推門進去了。

「過年了，我們公司準備了禮盒給客戶，也備了一份給兩位。」

「別，我們可不要，禮盒事小，工作事大。」Lumi直接拒絕：「王總就別客氣了，有空

一起吃頓飯，禮盒就算了。」

「是的。」尚之桃在一旁點頭，對王總說：「不用這麼客氣。」

三個人閒聊幾句，相互告別。

Lumi帶著尚之桃去地下車庫開車，上了車之後才說：「以後這種事多著呢，信我的，什麼都別拿。當然，妳也不是那種人。」

尚之桃點頭：「我膽子小。別回頭年紀輕輕被送進去，我爸媽去監獄看我還得坐高鐵，多累啊。」她就隨便說，正義感不允許她那麼做。不拿群眾一針一線，拿了以後還怎麼跟群眾相處啊？

「我們這個行業這種事多著呢，搞市場的人都是在風口浪尖上，今天一個禮盒，明天一條絲巾，後天一個包，慢慢的就這樣完蛋了。」Lumi邊說邊不屑：「主要是老娘也不缺那點錢啊！」

Lumi說到「後天一個包」的時候，尚之桃猛然想起家裡放著那四個沒有動過的包。那包是欒念買的還是客戶送的？她腦子裡突然冒出這一個念頭，轉眼又搖搖頭，欒念不是那種人，他自己什麼都不缺，又有一股清高的勁頭。

尚之桃把握不住欒念動輒送包的習慣是怎麼養成的，他送禮物就那樣輕飄飄的：沙發上送妳的禮物妳走的時候帶走，妳下車時把後座的禮物拿走。

挺占地的。她自己才多少東西？搬家時候那包就得單獨占個箱子，不知情的人還以為她倒騰奢侈品包裝盒的呢！

她正想著呢，Lumi從後座拿過一個小盒子給她：「過年了啊，不是給妳的，給叔叔阿姨的。」

「妳送我爸媽東西幹什麼？」尚之桃覺得燙手。

「給妳妳就拿著！又不是送妳的，腰帶，一人一條。感謝叔叔阿姨為我做鹹菜，太好吃了。希望妳這次回家多帶點回來。」

尚之桃上一次回家，帶回了大翟做的鹹菜，瓶瓶罐罐帶了半個行李箱，十分壯觀。她帶了兩罐給Lumi，Lumi愛上了，索性就都給她吃了。

「妳愛吃我就多拿，但妳送禮物算怎麼回事呢……」尚之桃有點不好意思。

「管得著嗎妳？拿走啊，別惹我生氣。」

兩人一路拌嘴到狗場，那狗場之人看起來有一點龐克，見到Lumi用力拍她肩膀：「妳養狗啊？」兩個人看起來很熟。

「我姐妹養。」Lumi對尚之桃說：「妳想養什麼樣的跟他說，周圍的狗場他都認識，他這沒有就讓他帶我們去別人家挑。」

「我想養一隻薩摩耶或者黃金獵犬。」尚之桃認真的說，她喜歡薩摩耶，跟個雪球似的，黃金獵犬聽話聰明。總之她都可以。

「我家剛好有一窩剛生的薩摩耶，賽級犬，毛量骨量身長都是頂級的，看看？」

「好啊。」

尚之桃跟他走進去，看到一窩小雪球。

那人還教她：「買狗呢，講求緣分。妳叫牠們，先過來找妳玩的那隻肯定最機靈，也跟妳投緣。」

哦。

尚之桃蹲在那裡，叫，怎麼叫？汪！她開口學了一聲狗叫，狗場主人還是第一次見這麼叫的，哈哈大笑：「挺逗啊，妹妹。」

Lumi 也在一邊笑：「她就這樣，缺心眼似的。」

還真有一隻小狗，聽到尚之桃的叫聲，蹭到她腳下，毛茸茸的，張口咬住她手指，跟她玩呢。尚之桃一顆心要化掉了，將那隻狗抱到腿上，那狗可真喜歡她，在她懷裡亮肚子讓她揉。這大概就是狗主人說的緣分？

尚之桃抱著那小雪團捨不得放下，仰頭問那狗場主人：「多少錢啊？」

「不要錢。」

「哈？」尚之桃來之前查過，賽季薩摩犬可不便宜，幾千上萬都有，不要錢算怎麼回事？Lumi 卻彎下身拎起那狗脖子往外走：「不要錢妳還不趕緊走？等老闆反悔呢？」狗也聽話，就那麼張著四隻爪子讓 Lumi 拎走，蠢笨蠢笨的。

「好好對牠，等大一點帶牠回來看看牠爹媽就行了。已經打過一針了，剩下的妳回去打。籠子提著還是抱走啊？」

「抱走抱走。但我還是給您點錢吧？我看網路上說賽級犬要幾千上萬的，我不好意思。」

「妳有病吧？有什麼不好意思的，這我哥！」Lumi 把尚之桃往外推：「改天吃頓飯得了！快走，妳不得買籠子狗糧啊，不得買件新衣服給人家啊？」

兩人上了車，狗在尚之桃懷裡臥著，Lumi 看看那狗又看看尚之桃，我靠了一聲：「我說尚之桃，妳挑的狗怎麼跟妳這麼像？」

「哪裡像？」尚之桃把牠舉到眼前，四目相對，狗汪了一聲。

「妳看看那神情！那長相！」Lumi 笑得肚子疼：「呆頭呆腦的，跟妳一模一樣啊！」

哈？我呆嗎？

尚之桃抱起狗，對牠說：「我呆嗎？盧克？」狗腦袋一歪，呆。

「叫什麼？」Lumi 以為自己聽錯了，問了一遍。

「叫盧克。」尚之桃認真回答 Lumi：「這名字好，這名字解恨。」

尚之桃就想養隻狗叫盧克，盧克你過來，盧克 sit down！盧克 stop！盧克 good boy！多爽啊。她嘿嘿笑出聲：「叫盧克多威風，以後在公司受氣了，回家我就收拾盧克，盧克你怎麼幹活的？不行你就別幹了。盧克你怎麼尿在屋裡了？不行你就出去吧！盧克你看看別的狗，再看看你。」尚之桃學欒念口氣學得特別像，神情也像，皺著眉冷著臉，一臉欠揍樣。

Lumi 被她逗死了，趴在方向盤上笑了半天：「這麼一說挺解恨啊，那我回家幫我那蜥蜴兒子也改名，叫盧安。」盧、安，欒：「盧安你挺垃圾啊！你挑釁的看誰呢盧安！再挑釁餓死你！」

兩個人對著笑，盧克在尚之桃懷裡琢磨自己這新名字，琢磨半天，可能也覺得挺威風，突然站起來，奶凶奶凶叫了一聲：「汪！」

「乖盧克，再叫一聲給姐姐聽。」

尚之桃有了盧克覺得今年真是太圓滿了，抱著牠進了家門，對孫雨和孫遠翥說：「快來看看我的小雪球。」

三個大人把盧克圍在中間，愛不釋手地摸。盧克這個小東西特別可愛，特別惹人疼，你摸牠，牠就張開小嘴巴假裝咬你。過沒多久又在地上亮肚皮，把牠會的那點東西都展示了一遍。跟 Luke 一點都不像，可比 Luke 好玩多了。尚之桃心想。

她捨不得把盧克鎖在籠子裡，怕盧克受委屈。孫遠翥就找來上次組裝書架剩的材料，在陽臺上圍了塊地，又在網路上買狗零食，怕盧克營養不良。孫雨怕盧克著涼，拆了條被子動手幫盧克縫狗窩，一邊縫一邊說：「你可別咬啊，縫一次不容易。」盧克呢，大概感覺到牠在這個家裡倍受優待，一下到這個腿邊蹭蹭，一下撓撓那個褲管，總之不閒著。

孫雨看盧克那得人疼的樣子，對尚之桃說：「妳別說，這盧克性格可真好。」

可不是？比欒念好多了。

晚上尚之桃睡覺，聽到床下盧克哼哼唧唧，在地上啪嗒啪嗒走路，好像很煩躁。開了床頭燈坐起來，盧克立刻在地上坐好，過了幾秒又支起身子，把毛茸茸的小前爪搭在床腳上，嗚，聲音由高到低有一點沮喪。

「你想跟我睡是嗎？」尚之桃問牠。

「汪！」盧克叫了聲，大概是說對！跟妳睡！就現在！

尚之桃把牠抱到床上：「那你不要尿床哦，我知道我說了你也聽不懂，你太小了，還不會憋尿呢！」小盧克坐在床上，歪著小腦袋，圓圓的眼睛看著尚之桃，好像在思考。然後又「汪」了一聲。

可能說的是：我盡量不尿。

尚之桃笑出聲，關了燈，黑暗之中小盧克在她手邊尋了一個位置，毛茸茸的身體緊緊貼著她手臂，腦袋搭在她手腕，「嚶」了聲。尚之桃那顆心說不上什麼感覺，軟得要死，一個只屬於她的盧克，晚上一定要睡在她身邊的盧克。手放在牠頭上，輕輕說：「盧克啊，你要乖一點，不要學 Luke。」

她有了盧克，就覺得心裡空著的那塊地方終於滿了，好像也不那麼需要戀念來填了。

盧克哪裡都好，就是太小了，凌晨就要出去尿尿，不帶出去牠就在屋裡哼哼唧唧，尚之桃就裹著羽絨外套蓬頭垢面帶牠下樓尿尿。樓下的小花園裡有積雪，盧克還不會抬腿尿尿，後腿一彎，尿在積雪上，嘩啦啦的聲音。牠腿又短，尿完尿，屁股上的毛就濕了。尚之桃上樓還要拿溫毛巾幫牠擦屁股。

孫雨看著她被折騰，就逗她：「什麼時候 Luke 能幫妳照顧盧克，妳就圓滿了。」

尚之桃擦狗屁股的手一頓，又繼續擦。

她養了狗，起得更早了。缺覺，眼底就有黑眼圈了。

年前倒數第二天，在公司裡遇到欒念。欒念破天荒問她：「來這麼早？」

「啊……」

欒念看她一眼，問她：「晚上我接妳？」

「不行啊……我晚上不方便……」尚之桃很認真地說。

「？」

「我得回家遛狗啊。」

「妳養狗了？」

「嗯。不遛就要尿在屋裡了。而且牠凌晨就要下樓尿尿……」

「妳室友呢？」

「我室友今天都放假回家了。」尚之桃擺擺手：「不行哦，我不能去你家啦！」

電梯開了，她在欒念前面上了電梯，心想真邪門，有了盧克自己的色心都沒了！

尚之桃轉性了？

到下班的時候欒念傳訊息給尚之桃：『來我車上拿東西。』

『哦。』

尚之桃上了車，欒念並沒有給她東西的意思。徑直開車去了她家樓下。

「那就謝謝你啦。」尚之桃解安全帶，欒念也下了車：「送妳。」

尚之桃摸不清欒念的想法，他風一陣雨一陣雷一陣的，情緒不是特別穩定。

尚之桃走到公寓門口，看他沒有離開的意思，就問他：「要上去坐坐嗎？」

「也行。」

他並不是很想去，他對別人的居住環境不感興趣，但想起尚之桃上次在樓下攔住他，今天又一反常態不跟他回家，就想進去看看她到底養什麼狗東西。她家樓梯間逼仄，樓梯又不平，如果是深夜，從一旁竄出一隻小野貓都能把人嚇得半死。

突然覺得尚之桃那些加班到深夜的日子，不知道走過幾次這樣的樓梯，應該受了不少驚嚇吧。但她平常笑嘻嘻的，別人也看不出來。

尚之桃開門進去，欒念站在門口打量了她的家一眼，意外發現她家裡竟然整潔乾淨。尚之桃有點不自在，指著沙發：「你在這裡等我一下好嗎，我裝上東西就走。」

「去哪？」

「不是去你那嗎？」尚之桃擅自揣摩了欒念的心思，都屈尊來這了，還能為了什麼呢？無非是把自己的鳥放出來遛一遛，但尚之桃不想在這裡，因為這裡是她和好朋友們的家，她不想在這裡做那些事。

「……狗怎麼辦？」

「帶著。狗不去我不去。」尚之桃今天真是膽大包天了，一定是盧克給了她勇氣，讓她一次次挑戰 Luke。

「嗯。」欒念脫了大衣和鞋，等著尚之桃拿拖鞋給他，尚之桃有點抱歉：「家裡只有孫遠翥一雙男士拖鞋……」

「沒事。」

欒念踩在地板上，走到沙發那裡坐下，看尚之桃跑到陽臺那裡，開了小門，一個雪球連滾帶爬從裡面跑了出來，高興得跟什麼似的，圍著尚之桃轉圈。

尚之桃也很開心，在地上小步跺腳：「姐姐回來啦！」彎下身子抱起牠：「你等一下哦，我收拾一下東西，今天帶你去住大別墅。我們去別墅區開泡尿你說好不好啊？」

有病吧？

欒念心裡嗤了一聲別過臉去，拿出手機回訊息。他訊息非常多，每次集中處理。正回著，感覺腳上有點熱，一低頭看到尚之桃的狗東西坐在他腳上，正伸著舌頭對他笑。

欒念叫了一聲：「尚之桃！」

聲音很不悅了，抽出自己的腳將腿移到沙發上。尚之桃跑出來看到欒念的姿態，又看看盧克，睜大了眼睛：「你怕狗？」

「把牠弄走。」

「為什麼？」

盧克才來幾天，就成了社區的明星了。凌晨帶牠下樓尿尿，早起散步的爺爺奶奶們都很喜歡呢，欒念是第一個不喜歡牠的人。

「弄走。」

欒念不喜歡狗，尤其是看起來軟趴趴的狗。養隻比特犬多帶勁，尚之桃養的那是什麼東西？那狗看起來跟她一樣，蠢呆蠢呆的，此時就坐在她腿上，兩隻耳朵垂著，圓眼睛左看右看，最後落到欒念身上。等紅燈的時候欒念偏過頭看那狗東西一眼，狗東西還不高興，對他汪了一聲。對欒念表現出的冷漠記仇了。

「叫什麼？」欒念問尚之桃。

「什麼？」

「妳的蠢狗叫什麼？」

「就叫……狗……」尚之桃朝他笑笑，摸了摸盧克的腦袋。盧克還沒適應自己的名字呢，叫什麼對牠來說都無所謂，張嘴咬住牠的小球，小耳朵一顛一顛，玩得不亦樂乎。

「妳養條狗，出差怎麼辦？」

「我室友可以幫我哦。」

欒念偏過頭掃量她一眼，看她提到室友時流露出的幸福感，就不再作聲。

下了車，尚之桃抱著盧克向裡走，欒念問她：「要抱進去？車庫不夠牠待？」

「那我也待車庫。或者我們回車上，速戰速決，我抱著……狗走。」一臉堅決，誓死要跟自己的狗同進退。

欒念被她氣笑了：「妳讓牠離我遠點啊！」

「牠認生。不會靠近你的。」

尚之桃真是不了解自己的狗，可真認生，到了客廳，剛放到地上，就跑到欒念腿邊撓他腿，然後四腳朝天躺下。欒念愣住了，問尚之桃：「牠？認生？」瞪了盧克一眼走了。

尚之桃忙上前抱起盧克教育牠：「你不會看眼色嗎？喜歡你還是討厭你你看不出來啊？你往人家跟前湊什麼？人家又不喜歡你。」

這幾句話說得挺氣人的，欒念幽幽看她一眼。她呢，跟看不見似的，接著對盧克說：「我告訴你哦，不許再那麼熱情了。惹急了我揍你。」

拍拍盧克腦袋，把盧克放到地上讓牠玩。盧克到了一個新地方，覺得好玩，這裡走走，那裡聞聞，又覺得不過癮，後腿一彎，尚之桃急得聲音都變了：「盧克！」

晚了，盧克在欒念的客廳開了一泡尿，標記了自己的地盤，尿完了還用後腿蹬了蹬。那一聲盧克，讓屋裡的人和狗都愣住了。

盧克：叫我？

欒念：誰是盧克？

尚之桃：我怎麼叫出來了？

出奇的安靜，好像過了一個世紀。

欒念看看盧克，又看看尚之桃：「牠叫什麼？」

尚之桃恨不得咬斷自己的舌頭，朝欒念笑笑：「牠叫……狗。」

「妳剛叫牠什麼？」欒念臉色已經很難看了。

尚之桃低下頭，小聲嘀咕一句：「盧克。」

「妳養隻狗叫盧克？」欒念問她。

「就覺得這個名字……好聽。」尚之桃覺得頭頂的風颼颼的吹，大概是天堂之門在她頭頂打開了。

過了半天卻沒有動靜，抬起頭時欒念已經走到電梯口了。他真的生氣了。

他再對尚之桃凶也沒不尊重她到這個地步，那他是不是也能養一條狗叫 Flora？

到了臥室脫衣服，尚之桃跟了進來，咳了一聲：「欒念。」

「出去。」欒念脫掉衣服，去換居家T恤，沒聽到有出去的動靜，就回過身看著尚之桃：「怎麼了 Flora？」叫她 Flora，那是真的生氣了。

尚之桃走到他面前，過了很久才說：「叫牠盧克是因為取名字的時候一下就想到了，覺得這個名字好聽。決定了才發現為什麼好聽，因為跟你的英文名好像。大概是因為我滿腦子都是你，所以才頭腦一熱……要不然……我幫牠改名吧？Alex 也挺好聽的我覺得。」

「……」

她講的有幾分情真意切，但欒念懶得搭理她：「愛叫什麼叫什麼，關我屁事？」

尚之桃在他身後撇了撇嘴，眉眼彎彎的，那不是在笑嗎？

「那就叫盧克啦？」尚之桃蹬鼻子上臉，對跟在她旁邊的狗說：「盧克，來，叫叔叔。」

「叫妳姐姐叫我叔叔？」

「你年紀大嘛……」

尚之桃今天真是膽大包天了，在欒念面前接連放肆，看到欒念臉色變了心裡還有點高興，心想：哼，我才不怕你。

心裡說不怕他，關了燈，一片漆黑，他滾燙的呼吸燙過她全身的時候，她還是怕了。每次欒念要遠行之前總是很嚇人，比從前更凶猛，也更難纏，有時尚之桃累了，他會說：「讓妳動了？」

言外之意是我都沒有累，妳累什麼。

今天尚之桃真的要感謝盧克，在她忐忑今天要到什麼程度的時候，盧克突然在床邊叫了一聲，不知道什麼時候進來的。欒念停下來，藉著如水月光看向床下，那缺心眼的狗坐在那，正看著他們呢！

靠。

欒念坐起身，長喘一口氣，將胸口的鬱氣吐出來才對尚之桃說：「讓妳的狗滾出我的臥室。」

「牠晚上要跟我睡的。」尚之桃認真說道，然後下床帶著盧克去了客房。

這次是欒念不上不下，躺在床上睡不著。到了半夜想喝一點涼的東西，下到一樓客廳打開冰箱，聽到門響，看到尚之桃裹著羽絨外套帶著盧克回來。見欒念狐疑看著她，就說：「我怕牠再尿在你的房子裡，收拾一次怪累的。」

夜裡那麼冷，她爬起來帶盧克出去尿尿，圖什麼呢？欒念不看她，轉過身去喝水。身後的人帶著一股涼氣抱住了他，臉貼在他後背上。對他說：「不叫盧克叫什麼呢？Luke不在，還有盧克啊……」

她從來都不知道原來愛一個人是這麼深刻的，一顆心沒著沒落的，嫉妒他跟朋友長途旅行，不願他一走兩個多月。她覺得自己挺沒出息的，他還沒走，她就開始想他。她想他，又不能告訴他，只能講幾句這麼輕飄飄的話，剩下的就是那些沉默的抵抗和尖銳。

欒念被她這樣抱著，過了很久才回過身來，捧起她的臉，輕輕吻她。盧克在他們身邊嗯了聲，欒念停下親吻，問尚之桃：「所以等等，可以讓妳的盧克在客房自己待一下嗎？感覺像被偷窺。」

「好。」

欒念不上不下的身體終於有了歸處，恨不得將自己都掏空了，離開她以後再慢慢蓄滿。沒辦法自控的時候，牙齒落在尚之桃脖頸上，她微微推拒：「別，要回家。」

欒念不聽她的，要回家怎麼了？按住她不許她動，舌尖抵著她脖頸，聽到她耐不住的吸了一口氣。他知道她喜歡。

他也喜歡。

尚之桃以牙還牙，比他更甚。

「別人會介意嗎？」尚之桃問他。

「沒有別人。」

「嗯？」

「沒有別人。」欒念第一次正面回答她的問題：「妳八成是有妄想症，以為我在全世界都有炮友呢是嗎？我又不是畜生。」

「那你每次走那麼長時間怎麼解決？」尚之桃坐起來看著他，罩在她身上那件T恤是欒念的，鬆鬆垮垮。明明買了家居服給她，她卻偏偏要穿他的衣服。

「要演示給妳看嗎？」

「好啊。」

欒念抓起她的手，低聲說：「就這樣。」

滾燙滾燙的，尚之桃吞了口口水，不敢看他的眼睛。欒念不滿，對她說：「看著我，專心點。」

唇貼在她的唇上，舌尖蹭過她的舌尖：「再努力點尚之桃。」

欒念可真要命。

尚之桃和人共乘抱著盧克回到老家，盧克才不到兩個月，就有了狗生第一次旅行，往返兩千多公里，真是把牠厲害壞了。

老尚和大翟看到盧克喜歡得不得了，尤其是老尚，跟抱外孫一樣，把盧克抱在肩頭：「哎呀，我的小盧克，大年初一帶你去拜年！」

「你會不會作揖啊？你學一個作揖，我們要點紅包，回來買肉給你吃啊！」

「哎盧克！別吃那肉！鹹！你那雪白的毛可不能吃鹹的！」

「盧克呢？盧克呢？外公帶你出去玩啊？」

尚之桃抗議：「叫什麼外公！叫我姐姐，叫你外公，那輩分都亂了！」

「那叫什麼？」

尚之桃也不知道該叫什麼，憋了半天才說：「叫叔叔！」

還是在年三十晚上，外面鞭炮劈里啪啦響。尚之桃對盧克說：「又一年過去啦，盧克。」

欒念在紐約跟幾個好朋友打牌，叫陳寬年的朋友看到他脖子上的兩顆草莓，嬉笑道：「挺激烈啊。」

欒念看他一眼，沒有講話。

再過一下收到尚之桃的郵件，還是短短一句：『新年快樂，祝你一切都好。』

『新年快樂，祝妳的盧克茁壯成長。』

年結束了，尚之桃的提效項目正式進入執行階段了。她在電話裡跟欒念彙報執行計畫，欒念並沒有什麼意見，掛斷電話前問她：『有喜歡的首飾嗎？』

尚之桃愣了愣，說：「我對首飾研究不多。」又說：「你別送我東西啦，我什麼都不缺。」她對物質沒有那麼高的要求，也因為她年輕，隨便穿什麼都好看。一個水靈靈乾淨的女生站在那裡，清風拂面，什麼首飾和包都換不來。

欒念「嗯」了聲，掛斷電話。

尚之桃的提效模型跑了四個月，欒念要求她拉出所有核心資料，要看專案結果。資料她提前拉了，分析就好。

做市場相關的項目提效其實是一件很難的事。要改變整個公司從前的行為慣性，按照新模型去操作；要讓大家理解為什麼要這麼做；要解決在跑流程過程中遇到的各種各樣的問題。尚之桃每天都在研究流程最佳化，那段時間每天都要打電話給張雷，諮詢各種解決方案。

起初不管白天還是夜晚，她總是不停地接到電話，銷售的、企劃的、創意的、技術的，甚至連市場部的同事都不理解。尚之桃深受困擾，跟欒念在一起的時候也不專心，有時兩個人正在沒羞沒臊呢，電話就進來了。

欒念砸了尚之桃電話的心都有。

尚之桃也困惑：「大家都不知道怎麼操作，為什麼這麼操作，怎麼辦呢？」

「要 Tracy 幹嘛的？」欒念問她，見她沒反應過來，就說：「妳做業務項目就是做業務項目嗎？這種跨部門的大專案不要求 Tracy 那邊安排培訓和考試嗎？」

「培訓？」

「不然呢？培訓部都解僱得了？」

「哦哦。」

尚之桃這才想起公司還有這一個隱形部門，當天就聯絡了 Tracy，把需求說了。Tracy 反應快，讓培訓部需求調研、課程研發、出考題、迴圈監測，果然有用，尚之桃的電話靜默了下來。

解決了她的問題，再下一次終於能放心跟欒念沒羞沒臊以後，欒念才認真對她說：「尚之桃，妳思考的高度不夠。」

他從來不會委婉，他大可以說尚之桃，如果妳怎麼怎麼做會更好，但他不會。

尚之桃習慣了，坐直身體聽他傳道授業。欒念被她如臨大敵的樣子逗笑了，卻也繼續說：「妳要站在更高的角度思考。解決問題的手段要多樣化，以及公司所有的部門，甚至保潔妳都該清楚他們的職能，能為妳解決什麼問題。不要待在妳那一畝三分地裡。」

尚之桃覺得欒念說得對，她受教了。就真的認認真真去研究公司各個部門的職能，甚至研究起了公司的人際關係。研究著研究著，就有一點念頭，她想去企劃部。

找人要了一份企劃部的崗位JD（職責介紹），認認真真鑽研起來。這才發現企劃部的用人標準真是高啊，尤其是那一條「有海外工作背景優先」就把尚之桃擋在了門外。

有一天她在茶水間遇到Tracy，很認真的問Tracy：「Tracy，我想請教一下，HR在招人的時候會說有某方面經驗的優先，這個優先的意思是沒有這方面的經驗肯定不行嗎？」

「如果有其他方面經驗特別突出，倒也不是不行。沒那麼絕對。」又問尚之桃：「想換工作嗎？」

「不是。」尚之桃擺擺手，又點點頭：「是。」

「想去外部看機會還是？」

「我想去企劃部。」

Tracy點點頭：「我覺得這件事不難，公司內部轉崗而已。但現在企劃部負責人剛剛上任，部門HC還在鎖著，可以等等看。」

「好的。謝謝Tracy。」

尚之桃跟Lumi說起過她的想法，Lumi當然支持她。用Lumi的話說：「市場部的活妳都幹了一遍了，就那點破東西，沒什麼可做的。去企劃部好。但企劃部不好進，之前是

Luke帶的，現在新來的Dony是什麼路子我們還不清楚。」

「再等等？」

「再等等。」

尚之桃十分聽勸，她知道Lumi可靠，她吊兒郎當的，但看人看事準。她說再等等，那就真的要再等等。Dony是董事會直接安排過來的人。年輕有為，履歷看起來與欒念相當，背景也好。管理嘛，講究平衡，不能讓一個人獨大。

尚之桃有一兩次想問問欒念的建議，但她最後都忍住了。她不想開口問，她想靠自己。

尚之桃如今厲害很多。

她負責市場部預算流程管理和供應商管理，在別人眼裡這是肥差。只有做過的人知道這兩個活究竟有多累。做預算管理，有支出的部門都把你當作敵人，你問哪裡哪裡不對，他們搪塞的理由千奇百怪，但當他們被內審時，話術就一套：市場部審過的。

供應商管理就更別提了，那麼多供應商，每次招標都能累死尚之桃。

每天被工作負累，終於受不了了，在一個週五的晚上，在欒念家裡，跟他談了一次。

他們談的情形有一點滑稽。

那時盧克已經六個月了，每個週末來欒念家裡顯然自以為跟他很熟了，到了他家裡，牠就樓上樓下巡邏一次，這裡聞聞那裡聞聞，看看屋子裡有沒有別的狗。牠正在變身，一張小猴臉，一隻耳朵立起來了，另一隻還沒立好，垂著。欒念每次都嘲笑盧克：「沒見過這麼醜的狗！」

盧克腦袋左歪、右歪，終於反應過來：你說我醜？我才不醜！我第一好看！騰地就跳到孌念身上，舔他臉，用爪子在他身上抓。

每當這個時候，孌念就會生氣地喊：「尚之桃！管好妳的臭狗！」他的嫌棄都在臉上，一隻手鎖盧克的喉：「走開！」

尚之桃跑過來把他們分開，抱走盧克，看孌念嫌棄地拍身上的毛，邊拍還邊跟盧克打嘴架：「這麼醜，還掉毛，一無是處。」

盧克就會很生氣，在尚之桃懷裡汪汪叫，齜著牙要往孌念那裡衝，跟他決鬥。

尚之桃被他們吵得頭疼，輕拍盧克頭：「不許叫了！」又對孌念瞪眼睛：「不許欺負盧克！」

那一天她跟孌念談工作的時候，孌念剛跟盧克打了一架，一人一狗正在瞪眼，誰都不服誰，孌念身上黏著很多狗毛，盧克生氣了，在客廳角落尿了一泡尿。

尚之桃說：「我想跟你談談 Luke。」

「妳先跟妳的盧克談談吧！」孌念看著盧克那欠揍的樣子，琢磨著把牠燉了。

「我要談的是工作，跟盧克談不了工作。」

「我以為妳的盧克是萬能的呢！」

孌念又嫌棄地睥睨盧克一眼，才對尚之桃說：「怎麼了 Flora。」叫 Flora，代表要談工作了。

「我忙不過來，我想招人。我問過Tracy，Tracy說現在你暫管市場部，需要你批HC。」尚之桃很認真的跟欒念算自己的工作量，以及同事們的工作量，擺事實講道理，然後說結論：「我忙不過來，大家也沒經歷幫我分擔。我需要一個助手。」

「好。劃給妳兩個外包HC。」

「真的嗎？」尚之桃沒想到這麼容易，她以為欒念會問更多，比如招了外包妳幹什麼之類，尚之桃準備好答案了，欒念卻沒問。

「我騙過妳嗎？」

「沒有。」

「那就下週一聯絡HC發布崗位吧。」

「謝謝。」

帶兩個外包，然後是帶一到兩個正式員工，然後是帶一個小組，慢慢的，就會變成管理者。如果沒有意外，職業生涯的藍圖就是這樣徐徐展開的。尚之桃覺得自己一路跌跌撞撞到今天，也有機會去帶那一兩個人，突然覺得工作真的大多時候不會騙人，自己所有的付出都值得。

她開心了，頭枕在欒念腿上，腿搭到沙發背上，在他身邊耍賴。欒念手指插在她的髮間，幫她順頭髮，難得他這麼溫柔，尚之桃有一點得寸進尺：「慢一點，慢一點；輕一點，

輕一點，對，就是這樣。」睡著了。

　　欒念看看時間，又看看熟睡的尚之桃，再看看正在那裡呼哧呼哧啃球玩的盧克，終於用力捏尚之桃的臉：「起來，妳那傻狗還沒遛呢！」尚之桃睡眼朦朧晃悠站起身，拿過狗繩拴在盧克身上，帶牠出去。深夜別墅區人少，綠化好，盧克顯然有一點嫌貧愛富，這棵草聞聞那棵樹聞聞，悠閒自在。尚之桃吹吹溫柔夜風，也覺得舒服，聽到身後有腳步聲，回過身看到欒念：「你怎麼出來啦？」

　　「出來透氣。」欒念站在尚之桃身邊，低頭看那傻盧克在地上刨坑：「這幹什麼呢？」

　　「我也不知道，這幾天就這樣。」

　　「牠八成是個傻子吧？」欒念又嘲諷盧克，盧克好像聽懂了似的，從地上站起來，鼻尖上還沾著土呢就朝欒念衝過去，欒念跑了兩步：「走開！傻狗！」盧克不聽，在後面追他。一個追，一個跑，繞著別墅區跑了兩大圈才回家，這下盧克被遛透了，進門就吃狗糧，又喝了半盆水，倒頭就睡。

　　尚之桃驚地睜大了眼睛，平時盧克不好好吃飯，尚之桃每次都要端著盆哄牠：「不吃飯就長不大，乖。」欒念看到過兩次，嘲笑她教狗無方。尚之桃想不通自己愁了好久的事，怎麼欒念帶著跑兩圈就解決了。跟在要沖澡的欒念身後問他：「怎麼回事？是不是你激發了盧克的鬥志，牠想快點長大打敗你？」

　　欒念脫了T恤丟給尚之桃：「妳幫我洗。」

「憑什麼？」

「要麼洗衣服，要麼洗妳，妳挑。」尚之桃聞言拿著衣服就跑，她不喜歡在浴室，快樂是不同的快樂，卻也會覺得窒息。太熱了。欒念在她身後喊：「一根狗毛都不能有！」

看到尚之桃逃也似的跑出他視線，忍不住笑出聲。

盧克睡得跟死狗一樣，尚之桃聲音那麼大，牠竟然沒有過來巡邏。欒念沒被打擾，終於通透徹底一次，手指在尚之桃肩膀上畫圈：「下次我陪妳遛狗。」得到甜頭了，早知道帶那傻狗跑幾圈能換來一夜清淨，欒念早就去了。

「好啊。盧克能多吃飯，我可太欣慰了。」尚之桃沒領悟欒念的意思，一心一意惦記盧克吃飯。

「怎麼報答我？」欒念的手探進她睡衣，唇印在她耳後，牙齒咬住她耳珠，與她耳語：「明天要不要帶盧克去山上玩？」

山上好，找個沒人的地方讓盧克瘋跑，牠一定會很開心。尚之桃的注意力都在欒念的指尖上，含糊說了句好，就將頭埋進枕間，手覆在欒念手背上，劇烈的呼吸之間吐出一個好字。欒念的心軟了軟，將她鎖在懷中，胸膛接連她的脊背，認真取悅她。

第二天真的帶盧克上了山，帶牠去酒吧玩。欒念的酒吧裝修完成，即將正式開業了。沒裝完的時候尚之桃想像不出來它是什麼樣，裝完了才發現，欒念的審美真的很好，不同於鬧區的酒吧，欒念的酒吧透著高雅和藝術氣息。尚之桃終於知道欒念要怎麼用這酒吧賺錢了——私人會所和沙龍。

盧克在酒吧裡跑來跑去，好像很喜歡，欒念問尚之桃：「怎麼樣？」

「真好看。」

「等酒具到了，讓妳做這裡的第一個客人。喝調酒師調出的第一杯酒。」

「已經請好調酒師了？」

欒念挑挑眉。

「你會調酒？」尚之桃驚訝了，她向來知道欒念懂生活，卻不知道他懂到連調酒都會的程度。

「略知皮毛。」欒念從後車廂裡拿出兩瓶礦泉水遞給尚之桃：「今天沒有雞尾酒，只有一瓶特調水。」

「這瓶特調水叫什麼名字？」尚之桃問他。

「一條心。」欒念喝了一口，然後對她說：「想去企劃部是好事，人往高處走。但企劃部負責人背景複雜，妳去了，別人讓妳站隊妳站不站？站隊，以後可能與我為敵，不站，以後妳會被幹掉。」

「所以呢？」

「所以，喝了這瓶水，跟我一條心。」

第十七章 那根反骨

欒念沒有防備過尚之桃。如果說淩美裡有人能幹掉他，那這個人只能是尚之桃。尚之桃隨便拿出他們之間的聊天紀錄向公司舉報他，他都會陷入職業生涯的危機。

尚之桃是欒念的軟肋，也是他信任的人。他希望尚之桃能透過正常競崗流程去到企劃部，卻不是現在。

現在不是好時機。

Dony 是董事會派來的人，也是公司裡兩個幫派在博弈。欒念不抱大腿，他憑本事上來的，董事會一股人的意思是能力重要，另一股人呢，要安排自己人。欒念對此不動聲色，卻有一點：這工作，他自己可以不幹，但不能被別人幹掉。說到底，他是一個好鬥的人。卻不想尚之桃被牽扯其中。

尚之桃拿著那瓶叫「一條心」的水，放到唇邊，最終放下。

欒念看著她。

她不是兩年前剛畢業的時候了，她見過了職場表象，大概知道職場險惡。她總是聽欒念的，欒念說什麼她做什麼，因為她知道，欒念沒害過她。

「我不渴。我不去企劃部，至少在你鬥贏以前。你也不用擔心我會不會背叛你，我不會。」尚之桃擰開瓶蓋，拿出盧克的小水盆倒水給牠：「盧克，過來！」

盧克渴壞了，過來喝水。尚之桃拿起欒念喝過的那瓶水，仰頭喝了剩下的那半瓶，然後對他說：「這才算一條心。」

欒念嘴角揚了揚，眼看向山前，手覆在尚之桃手背上，尚之桃翻轉掌心迎上去，與他的手交握。兩個人都不講話，山風微微吹著，白色的盧克在四周跑來跑去，跑去綠色的草地，淹沒進去消失不見，過不久又有一點白色露出來，緊接著從草地裡跳出來。他們都沒辦法定義他們之間的狀態，都玩笑著說他們是炮友，可他們又在心底親近和信任。

尚之桃的週六通常是在欒念家裡遛狗，然後他送她和狗回家，她出門學語言，跟孫遠翥和孫雨或者姚蓓吃飯，然後遛狗、學習；週日通常是遛狗，學習，吃飯，午睡，學習，遛狗，吃飯。偶爾跟孫遠翥他們去短途旅行，壩上、白洋澱、雁西湖，總之都在周邊。她習慣了這樣的週末。

可這個週末不一樣，她在神智不清的時候答應欒念跟他上山，他們就這樣吹吹山風，盧克在山間暢快地跑，他們尋到一條小路，尚之桃在小路邊撿起幾朵不知名的小花。這樣的週末她很喜歡。

兩個人在山上磨蹭到傍晚，又帶著盧克去吃魚。盧克看到魚塘激動壞了，猛地跳了進去，尚之桃嚇死了，大喊一聲：「盧克！」以為盧克要被淹死了。盧克卻在魚塘裡狗刨，看到有魚，興奮了，要去抓魚。

「今天妳買單啊。」欒念看看盧克那傻狗，說不定真能叼出兩條魚。果然，叼到了一條。

「你給我吐了！」尚之桃在魚塘邊凶牠：「快點！」

盧克嗚了一聲，游到魚塘邊吐出魚，那魚在地上撲騰得厲害，老闆說：「這就不能放回去了……」話音還沒落呢，盧克又跳了下去。

欒念指著尚之桃對老闆說：「她付錢。」

盧克裡裡外外叼出四條魚，欒念竟然真的沒結帳，還冷嘲熱諷尚之桃：「自己養的狗叼出的魚，應該能比別的魚好吃。」

尚之桃抱著一個大水桶，水桶裡是三條魚。一條剛剛讓老闆燉了。那三條魚都不小，盧克圍著水桶「滋滋滋」的叫，好像是在炫耀。尚之桃跟魚莊老闆要了一條浴巾又幫牠擦了一遍毛，一邊擦一邊對牠嘮叨：「那魚塘是說跳就跳的嗎？你游過泳嗎？淹死你怎麼辦？」

「別的狗看到水都會害怕，怎麼你就撲通跳下去了？」

「你跳下去就跳下去了，抓魚做什麼？你有毛病吧？」

欒念在一邊插話：「妳終於發現妳的狗有毛病了。」

盧克跟別的狗不一樣，怎麼說呢，有點傻。欒念家門鈴響，牠比誰都興奮，門開了就跑出去迎接人，指望牠看家就別想了。

「盧克才沒有毛病！」

「剛剛不是妳自己說的？」

尚之桃看著盧克那傻樣有點頭疼，養狗太費錢了，如果不帶牠來魚莊，說不定能省點錢。到了家，盧克進門就睡，今天不用特地遛了，牠累壞了。

欒念去存酒櫃裡翻出一瓶酒倒了一點，對尚之桃說：「妳那車技還是練練吧，我吃魚的時候想喝點，都沒人能替我開車。」

「我開得挺好的。」

「上次撞了我的車後開過嗎？」

「沒有。」

「……」

尚之桃嬉笑著上前跟他討酒喝：「給我一杯吧？」

「不行。」

「我現在酒量好。」

欒念看她一眼，倒了一點點給她。尚之桃嫌棄，一口乾了：「多來點。」

欒念又幫她倒了點酒，看她啜了一口才問她：「妳刻意練酒量了？」

「嗯呢。」

「為什麼？」

「總該會喝點的吧？不然遇到需要喝酒的場合，我不會，多尷尬，多掃興。」

「什麼場合是必須要喝的？」欒念問她。

「比如跟客戶一起？跟老闆一起？」尚之桃逗欒念的，她才不會跟客戶喝酒，女孩子喝酒容易吃虧。她只是想和孫雨、Lumi、姚蓓喝，幾個女生在一起，喝點小酒，講幾個故事，多愜意。欒念臉拉了下來，氣壓非常低了，問她：「妳記得在廣州那次應酬後我跟妳說過什麼嗎？」

「我記得。你說，不能喝酒永遠別喝。」

「能做到嗎？」

欒念管束尚之桃，並不想見到她隨波逐流。尚之桃點頭：「能做到。所以我也不能跟老闆喝酒囉！」她把酒杯推還給欒念。

「現在把我當老闆了？」

「也可以不當。」

尚之桃擠到他和吧檯中間，捧著他的臉：「我要出差了，我一個室友去西北測試無人駕駛要一兩個月，另一個室友去平遙做市場調研。」

「嗯，怎麼了？」

「我能把盧克放在你這嗎？」

「妳可以把妳的傻狗送去寄養。」

「那不行……我捨不得……」

「放我這我燉了牠。」

「那你先燉了我，然後再燉盧克。」尚之桃知道欒念就是嘴壞，他鎖盧克喉的時候都沒用力，盧克以為他跟牠玩呢！

「妳又不好吃。」

「你確定？」尚之桃向他靠近一步，腳踩在他腳上，欒念手指點在她額頭：「牠在屋裡尿尿我會揍牠，咬我東西我會揍牠。」

「隨便。」

尚之桃終於幫盧克找到托管，心情大好。她是真的捨不得寄養盧克，有人說有一些寄養的地方會打狗。她捨不得盧克挨打。

到了出差的時候拎著行李箱就走了，當真把盧克留給了欒念。欒念在公司開管理會，Dony 剛剛上任，鋒芒卻盛，在會上提議用新的元素做今年的設計大方向，號稱要跟國際接軌。這就完全打破了欒念去年制定的計畫。

大家都在看欒念，想聽欒念的建議。去年的策略沒有任何問題，市場表現相當好，客戶都認可。欒念卻攤手：「無非就是 A or B test，沒有什麼策略絕對正確。我支持 Dony。」

Dony 年齡與欒念相當，資歷也相當，在這樣的場合不怯場，只說：「感謝 Luke。」

「應該的，你能來為我減輕負擔，我非常開心。」說完開始收拾電腦：「那今天就到這？Dony剛回國，下了班出去逛逛。北京挺好玩。」

說完笑著出了會議室，沒人能看出他的想法。欒念想法很簡單，Dony改策略要向董事會彙報，董事會自然會打架，跟他有什麼關係？他在會上與他爭沒意義，有那時間還不如回家遛狗。

他匆匆開車回家，擔心盧克那個狗東西在他家裡造反。到了家，發現屋裡漆黑又安靜，開了燈，眼前的景象真的要欒念氣死了，家裡一片狼籍，花盆碎了一地，盧克還啃了他的地毯。

盧克呢？跳上來迎接他，爪墊上裝了彈簧一樣，一下又一下跳起來。欒念順手抄起拖鞋追牠，牠呢，朝欒念汪了一聲撒腿就跑。牠跑，他追，一人一狗把家裡鬧得天翻地覆。

欒念追累了坐在沙發上，朝盧克擺手：「你過來。」

盧克歪著腦袋，伸著舌頭：汪！不去。

「你過來。」

汪！不！

欒念找出尚之桃留下的狗零食，放到地上，柔聲說：「來，傻狗。」

盧克哪裡受得了這個誘惑，幾步跑到欒念面前，低下狗頭吃零食，被欒念一把按住：「還跑不跑？就憑你還跟老子鬥？」揚起手嚇唬牠，見牠一雙圓眼睛閃著不解，像極了牠那個蠢主人，把手放到牠腦袋上用力揉，咬著牙說：「明天再拆家，你就去做流浪狗吧！」

盧克的腦袋意外得好玩，軟軟的絨毛，欒念揉牠頭，牠乾脆把自己的狗臉放到他膝頭，歪著耳朵讓他揉，揉了左耳又把右耳側過來，真的像尚之桃一樣乖巧。

是不是誰養的狗像誰？欒念一邊吃晚飯一邊看盧克的樣子，簡直跟尚之桃一模一樣，那張滑稽的小猴臉一直笑，好像遇到了什麼開心事。

他家裡有白菜，他切了兩片葉子用平底鍋燙熟，盧克坐在旁邊流著口水想吃。白菜有什麼好吃的？欒念給牠一片，牠囫圇吞了，還繼續要。一口一口，吃了半顆白菜。

到了晚上，欒念沖完澡，聽到盧克「滋滋」的叫，好像很煩躁，就沉聲問牠：「怎麼了？傻狗？」

盧克看著欒念，一動不動，突然後腿蹲下去，就這麼……拉肚子了……欒念一口嘔出去，還沒來得及收，盧克又來了一次，就這樣，欒念的家毀了。

他打電話給譚勉：「你家狗拉肚子會是因為什麼？」

『如果是小狗，可能是犬細小病毒，會要命的。得去寵物醫院。你養狗了？』他話沒問完呢，欒念已經掛斷電話，抱起盧克去開車。

討厭牠歸討厭牠，好歹是一條狗命，萬一真的死在自己手裡，沒辦法跟尚之桃交代。找了一家二十四小時寵物醫院，抽血驗血各種檢查，最後寵物醫生對欒念說：「看了一下，不是犬細小。就是吃錯東西拉肚子了。吃什麼了？」醫生問。

「白菜。」

「多少？」

欒念想了想：「兩片葉子。」

「那不應該啊。」幫盧克開了藥，讓欒念回去餵牠吃。

這一趟出去，兩千塊錢。欒念心想，尚之桃窮得要死還敢養狗。到了家，看到阿姨已經收拾完準備走了，就多給了阿姨五百塊錢。

折騰這麼久，都有些疲憊了。盧克趴在那裡有點沮喪，狗嘛，很單純，以為尚之桃不要牠了，現在想起來了就有點難過。直到第二天早上欒念出門，牠都無精打采的。

欒念覺得牠拉肚子挺可憐，白天沒事在網路上學做狗窩頭，中午得空去買了食材，他覺得那狗糧跟鍋巴似的，聞起來挺香，吃起來應該挺噁心的。把肉打成餡，胡蘿蔔、蘋果、白菜、香腸等食材剁碎，加上麵粉，揉成一個一個團，放到鍋上蒸。盧克在旁邊坐著等他，好不容易做好了，餵了牠一口，牠一口吞了，乖乖坐下等著。

還挺有成就感。

他接連三天早早從公司走，引起了 Tracy 注意，正餵盧克吃飯的時候，Tracy 打電話給他：『你是不是對總部這次的任命不滿意？』

「嗯？」欒念坐在沙發上接電話，盧克跳上去坐在他旁邊。

『你連續三天很早走。』

「我下班回家有什麼問題嗎？」

『……這不像你的做派。』

欒念笑了：「學姐有點草木皆兵了。我挺喜歡 Dony 的。」

『我不信。』

「放心吧，我這幾天早回家是因為要遛狗。」

『你養狗了？』

欒念想了想：「嗯，養了一隻很好看的狗。改天帶給妳玩。」盧克聽到欒念說牠好看，歪著腦袋嚶了聲。欒念手捂住話筒，對牠說：「假的。」

『別了。你養的狗脾氣大概跟你一樣。』Tracy 笑了：『Dony 打算開放企劃部的ＨＣ，說在下週的管理會上會跟你溝通。我先提前問你的想法，如果你同意，按照慣例，我們也要安排百分之三十的ＨＣ給公司內部人競崗。』

「都開放給外部人吧。」欒念說：「公司裡這些人，目前看起來沒有人達到企劃部的用人標準。」

『好的。』

欒念掛斷電話，轉頭看盧克，對牠說：「你主人趕不上這班車了。但我覺得她能趕上下一班。你覺得呢？」

盧克：汪！

「汪個屁！」欒念捏牠狗臉，然後上樓去健身。剛上跑步機就接到姜瀾的電話：

『Hello。』

「Hello。」

「姜總滿意就好。」

『你們公司新的企劃部經理不錯，你眼光很好。』姜瀾多聰明的人，一眼就能看懂。

姜瀾不再跟欒念打馬虎眼：『他來勢洶洶。』

「挺好。沒有魄力也不能被任用，他來勢洶洶，我就能輕鬆點。」

『你見外了。』

「我只是覺得大家把職場競爭看得過於重了。」

『需要我幫忙你就說話。』

「好。多謝。」欒念掛斷電話，上了跑步機。敵進我退，不也是策略嗎？

剛跑兩公里，就接到臧瑤的電話：『我要走了，要見一面嗎？』

「不是說要在北京多待兩年？」

『不了。我在後海邊等你。等等傳位置給你。』

「好。」

欒念收拾好準備出門，盧克跟他下了車庫，欒念說了幾次你自己在家，牠跟沒聽懂一樣，沒辦法，帶上了牠。牠坐在後座上，看準了機會竄到了副駕上，將小鼻子通過車窗開著的縫隙送到車外呼吸自由空氣。

等紅綠燈的時候旁邊的車看牠可愛，就會跟牠打招呼。再看狗主人，那麼英俊有腔調的男人，就覺得這車這人這狗都足夠拉風，就這麼一路拉風到後海。欒念牽著盧克去找臧瑤，盧克好像知道自己好看，一路仰著脖子，竟然有一點狗仗人勢的感覺。

臧瑤十分意外欒念牽了一隻狗，還是這麼可愛的狗，就看看盧克又看看他，神情耐人尋味。

「怎麼了？」

「這不是你的狗。」

「那是誰的？」

「我猜，是個女人的。」臧瑤太了解欒念了，他不會養狗的，如果要養，也會養凶猛的犬，比如比特和藏獒。

欒念找了瓶水蹲下餵盧克喝水，又把牠拴在椅子上，然後看著臧瑤：「妳猜對了。」

臧瑤笑了，也去看盧克，這狗可真好看，雖然現在是尷尬期，可那小眼睛真亮，伸著舌頭朝你笑，無憂無慮的樣子。都說誰養的狗像誰，臧瑤大概想像了一下狗主人的樣子，應該也是這樣人畜無害、乾乾淨淨、清清爽爽、可可愛愛的女生。

「什麼時候走？」欒念問她。

「後天。」

「為什麼這麼急？」

「我分手了。」臧瑤伸出自己的手臂，上面還有紫色的痕跡：「他喝多了，沒控制住自己。我用刀劃了他的手臂，他也沒占到便宜。就這樣吧，我要回美國了。」

欒念看她的手臂，眉頭皺起：「就這樣？」

「就這樣。」

「他在哪唱歌？」

「他走了。」

「妳為什麼不告訴我？」

「我怕你為我打一架，我會忍不住告訴你我愛你。」臧瑤看著欒念：「我大概是第一次也是最後一次直接袒露心意了欒念。你知道的，我這個人藏不住心事，這麼多年唯一隱藏的心事就是我愛你。我大概是愛上你幸福圓滿的家庭，還愛你永遠不羈的樣子。我沒指望跟你在一起，又不是所有人都能心想事成。」

欒念不講話，一旁的盧克卻突然對臧瑤叫了聲，前爪抬到欒念腿上，又對臧瑤叫了一聲。

臧瑤笑了，她那麼好看的人，笑容似驚鴻：「這狗替主人看著你呢！」

欒念低頭看看盧克：「牠？牠是隻傻狗。」

盧克又對欒念汪了一聲，不樂意了。

臧瑤被盧克逗笑了，收了笑看著欒念：「回紐約記得來看我。」

「好。他真走了？」

「真走了。混不下去了，賺的錢還不夠他喝酒。」

「好的。那祝妳一路平安。」欒念抬腕看看時間，去解盧克狗繩，臧瑤看到欒念蹲在那，頭髮永遠俐落乾淨，穿著永遠得體，永遠理性。她很遺憾，相識這麼多年，沒見過欒念的另一面。

欒念站起身，臧瑤朝他伸手：「要擁抱一下嗎？」

「好。」欒念朝前一步，剛伸出手，盧克就站在了他們之間，甚至笑嘻嘻坐下，臧瑤聳聳肩，與他象徵性擁抱，然後速速後退一步，低頭對盧克說：「你好聰明。」

盧克突然伸出舌頭：那當然。

臧瑤轉身走了，其實她一直是決絕的人，這麼多年在世上漂泊，風裡雨裡也不停歇，是一個很酷的女人。欒念身邊沒有什麼異性朋友，臧瑤應該是唯一一個。欒念記得他認識臧瑤那一天，有人推他肩膀：「上！」

他搖頭：「我看她第一眼就知道，我們之間什麼都不會發生。」卻是能做朋友的。

欒念牽著盧克在後海邊走，有年輕的女生紅著臉上前跟盧克玩，盧克呢？享受這種眾星捧月的感覺，把自己的絕活逐一亮了一遍給女生們看。

只有一點，如果有哪個女生跟欒念講話，譬如這狗多大啦？叫什麼啊？你養的狗好可愛啊……只要開口，盧克就會叫，不許任何人跟欒念講話。

臧瑤說盧克是在替主人看著他的時候他覺得那只是巧合，到了此刻他並不覺得是巧合了。捏著盧克的狗臉問牠：「你替你主人看著我呢？」見牠汪了一聲理直氣壯，就凶牠一聲：「我們什麼關係你就看著我？」

用力拍了盧克的狗頭：「回家！」

欒念安心做了一個星期狗爹，早上九點到公司晚上六點就走，Tracy 有點坐不住了，公司同事也有點怕了。職場上，如果有人工作習慣大變，譬如從前很勤奮現在不勤奮了、從前很好說話現在突然開始嗆人了，代表這個人對公司不滿，或者他要走了。

週五欒念照例收拾好東西準備要走的時候，Tracy 進了他辦公室。

「週一聊吧，我要回家遛狗。」

「別。」Tracy 坐到椅子上：「現在聊。」

「活不到週一了是嗎？」欒念嗆她一句，抬腕看看手錶，晚回去盧克要拆家了。真該聽尚之桃那個大傻子的話，把盧克關到籠子裡。

Tracy 不跟欒念計較，徑直問他：「你覺得 Dony 怎麼樣？」

「挺好。」

「判斷依據呢？」

「上任後迅速把核心客戶拜訪了一遍，積極準備新的策略，跟同事相處也不錯。都挺好。」

Tracy 點點頭：「那就好。」

「妳覺得呢？」欒念問她。

「我也覺得挺好。」Tracy 做這麼多年人力資源，她的直覺告訴她 Dony 不簡單。

欒念笑了：「所以為什麼 Dony 的背景調查文件沒有寄給我？」

「今天剛收到。董事會直接聘用的，背調沒走我們這邊。」Tracy 說道。

「但妳肯定單獨安排背調了。」合作多年，欒念了解 Tracy，她看起來溫和，但不允許別人挑戰她的權威。董事會安排一個人過來，背調都沒經過她，她首先會覺得這件事不可把控，緊接著就會主動出擊。所以與人鬥這件事急是急不來的，時間稍長，多方利益擺出來，大家的立場也就出來了。比如 Tracy。今天董事會敢不經她安排一個 Dony，明天就能不經她再安排一個人力資源總監。

Tracy 意味深長地笑了：「沒走我們公司的背調機構，這筆錢還得 Luke 想辦法批給我了。」

欒念嘴角揚起：「好。」欒念站起身對 Tracy 說：「我真得回去遛狗了。」

「你真養狗了？」

「騙妳幹什麼。」欒念拿出手機，翻出一張照片，他和盧克在後海邊，一個女生幫他們拍的，本來說寄到欒念郵箱，盧克適時叫了，欒念就抱歉的說：「妳傳到社群上，我去下載。」

這張照片真不錯，盧克和 Luke，都挺帥。

Tracy 呦了一聲：「狗不錯，偌人遛不行？」

「不行。」欒念似笑非笑，轉身走了。

Tracy 拿起手機打電話：「我上次說的那個人的背景調查，繼續做吧。錢搞定了。」回到工位將總部寄來的 Dony 背調文件寄給了欒念。

欒念到家看到尚之桃出差已經回來了，正在跟供應商開會，說八月份活動招標的事，盧克在她腳邊臥著，顯然已經遛過了。他就坐在沙發上打開電腦，看 Tracy 寄給他的文件。

履歷真的漂亮，諮詢加藝術背景。欒念大概看了，其實沒什麼可看的，董事會寄來的一定是大家都能看的，欒念對這些名譽不感興趣。看尚之桃開完會、闔上電腦就問她：「市場部還有多少備用預算沒有用？」

「這個季度還有六十多萬。」

「人力資源要做一個項目，今晚會寄審批郵件，妳讓財務劃給他們。」

「好的。」

「特殊審批。」欒念加了一句：「注意保密。」

「好啊。」

尚之桃感覺自己跟欒念坐到了一條船上，這種感覺挺奇妙。也不多問人力資源要做什麼特殊項目，為什麼還要特殊審批，沒什麼可問的。但是盧克的情況倒是可以問問，她出差時候問過一次，欒念說挺好，要是不信任我今天幫妳送去寄養。她就不敢問了。

「盧克乖嗎？」

「嗯。」

「沒生過病什麼的吧？牠還小呢，特別容易生病。這也是我不想送去寄養的原因。」

欒念沒有直接回答她，而是指指盧克：「那不是好好的嗎？」

「？」

盧克突然站起來跑到尚之桃旁邊汪汪汪的叫，好像受了什麼委屈。

狗又不會講話，欒念靠在沙發上姿態閒適，還不忘抱怨一句：「妳養這狗整天亂叫，挺討厭。」

「那天鬧得挺大的。」Lumi 一邊摳指甲一邊對尚之桃說：「衚衕裡的大爺大媽們嚇壞了，有人打電話給我媽：快來看看吧！妳家要出人命了！」

Lumi 說的是她家那租出去的房子的事，也就是臧瑤的事。

「然後呢？」

「然後我開車帶我媽過去了啊！那傻子男喝多了，把那仙女打了，仙女也不是吃素的，用刀把那男的手扎了，是個狠人。我到的時候那傻子男嚇軟了，坐在角落裡哭呢！那仙女拿刀指著他：你他媽給我閉嘴！」Lumi 學臧瑤，然後豎起拇指：「真厲害。我第一次看見一個女的比我還狠。」

尚之桃不關心臧瑤狠不狠，她關心她傷得重不重：「打得嚴重嗎？」

「手臂瘀青了，那男的打人時可能覺得這麼美的臉沒辦法下手。」

「後來呢？」

「走了。後來才知道仙女家在美國，有的是錢，三天兩頭搬家，體驗人間疾苦呢！」

「哦。」

收到欒念花的臧瑤走了，欒念竟然沒有挽留她嗎？他知道她有男朋友嗎？知道她被男朋友打了嗎？尚之桃滿肚子疑問也沒處問。怎麼還打人呢？這都什麼東西？

「打人的男人挺噁心的。」尚之桃說。

「人渣。」Lumi 也挺生氣，然後問尚之桃：「妳說 Luke 知道她挨打了嗎？」

尚之桃搖頭。

「走。下樓買咖啡。」Lumi 拉著尚之桃，兩個人去電梯間。電梯關上的瞬間，一隻手擋了進來，一個很溫和的男聲說：「稍等。謝謝。」

尚之桃和 Lumi 第一次正式跟 Dony 打照面，她們經常出差，在公司的時候少。Dony 微微一笑：「是 Lumi 和 Flora？」

Lumi 跟尚之桃對視一眼，然後說：「Hello，Dony。」

再無話。

尚之桃站得筆直目不斜視，這樣的姿態本就跟別人不同，下電梯時偶然從電梯鏡裡看到 Dony 的眼落在她身上，就淡淡一下，但令人覺得不舒服。三個人的目的地都是咖啡廳，Dony 點咖啡時回頭問她們：「兩位女士喝點什麼？我請。」

「兩杯拿鐵，謝謝。」Lumi 代尚之桃答了。

Dony 點點頭，要了兩杯拿鐵，遞給她們一人一杯。

Lumi 不想跟 Dony 一起上樓，就對尚之桃說：「陪我抽一根。」

「好。」

兩人對 Dony 笑笑，出了咖啡廳，走到樓外吸菸區。此時吸菸區沒人，Lumi 點了根女士菸，對尚之桃說：「這個 Dony 怎麼看起來那麼小人。」

「哪裡小人？我上午聽 Kitty 誇他：英俊溫柔多金，少女美夢。」

「呸！那是少女瞎了。少女的美夢是我的倔驢。」

尚之桃被她逗笑了：「Luke 要是知道妳天天意淫他，還不得弄死妳？」

Lumi 嘿嘿一笑，菸頭指了指樓上：「那些傻子開始站隊了妳看見了嗎？」

「什麼站隊？」尚之桃遲鈍，並沒有觀察這些。

「說 Dony 是董事會派來取代 Luke 的。董事會對 Luke 不滿意，因為他不好管。」

尚之桃想起欒念那瓶叫「一條心」的水，就問 Lumi：「妳看好誰？」

「我不站隊，我一個小嘍囉，幹活就行了。」她捏滅菸：「但我挺 Luke。雖然我人微言輕挺他也沒什麼用，但我覺得 Luke 比 Dony 順眼。」

「就因為順眼？」

「對。老娘挺讓老娘看起來順眼的。」

尚之桃被她逗得咯咯笑，欒念剛跟人談完事，途經她們身邊：「蹺班呢？」

Lumi 撇撇嘴，兩人跟在欒念身後上了電梯，一點動靜都不敢有，背後說他說得凶，在他面前收斂得跟小雞一樣。

欒念從電梯鏡看她們師徒二人，一個像女流氓，一個像乖學生，站在那裡透著滑稽，「切」了一聲出了電梯。

Lumi 撫著自己胸口，對尚之桃說：「真他媽嚇人。」

尚之桃心想，這就嚇人了？關了燈妳試試。

說完回到工位上，繼續搞各部門的預算審批。企劃部有兩筆預算不對，實際金額比預審金額多了三十萬，於是問 Kitty：「這兩筆預算，要看一下明細。還要申請特殊審批。」

Kitty 回她：「Dony 已經審批了。」

「特殊審批要到 Luke 那。」

「流程這麼長？」Kitty 說。

「第一次審批預算？培訓妳沒聽？」Lumi 跳了出來：「我建議妳快一點走審批流程，過本週五沒審完，就到了駁回時間了姐妹。」

Lumi 槓了 Kitty 一頓心情大好，私下跟尚之桃說：「以後對她厲害點，她柿子挑軟的捏，以為妳好欺負呢！」

「我正在截流程圖給她呢。」

「她心知肚明，就是故意為難妳。又不是第一次了。」Lumi 帶著尚之桃一起管預算，一般情況下她不參與，但收拾問題人物她最有一套。兩人正說著話，尚之桃看到 Kitty 從工位站起來，去了 Dony 辦公室。

Lumi 嘴一撇：「大姐去告狀了。」

Kitty 當然要告狀。她爭強好勝，一直看尚之桃不順眼。在她心裡，尚之桃不配跟他們一起工作，誰知她不僅留了下來，竟然跟她一樣，連續兩年升了職。她們職級低，部門內部審批就好，去年 Alex 給尚之桃過，Kitty 覺得她幸運。以為今年 Luke 會卡她，結果 Luke 也給了過。Luke 討厭尚之桃是全公司都知道的事情，為什麼也給她過？Kitty 想不通。最讓她想不通的是尚之桃竟然管了供應商和預算兩個核心的工作，竟然還要招外包。

她對 Dony 說了預算差值和審批的事，看起來是在彙報工作，卻在最後加了一句：「其他部門也有超預算的時候，卻不用審批到 Luke 那。」言外之意，尚之桃在針對你。

Dony 聽她講完，點點頭：「我知道了。這樣，妳讓 Flora 來我辦公室一下。謝謝。」Dony 看起來極其溫和，大家卻都知道，那是他裏的一層皮，董事會才不會安排一個只是溫和的人來。

尚之桃聽到 Dony 要跟她談話，倒是不害怕，拿起自己的電腦去敲他辦公室的門。他的辦公室與欒念的隔了一間，比欒念那一間小了三分之一，卻仍舊寬敞明亮。

「Flora，請坐。」Dony 起身為尚之桃倒了杯水，看她端坐在椅子上，像一個聽話的女學生，乾乾淨淨的女人：「剛剛 Kitty 跟我說預算審批的事，我剛來，對這個流程還不熟。請 Flora 幫我講講好嗎？」

「好的。」尚之桃打開電腦，找到自己做的流程圖，放大，Dony 指指她旁邊的椅子：「我坐這？看起來方便。」

「好的，Dony。」尚之桃將椅子向外移了一些，與另一張椅子保持距離，職場嘛，跟老闆坐得太近，第二天風言風語就會傳出去。

「凌美預算管理的三個核心是金額、審批時限、應用場景，也就是專案等級，不同金額的預算和應用場景的審批流程時限以及範圍都不同。」尚之桃又找出企劃部的預算單逐一跟 Dony 講解。

Dony 其實看流程圖一眼就明白了，但他沒有打斷尚之桃。她身上有一股乾淨好聞的味道，講起話來很溫柔，卻不拖泥帶水，沒一句廢話。她的導師一定很厲害。

Dony 認真聽，偶爾提幾個問題，尚之桃認真答了。Dony 大概明白了，從前預算的確存在審核不嚴的情況，Kitty 沒說假話。但現在這件事落到尚之桃頭上，她兢兢業業去做，也沒有故意為難企劃部。至於 Kitty 為什麼看起來有敵意，那大概就是她們過去的過節了。這跟 Dony 沒關係，他回國可不是要處理這些雞毛蒜皮的小事。

「好的。謝謝 Flora。我明白了。那兩筆預算我們正常走流程，我也會催著 Luke 審批。」

「好的。感謝您的諒解。」尚之桃收起電腦，站起身：「那我就不打擾您了。」

Dony 笑了笑，站起身送尚之桃出去，冷不防問她一句：「Flora 有男朋友嗎？」

尚之桃以為自己聽錯了，回頭看他，他卻笑了：「妳沒聽錯，我剛剛的確是在問妳有沒有男朋友。」

「這個跟工作關係大嗎？」

「跟工作關係不大，我隨便問，妳可以不答。」Dony 發現尚之桃竟也是一個有稜角的人，剛剛跟他講預算的乖巧下屬，現在炸起毛了。有意思。

「那恕我不能回答了。抱歉。」

Dony 卻笑了：「我覺得沒什麼不好回答的，我單身。」

尚之桃想起 Lumi 的看人法則，一切看不順眼的人都是王八蛋，雖然簡單粗暴，但挺管用？比如她看 Dony 是垃圾，Dony 還真挺垃圾，私下問跨部門女員工有沒有男朋友。她回到工位上想了想，打開手機看了看，然後打開購物網站。

也終於明白 Dony 在電梯裡看她那一眼，為什麼令她不舒服了。那是男人用目光穿透女人衣服的目光，那目光裡寫著：這個女人，我想睡隨時可以。那是一種輕視。

去你媽的。

尚之桃頭腦裡那根反骨騰地長了出來，在心裡用 Lumi 的口吻罵了一句。

第十八章　眼中愛意

尚之桃回到家，孫雨恰巧也在，正在幫盧克做衣服。用她的話說：「秋天快來了，我們盧克不也得有一件漂亮的風衣嗎？」孫雨找出她之前的一件舊風衣，對著盧克的身材比了，然後裁剪了，粗的地方用小縫紉機走了針腳，細的地方自己來，一針一線。

「盧克大概是最幸福的狗了，牠的秋裝是婚戀行業大神手製的。」

孫雨摸了摸盧克腦袋，問她：「妳今天怎麼回來得這麼早？」

「明天要出差，我早點回來收拾行李。」

「盧克還送到欒念那嗎？」

「這次不能，欒念跟我一起出差，好在孫遠翥明天上午就回來了。」尚之桃說完坐到孫雨面前，對她說：「妳新男朋友我不喜歡。」

「說的好像我喜歡似的。」孫雨咯咯笑了：「不討論這件事啊。我明天一早要去上海，有一個創業者訓練營，好多人參加完那個訓練營後認識老闆，能搞到投資。我們公司集資讓我去完成這個重任。妳明天去哪？」

「去敦煌。帶S級客戶徒步一百零八公里。四天三夜，往返六天。那妳這次上海之行，真的是肩負了整個公司崛起的重任了。」尚之桃想了想，問孫雨：「你們有項目介紹嗎？」

「有啊。怎麼了？」

「有一次聽欒念打電話，他好像有一個朋友剛去了投行。哪家我不知道，但是在國外過項目。我可以幫妳問問。」

「方便嗎？」

「方便。妳給我。不是妳說的嗎？關係不用白不用。我平常又用不上，給我的朋友用一下怎麼了？」說完捧腹大笑。

她們就這樣聊了很久，尚之桃有點餓了，去廚房煮了孫氏酸辣麵，跟孫雨一人一碗，一邊吃一邊聊孫雨公司的進展。終於開始有了起色，線上資料起來了。孫雨的苦惱是怎麼規避不良從業者在她們平臺註冊，於是花了一筆錢請了資訊審核，每天審核不良資訊。業務都是一點一點跑出來的，從前預判不到的困難，漸漸自己找上門來。每天都要升級打怪，搞得做銷售出身的孫雨現在說起素材和內容合格來一套一套，生生被工作逼成了專家。

兩個人聊了很久，盧克的風衣做好了。孫雨把牠拉過來，為牠套上，還認真去比大小，像對孩子一樣。晚上尚之桃收拾行李，行李箱一打開，盧克就知道主人要走了，站在空箱子裡不讓尚之桃裝衣服，眼神可憐兮兮：要走把我也帶走！

尚之桃拍牠頭：「你等我回來好嗎？遠翥哥哥會遛你餵你。」費了好大力氣才把盧克從行李箱裡抱出來。第二天一早孫雨就走了，尚之桃要出門之前，孫遠翥回來了。

她好像有近兩個月沒有見到孫遠翥了，他瘦了一些，被風沙吹得黝黑。盧克跳上去迎接他，他抱起盧克轉了一圈，像抱著女朋友。

「不是說晚一點嗎？」

「改了航班。」孫遠翥從行李箱拿出棗子給尚之桃：「給妳們的。」指尖有點燙。

「你發燒了？」尚之桃跑到房間拿出溫度計：「量一下。」

「我沒發燒。」孫遠翥搖頭。

「你就是發燒了，量一下。」尚之桃很堅持。

孫遠翥拗不過她，夾了溫度計坐在客廳的沙發上。

三十八點四度，孫遠翥生病了。家裡沒有退燒藥，尚之桃跑出門去買。她看了時間一眼，趕不上飛機了，就傳訊息給 Lumi：『我有點事，要改簽航班。』

『儘管去。其他同事盯著呢，今天本來也不是妳主場。』

『好的。』

尚之桃養成習慣，哪怕不是自己的主場她也會早到，幫同事打下手。但今天不行，孫遠翥生病了。她去藥店買了藥又往家裡跑，孫遠翥在沙發上睡著了，尚之桃叫醒他餵他吃了藥，要他回自己房間睡。

她將藥放在他書桌上，看他睡著了，在他書桌上翻找筆和紙，寫服藥說明給他。

孫遠翥翻了個身，口中喚她：「桃桃。」

尚之桃停下筆看著他，他微微睜著眼，眼裡的光快要滅了一樣。他第一次叫她桃桃，聽起來有一點傷心。尚之桃的心不知道被什麼扎了一下，有點疼。

「怎麼了孫遠翥？我在這。」

過了很久很久，孫遠翥才說：「妳別管我，走吧。」

「我改了晚班飛機。」尚之桃說：「我中午做吃的給你，下午張雷下了班會過來照顧你。」

孫遠翥點點頭，對尚之桃說：「背包裡是帶給妳們的西北的棗子。」

「那我現在去洗了吃。」

「好。」

尚之桃去他背包裡拿棗子，洗了，再去看他，已經睡著了。剛剛那聲「桃桃」好像不是他喚的。尚之桃坐在客廳，打開電腦，去處理工作。

Lumi 傳訊息給她：『剛剛在安檢，沒仔細問妳。怎麼了？有什麼事嗎？』

『孫遠翥生病了。』

『妳那個天使室友？』

『嗯。』

『那是該好好照顧人家。照顧吧！晚上見。』

Lumi 收起手機，看到老闆們都到了登機口，Dony 和欒念站在一起，好像在說什麼事。

欒念甚至還笑了一下。

Lumi 心想，倔驢，你倒是出擊啊！

Dony 跟欒念說的是新策略的事，董事會打架打得厲害，到現在還沒有定下來。他希望欒念表態。欒念與他打馬虎眼：「去年策略調整和新專案，彙報了七次，修改了七次。董事會嘛，好協調就不叫董事會了。還是要繼續溝通的。」

「再溝通今年就過去了。」

「來日方長。」欒念拍拍他肩膀。眼掃了掃四周，沒看到尚之桃。

尚之桃到飯店的時候近十點，Dony 正在飯店門口與人講話。尚之桃對他點點頭過去了，並沒停留。她不是剛畢業那時，在職場中對每一個人畢恭畢敬。她也學會了，不喜歡的人就去你媽的。

她就是討厭 Dony。

不僅因為他莫名對她講那句話，看她那幾眼，還因為他手伸得太長，還因為他對欒念充滿進攻性。

尚之桃心裡是向著欒念的。她覺得在這件事上她並不講求理性，單單是因為她跟欒念在一起睡覺，而他們喝了那瓶叫「一條心」的水。

快速辦了入住，Lumi 已經換好睡衣，在敷面膜。看到尚之桃進來就問她：「天使退燒了？」

「還在燒。張雷在照顧他。」

Lumi頭貼在窗戶上，看西北的風。一邊看一邊抱怨：「我們公司也挺逗，搞什麼敦煌徒步，去海邊躺著不好嗎？」

「說是S級客戶都喜歡這個。」

Lumi切了聲，突然把身子向前探，恨不能把身子探到窗外。

「妳幹嘛呢？」

「Dony睡哪個房間？」

「哈？」

「睡哪個房間？」

尚之桃說了個房號，看到Lumi披了衣服，拉著尚之桃：「走！」

尚之桃狐疑地跟在她身後，爬樓梯到Dony那層樓轉角，Lumi停下了，將手機相機開到錄影狀態，將鏡頭那側探了出去。

「……」

尚之桃有點愣了，Lumi將手指豎在嘴上：「噓。」

不知道過了多久，尚之桃聽到門開了又關了的聲音，Lumi收回手機，拉著尚之桃回到房間，關上門，將手機丟給尚之桃：「來，看看。」

尚之桃打開影片，傾斜向上拍攝，Kitty站在一個房間門外，房間門開了，尚之桃看到一隻手放到 Kitty 腰上，將她帶了進去。

她睜大了眼睛：「妳……怎麼……」

「我怎麼會這個的是吧？我幫我姐妹抓過奸。」

「不是，我是說妳怎麼知道 Kitty 會去找他？」

「直覺。」

就是直覺。Kitty 經過的時候 Dony 的眼睛落在 Kitty 的臀上，這可不是什麼好眼神。

Lumi 在樓上看得清清楚楚。

「Kitty 這個賤人我就知道她會搞這套。每次穿成那樣去 Luke 辦公室，司馬昭之心。我喜歡 Luke 也是因為 Luke 不吃她這套。」

「萬一吃了呢？」

「Kitty？她那種人，如果睡到 Luke 還不得說給全世界聽？」

「哦哦哦哦。」

尚之桃哦了聲，然後問 Lumi：「這影片怎麼處理？」

「留著。」Lumi 躺在床上：「早晚有用上的那一天。」

「我的導師可真厲害。」尚之桃對她伸拇指，Lumi 咯咯笑了：「誰讓她沒事就招惹我！」

Lumi 就是這麼嫉惡如仇，尚之桃跟她在一起學了不少手段。她們關了燈講話，講到

Dony，尚之桃對Lumi說：「我討厭他，因為在他辦公室裡，他問我有沒有男朋友，還說他單身，我覺得他非常輕浮。」

「他這樣問妳？」

「嗯。」

「這個狗男人真的夠了，看起來跟人一樣，其實是個爛人，單看他這麼快跟Kitty睡到一起就知道。」

「他為什麼這麼有恃無恐？」

「可能是因為沒在這方面吃過虧，也可能是因為他靠山很硬。說不準。」

「哦。」

靠山很硬，那欒念就要吃虧了嗎？尚之桃擔心欒念。可欒念好像根本沒把Dony放在心上，每天該做什麼做什麼，只是比從前看起來鬆懈一些。

尚之桃並沒跟欒念說Dony問她是不是單身的事，她覺得沒必要，她自己會處理。總之不向他彎腰就好了。

她有點睏了，拿起手機傳訊息給欒念：『明天出發的時候，要跟姜總坐一輛車嗎？』

『有病吧？』欒念回她。

尚之桃傳一個笑臉過去：『我說真的，下午我們開會，把你們安排在一輛車上了。』

『……』

尚之桃閉上眼睛睡覺，耳邊是那句「桃桃。」

也不知怎麼，心疼了一下。

敦煌一百零八公里徒步，像魔鬼訓練營。

尚之桃將自己的遮陽帽和面罩裹緊，對一旁的 Lumi 說：「我鞋裡好像進沙子了，我得去倒倒。」

「我好像也是。」Lumi 掀起面罩呸了一口，兩個人離開隊伍，去一旁倒沙子，忍不住咒罵：「那個 Dony 真他媽傻子，還提議所有人都要參與進來。參與他媽啊！領隊連大家的綁帶有沒有綁好都不幫忙看，還是 Luke 一個個幫大家看的。」

Lumi 現在看不得 Dony，自從知道 Dony 勾引尚之桃她就想「嘎巴」一聲擰斷他脖子。

「我也不會弄啊！」Lumi 有些急躁。

「我看看。」

兩個人抬起頭看到欒念，都有點錯愕。欒念早上幫大家整理裝備的時候她們在搞後勤，其他人都好好的，就她們灌了沙。

「不用了……」尚之桃下意識拒絕，Lumi 一巴掌拍她手臂上：「謝謝 Luke。」

「站起來。」欒念不多話，讓她們穿好鞋站起來，檢查她們的裝備。他單腿跪在地上，像一個紳士。Lumi 掀起面罩，對尚之桃做出尖叫的動作，尚之桃沒忍住噗哧一聲笑了。

欒念對這師徒二人的奇怪互動當作沒看見，對尚之桃說：「到妳了。」

尚之桃哦了聲，站到欒念面前，有點緊張。欒念的手心貼在她小腿上，正幫她繫鞋套。尚之桃有隱祕的悸動，她不敢看欒念，怕看他一眼就洩露她的心事。

欒念整理好對她們說：「走幾步看看。」

「哦。」兩個人走了幾步，Lumi 對欒念豎起拇指：「還是我們 Luke 厲害，百事通，無所不能。」

「妳知道好看的女生常常因為什麼減分嗎？」

「因為什麼？」

「因為話多。」

Lumi 撇撇嘴，至少還誇我好看呢不是？

欒念睥睨她們一眼：「還不走？掉隊了。」拿出手機傳訊息給尚之桃：『妳緊張什麼？我沒摸過？』

尚之桃差點扔了手機，欒念人模狗樣的看不出異常。

終於到了休息點，大家坐在那裡喝水整頓聊天，欒念跟 Dony 講話，看到他眼神在一處定了一下，欒念順著他眼神看過去，尚之桃正在仰頭喝水，白淨的臉此時紅撲撲的，馬尾在腦後盪著，像還在讀書的學生。

「Dony。」欒念叫他。

「我們剛剛說到哪了？」Dony 問欒念。

欒念卻聳聳肩：「等你想好了再來找我談。」轉身走了。剛剛 Dony 看尚之桃那一眼令他不悅，那是男人要征服一個女人的目光。他問 Tracy：『背調怎麼樣了？』

『剛有一點眉目。』

『太慢了。』

『你怎麼這麼急？』

欒念沒有回她。

過了一下，Tracy 打給他：『你方便嗎？』

欒念放慢腳步，落在隊伍最後：「方便，怎麼了？」

『有意思了。』Tracy 對欒念說。

「直說。」

『醜聞。性醜聞。Dony 離開上一間公司，是因為性醜聞。』Tracy 說道。

欒念想到 Dony 看尚之桃那一眼，赤裸裸的，勢在必得的。於是問 Tracy：「什麼程度的？」

『據說鬧得沸沸揚揚，所以才找了門路回國。』

辱他。

「給我資料。」

『還沒有，等我消息。』

欒念掛斷電話，他覺得公司安排了一個連基礎職業素養都沒有的對手給他，分明是在侮辱他。

第一天徒步結束，大家累得不想講話。

市場部卻要繼續忙碌，安排晚宴、住宿等各種工作，欒念作為市場部代班負責人召集大家開個簡會。看著自己這些平常生龍活虎戰鬥力豐富的兵此時蓬頭垢面，垂著腦袋，輕聲笑了：「累嗎？」

大家都點頭，Lumi 說：「累死了。」

「活動結束後大家休假兩天。但是現在，還是要看一下接下來的工作。從 Lumi 開始吧。」

「這次的供應商有問題。」Lumi 直接說：「我至今不懂為什麼這個活動的供應商可以不走招標流程。」

企劃部找的這個供應商跟大爺一樣，特殊流程入庫，速速接了這個活，這算怎麼回事？讓他們幹活的時候才發現什麼都不懂：「用這樣的供應商安排這樣的活動會有問題的，萬一遇到極限天氣怎麼辦？有人生病怎麼辦？之前跟供應商確認的備案到了現場才發現供應商根本沒準備。」

「先不去管供應商的事。我們的備案是什麼？」欒念問她。

「市場部有兩位同事懂急救，我們今天分派到隊前一個，隊尾一個；裝備和徒步專家，沒有。」

「我算一個。」欒念對她說：「我懂急救，也懂徒步。明天我還是會檢查裝備，等等男同事留下來，我教大家。」

「好。」

「那接下來，Flora。」

「我負責餐飲，剛剛看到提供的實際餐飲跟供應商提供的菜單不一樣，已經緊急跟飯店和供應商溝通了。臨時換餐我們拒絕付款。」

「好，辛苦。」

流程一個個對下來，大家發現問題很多。還好有欒念在，他有經驗，一個一個問題解決。而且他今天難得的隨和。跟他在一起工作，除卻他對下屬要求太高外，其他都很愉悅，尤其遇到他心情好的時候，簡直如沐春風。他安慰團隊：「這次供應商的事情，大家不必追溯。這樣的特批流程走一次，發現供應商不穩妥，後面就會杜絕；我們先解決眼前的問題。辛苦了。」

Lumi 對尚之桃說：「他怎麼一點都不累？」

尚之桃看他一眼，搖搖頭：「我也不知道。」

他怎麼會不累呢？他有乾眼症，胃也不太好。尚之桃有時會思考，他明明什麼都不缺，卻還要這麼努力，他圖什麼呢？尚之桃去看晚宴的餐食，看到昏暗的小路旁邊一張椅子上，欒念正坐在那裡滴眼藥水。

他們單獨在一起時，他的眼藥水是她幫忙滴的。他仰起頭，她站在他腿間，幫他滴過，會捧著他的臉親一下。

「Flora。」

尚之桃聽到有人叫她，回過頭，看到 Dony。欒念睜開眼，看到 Dony 和尚之桃站在小路上。

尚之桃向後退了一步：「有事嗎 Dony？」

「今天辛苦了。」

「應該的。」尚之桃手塞進口袋裡，又向後退了一步：「我要去跟餐了。」

「後天到地方，一起吃飯？」

「後天我們還有很多收尾工作。」

「好的。只是覺得你們很辛苦，想請你們一起吃飯。」

「謝謝 Dony。」

「我有時間。」欒念從暗處走出來，朝 Dony 笑笑：「感謝 Dony 關心我暫代部門的員工。我知道有一家餐廳不錯，後天一起吧。」

「好啊。」Dony自始至終沒講過什麼過分的話，但成年男女都懂那是什麼意思，高段位選手游離在規則以外，隨手去採擷一朵花，採到了就採到了，採不到也沒什麼失落，連話柄都找不到。

用Lumi的話說：一舉兩得，什麼都不耽誤。

欒念看透了Dony看似陽光斯文的外表下藏著的那顆養著陰蛆的心，比下水道還要讓人噁心。這樣的人，站在尚之桃視線內都讓他接受不了。

轉頭對尚之桃說：「Flora不是要跟餐嗎？」

「是的。」

「去吧。」

「Luke平時晚上做什麼消遣？我知道北京有兩個地方很好玩。」

「我也知道一些消遣的地方。」欒念說道：「你知道的，在凌美工作最大的便利就是走在時尚前沿。改天一起玩。」

欒念與他寒暄，一起走到宴會廳，又分別與客戶聊天，看不出什麼異樣。姜瀾認識欒念三年多，又是一個人精，湊到欒念耳邊，輕聲說：「Luke，你生氣了。」

欒念看著她，沒有講話。姜瀾聰明，這時你如果說你沒生氣，她會覺得你把她當作傻瓜。

姜瀾眼睛瞇起：「這個 Dony 有意思。」

「哪裡有意思？」

「他說他喜歡健身，也喜歡搏擊。」姜瀾朝 Luke 眨眨眼：「在單獨拜訪我的時候，毫無預兆的提起。」這樣的暗示再明顯不過了，但姜瀾不喜歡。姜瀾喜歡欒念這樣的，不放低身段，站得遠遠的，但就是想讓妳忍不住招惹他。

「恭喜姜總了。這完全是姜總的菜了。」欒念不冷不熱。

「是嗎？我的菜可不是這樣。」姜瀾輕笑出聲，轉身走了。

尚之桃看完餐回到宴會廳，看到已經布置好了，就找個位置坐下。她覺得雙腿灌了鉛一樣，又痠又脹，每挪騰一步都要費好大力氣。

「沒事吧？」Lumi 癱在她旁邊的椅子上，看著場上故作輕鬆的各位甲方爸爸，尤其是姜瀾，走路腰還扭著，風情不減：「這些人精哎！」

尚之桃拉著 Lumi 的手將她帶到無人的地方：「Lumi。」

「嗯？」

「Dony 約我吃飯。」尚之桃對 Lumi 說。

「妳怎麼說的？」

「我說我沒時間，但我知道他還會再約我。」尚之桃停頓一下接著說：「我猜他這樣約我，絕不是想跟我戀愛，而是因為我看起來膽小溫和，他算準了我好欺負。」

Lumi 向裡看了看，那麼熱鬧的場合，卻什麼牛鬼蛇神都有。

「妳準備怎麼辦？」

「我沒想好。但我覺得我可能需要妳的幫助。」

「幫妳收拾蛆嗎？那我太樂意了。」

「謝謝妳。」

「跟我客氣什麼呢？傻子。」

欒念總說尚之桃是傻子，尚之桃又不是真的傻。她在場外忙碌，收到欒念的訊息，他問她：『Dony 有沒有騷擾過妳？』

『沒有。』

尚之桃想：敦煌一百零八公里，一輩子走一次就夠了。太累了，真的。

第二天早上她起床的時候，覺得腿不是自己的了。這還不算什麼，最大的挑戰是今晚要住帳篷。住帳篷本來是挺好的事，至少沙漠裡的星星一定很好看，但尚之桃此時完全害怕了。

她起得早，要去盯自助早餐，在餐廳門口看到起得更早的欒念。他眼落在她行動緩慢的腿上：「妳得加強鍛鍊。」

「我又不天天徒步。」尚之桃對欒念的奚落不滿，小聲抗議。

「妳平常體力也不算太好。」欒念意有所指，尚之桃總是耍賴。他其實挺喜歡尚之桃耍賴的。

「……」

她騰地紅了一張臉，低頭數餐券。

欒念站在那看她數，看她的臉紅慢慢散去，恢復如常。就叫她：「Flora。」

「嗯？」

「回北京一起吃飯？」欒念學 Dony 的口吻，像是在逗她，神情卻又認真。

「抱歉哦，我很忙。」

「那妳就忙到底。」欒念隱約擔心尚之桃會礙於 Dony 的權威，就真的陪他吃飯。他不願想那個後果，因為他根本不會允許這件事發生。

陸續有客戶到了餐廳，欒念迎上去打招呼，尚之桃看他社交得很認真，也認真投入工作。再坐一下，她看到欒念坐下了，跟兩個客戶聊天。

尚之桃並不知道他們之間奇怪的默契究竟是怎麼培養出來的，大概是睡多了足夠熟悉。比如此刻，尚之桃明白欒念在說什麼了，他根本的意思是：離 Dony 遠點。

她回他：『我不會跟 Dony 吃飯的。我只跟 Luke 吃飯，還有睡覺。』尚之桃突然萌生了調戲他的念頭，她有一點想看欒念看到這樣的訊息的反應。

欒念拿出手機來看，尚之桃看到他嘴角動了動，微微笑了，回她：『好，回北京一起睡。』將手機放進口袋。

狗男人。

她不知怎麼就冒出這三個字，欒念這個狗男人，在保護她呢，卻不直接說。

到檢查裝備的時候，市場部的男同事被欒念培訓出來了，有模有樣幫大家檢查，一切有序了起來。這大概就是他的厲害之處，無論多亂的情形，他都能在其中迅速做出判斷，從而扭轉局面。

第三天，比昨天慢了一些，但風光更甚。大家開始各種拍照，沙漠遊玩，於是又開心起來。Lumi跟尚之桃故意走在後面，她手搭在尚之桃肩膀上，看了Dony一眼，他此時正跟企劃部的一個女生講話，那個女生平時跟Kitty關係不好，Kitty呢？不屑地看了她們一眼。

「我可以看看今天的房間表嗎？」

「不用看了。我分好了。」Lumi哼哼一聲：「有意思。」師徒二人已經足夠默契了，很多事尚之桃都不用說，Lumi就能辨明她的想法。

是在那天晚上，尚之桃和Lumi坐在窗前，窗簾拉著，屋內關了燈，一個錄影機支在那，對面的燈開了，人影交疊一下，燈關了。尚之桃對Lumi說：「太刺激了。」

Lumi拍拍她腦袋：「比大片還刺激。嘖嘖。」

尚之桃覺得自己何其有幸，認識了Lumi這樣的人，她們兩個輪番守著那扇窗，為尚之桃可能陷入的陷阱尋找一線生機。

回到北京那天是一個週日。

才走了幾天，北京的夏天就結束了。尚之桃進門的時候，孫遠翥正在幫盧克梳毛。她將行李放在門邊，感受盧克驚天動地的歡迎儀式。孫遠翥坐在沙發上看著他們熱鬧。

尚之桃推開盧克，走到客廳盤腿坐到孫遠翥對面：「徹底好啦？」

「好了。」孫遠翥又變回那個陽光晴朗的少年一樣的男人，傾身對尚之桃道謝：「謝謝尚之桃女士那天照顧我。」

尚之桃看到孫遠翥溫柔的眼神，心中的安穩感罩過她被 Dony 騷擾的心慌：「那我們要慶祝一下嗎？」

「好啊。我想出去走走。」

「走。」

尚之桃跳起來，盧克也跳起來，孫遠翥拴了盧克：「帶牠一起去。」

他們出了門，在偶有落葉的街道裡穿行。孫遠翥很少說話，尚之桃安靜地走在他旁邊。

她想問問他那聲「桃桃」的事，最終沒有開口。只是微揚起頭看他，他安靜，又帶著一點疏離。他的故事藏在他的鏡片裡，如果他低下頭，妳永遠看不到。

他們途經一家報刊亭，那幾年報刊亭越來越少，地鐵裡發報紙的人也一夜間消失，很多人開始掰著手指頭去數一個嶄新的時代還有多久能到來。誰能上去那輛列車，而誰又將被時代拋下。

孫遠翥的工作尚之桃不懂。她想像他的工作，大概是寫一套程式，植入系統中，那套程式能指揮一輛沒有司機的車自由地在西北的公路上疾馳。

那一定很浪漫。

人類的想像本來就很浪漫。

他們在北五環的街上行走，不知道走了多久。尚之桃終於忍不住惶恐，與孫遠翥說起Dony。她說：「你知道嗎？我其實很害怕，我會拒絕他，但我不知道他會不會因此惱羞成怒。」

「這樣啊……」孫遠翥想了想：「我想一想。妳覺得他是慣犯嗎？」

「我覺得他是。」尚之桃肯定Dony是慣犯，他做這樣的事遊刃有餘，讓人抓不到把柄。

孫遠翥點點頭：「如果是慣犯，早晚有露出馬腳的時候。我想想看有沒有什麼辦法。」

尚之桃對他笑：「也不知道為什麼，就覺得你會有辦法。而且是世界上最好的辦法。」

「那倒也不一定，或許是上不了檯面的辦法。」

秋風乍起，是人間好時節。此時欒念的車停在馬路對面，看著孫遠翥牽著盧克，尚之桃跟在他身邊散步。平凡的像一家三口，有著質樸的幸福。

他終於能夠明白為什麼尚之桃總是在週六就要走了。她急於從他的家裡逃出去，因為她想逃回尋常的真實和幸福。她看孫遠翥的眼神是她自己都察覺不到的愛意。

欒念發動了車。

他突發奇想想去酒吧調酒，酒具到了，一直沒有動過。他從前也沒主動來找過她，今天第一次而已，因為那天興致乍起說要調酒吧的第一杯酒給她喝。一路向山上開去，酒吧裡已經有員工在籌備正式開業了。見到欒念跟他打招呼，欒念點點頭。

他太閒了今天。

沒什麼事情做的週日，把生活和工作日活活切割開，得閒又無趣。

站在吧檯前，身後是一應俱全的酒具。想了想，動手調一杯「White Lady」。杯身刷糖漿，在玫瑰花碎中滾過，像盛裝的女人身體。欒念研究過一段時間調酒，基酒變換，是不同雞尾酒的核心。

他調酒隨心，不講究章法，好喝就行。

原本許諾給尚之桃的第一杯酒，自己喝了。譚勉的電話來得及時，問他在哪裡，他說在山上。

『今天能喝酒？』

「能。」

欒念覺得自己選這個地方真的好，坐在酒吧的大落地窗前就能看到山間早秋，總有零散幾人為了追這秋色願驅車幾十公里的。

譚勉到的時候欒念正在拍照，玻璃杯裡的綠茶葉子脹開了，在窗前那張桌子上。旁邊零散著一些書，絕佳的審美。

他蹲在地上找角度，鏡頭要有層次感，「哢嚓」一張，出片滿意。

「你挺閒啊今天。」

欒念看他：「你不閒？」

譚勉靠坐在沙發上：「不閒誰開車來你這地方，那麼難找。」四下望去，得見欒念不俗品味：「裝得不錯啊。」

「謬讚。」

「剛好我們公司最近要搞交流活動，就放在你這裡吧。」

「感謝賞生意。」

欒念這一句一句跟蹦豆似的，倒也稀奇，他跟朋友在一起並不十分寡言。

譚勉看他只顧拍照，問他：「心情不好？」

「？」

「我問你是不是心情不好？」

「沒有。」

「那要不要出去喝幾杯？」

「我開酒吧的，你讓我出去喝？」

「那就在這喝。」

「我不請客。」

「我請行了吧？」譚勉這下看出欒念真的心情不好了，處處讓著他。這時不讓著他怎麼辦？他嘴毒著呢！

「我叫幾個人來喝酒，照顧欒總新生意。」邊說邊覷欒念，欒念呢，眼都沒抬。

譚勉逐個打電話：「來喝酒。」不到兩個小時，就湊了七八個男女。有兩個女生欒念沒見過。譚勉指著其中一個對欒念說：「在大學教西方文學，父母也在國外，家境好。主要是你看女生長的，一雙含情眼，一副纖纖手，閒時種花賞月，忙時讀書寫字，跟你搞藝術的是不是很配？」

欒念頭都沒抬起來，淡淡一句：「挺好。」

「既然挺好，不過去一起喝一杯？」

「那你調？」

「我不會。你調完過來。」

幾個人坐在窗前喝酒，時不時看欒念一眼。欒念調到後來有些隨意了，反正譚勉付錢。最後為自己調了一杯「Black Russian」，入口容易，伏特加真他媽辣。

端著酒杯坐到他們中間，大家隨便聊點什麼，天就黑透了。

譚勉臨走前叫住那女生和欒念：「留個聯絡方式，龔月那邊經常籌組學生活動。我覺得這裡挺適合。」

撮合的意味很明顯了。

「承蒙關照。」

欒念掏出手機跟龔月互留聯絡方式，這才看到手機炸掉了，各種訊息。送走了他們，他逐一來看，其中有兩則是尚之桃的，她說Luke，預算規劃寄到您郵箱了。

還有一則，她說：『下週你不出差的話，能幫我照顧盧克嗎？』

欒念回她：『不能。』

欒念拒絕照顧盧克，就真的沒人照顧盧克了。但欒念講話向來真真假假，說不能大概就是能。

於是尚之桃又說：『我現在把盧克送過去好嗎？』

『不行。』

『？』

欒念不再回她，順手接起梁醫生電話：「怎麼了？」

『最近你爸爸參加活動，認識一個龔教授，聊天的時候說起他女兒在國內，好像在北京的大學裡教書。你能幫忙照顧一下嗎？』

「龔月是吧？」欒念問。

『哎？你怎麼知道？』

「今天碰巧見過。」

『那太好了，年輕人有空一起出來吃個飯、聚一下，也熱鬧一下。不然你那個性格，會把自己悶死吧？』

「好。」

梁醫生以為自己聽錯了：『你說好？』

「嗯。」

難得聽欒念說好，梁醫生也不敢再多說，多說他又該改主意了：『行，那就這樣，再見。』

欒念掛了電話，酒吧服務生已經下班了，就他一個人，索性躺在沙發椅上看月亮。颳過風的天氣月亮格外明亮，欒念琢磨著，酒吧開業了，以後的閒置時間就少了。

尚之桃電話打來時，他的酒意有一點上頭了，接起電話卻不講話。

尚之桃以為自己打錯了，將手機移遠看了眼是他：『我在你家裡，但你家裡沒人。你為什麼不講話？你喝酒了嗎？我幫你煮點麵嗎？』

「不用，我晚上不回去。」

『哦。』

尚之桃掛斷電話，看到欒念的小紅旗正在缸裡游。魚比狗好照顧，不用天天遛。主人可以隨便在外面過夜。她坐在他家客廳等了一下，欒念真的沒有回來。是到了半夜，尚之桃聽到盧克的叫聲，和衣下了樓，看到盧克在欒念周圍跑，牠有一段時間沒見到欒念，好像有點興奮。

欒念拍拍盧克，講話有一點鼻音：「你怎麼來了？」

盧克坐在地上，嚶了聲。欒念蹲下去摸牠的頭，盧克就順勢將狗頭搭在他膝蓋上，跟牠的主人一樣會討好人。

「外面起風了。」尚之桃跑到窗前看：「你怎麼沒從地下車庫上來？」

欒念坐下跟盧克玩，像是沒聽到尚之桃講話。

欒念知道自己是一個不好相處的人，按理說他長在一個美滿幸福的家庭裡，從小養尊處優，性格應該很陽光才對，但他偏不是。用梁醫生的話說，欒念長到七八歲的時候像個小大人，整天皺著眉頭，很難有真心喜歡的東西，也很難取悅，就這個孩子的性格，不像梁醫生，也不像欒爸爸，倒像是收養來的。

這就罷了，欒念到十幾歲的時候喜歡的東西都挺嚇人，喜歡武器、搏擊、射擊，那時梁醫生每天睡不著覺，擔心他一不小心就走上反人類反社會的道路。

就是這樣的人，沒有陽光的性格，也沒有什麼共情能力，身體裡柔軟的部分太少了。

欒念知道這些，這麼多年他在刻意練習，卻還是會在真正不開心的時候特別尖銳，幾乎不能討好。

看到尚之桃坐在沙發上看著他，就很不耐煩，對盧克說：「你對你主人說，別看我。」

連話都不肯直接對尚之桃說。

尚之桃覺得欒念今天有點奇怪，又說不出哪裡怪。他好像喝了酒，又吹到了風，臉有一點紅。尚之桃手探上去，欒念頭後仰，皺著眉對她說：「有話就說，別動手。」

「……你好像生病了。」

「關妳屁事。」

欒念上樓，尚之桃跟在他身後，盧克跟在尚之桃身後。欒念走到主臥，擋住了門，張口奚落尚之桃：「不好意思，今天伺候不了妳了，自己解決吧。」

「什麼意思？」

「妳來我這不是為了解決生理需求嗎？今天解決不了了。」

「哦。那好吧。」

尚之桃也有一點生氣，帶著盧克回到客房，關了燈躺在床上。她好像沒真正跟欒念吵過架，她也是個有脾氣的年輕女生，惹急了也會跟人幹架。但是從沒在欒念面前真正爆發過，為什麼呢？她總結過，大概是不敢。她沒有在他面前發脾氣的底氣，她得自我規勸。耳朵就支起來聽欒念的動靜。

欒念在沖澡，欒念下樓了。欒念為什麼還不來找我？罷了，欒念從來都不會低頭。尚之桃頹敗地坐起身，就坐了一下，嘆了口氣，終於下了床。

看到欒念拿出醫藥箱在翻藥。尚之桃走上前去探他額頭，欒念又偏過頭躲開。她突然不生氣了，她跟一個生病的人計較什麼。就是這麼懂得自我寬慰。

眼疾手快在醫藥箱下翻出退燒藥：「是不是要找這個啊。」

欒念伸手去拿，尚之桃將那藥藏在身後，他去搶，臉頰貼著她的，尚之桃迅速踮起腳親在他下巴上，一下又一下，像小雞啄米。是在哄欒念，眼神亮亮的，怯怯的，溫柔的。嘴唇熱熱的，軟軟的，聽話的。

欒念垂首看她的謙卑姿態，心被什麼扎了一樣。

「今天不睡覺。」欒念終於肯好好跟尚之桃講話了，呼吸滾燙，真的生病了。

「嗯，不睡覺。」

尚之桃跑去為他倒水，看他吃藥，然後拉住他的手：「所以你今天應酬了嗎？」

「嗯，今天酒吧招待客人。」

「不是說第一杯酒要調給我喝？」

欒念聽到這句哼了聲，又不理她，轉身上樓，尚之桃跟在他身後：「你說話不算話哦！第一杯酒說好給我喝的，我還沒嘗什麼味道呢！」

我倒是想請妳喝第一杯酒，妳不是在跟妳的男室友逛街嗎？兩個人，牽著狗，像一對小夫妻。欒念承認自己因為這個生氣，那杯酒餵狗也不給她喝！可這話他講不出口，有他媽什麼可講的，又不是只有妳一個人能有牽扯不清的異性朋友。只要我想，只要我願意，我隨時能有。

可尚之桃鬧騰，見欒念不講話，又繼續抱怨：「哼，說話不算話。」

欒念扯過她將她固定在懷裡，舌尖撬開她的唇和牙齒，糾纏她的，過了很久惡狠狠問她：「第一杯酒，嘗到了嗎？」

尚之桃紅著臉，舌尖舔了舔唇，搖搖頭：「沒嘗透徹。」又踮起腳，咬住他嘴唇。是在敦煌的時候，他手心貼在她小腿上，隔著布料仍能令她心慌不已。就那樣惦記好幾天。

所以親吻能平復怒氣嗎？

他口中是雞尾酒的味道，有一點讓人上癮。尚之桃跌在他懷中，手環住他腰身，頭貼在他胸前，輕聲喚他：「欒念。」

「說。」

「我想跟你一起睡可以嗎？什麼都不做。」

「嗯。」

就真的什麼都不做，尚之桃鑽進他懷裡，將他的手臂拉出來，頭枕上去，手掌貼在他胸膛。見他沒意見，又得寸進尺環住他腰身，在他懷裡喃喃說道：「其實就這樣什麼都不做，安靜躺一下，我也覺得很好。」

「哪裡好？」欒念問她。

「就……」尚之桃不知道該怎麼說：「就……挺好。」這樣會讓尚之桃有一種他們之間除了性愛也還能有一些其他可能的錯覺。

欒念的身體有一點燙，他說不清自己是因為發燒還是因為喝酒，總之頭腦不夠清醒，又有一點難受。

「妳去客房。」

「不。」尚之桃靠在欒念懷中，難得他生病又這麼聽話，尚之桃竟覺得有一點喜歡。她可真是沒良心，竟然喜歡欒念生病。手臂緊緊環著欒念，跟他講話。

「我們以後別去敦煌徒步了吧？太累了，我的腿今天還不是我的。」

「姜總活動結束時突然對我說，Flora，我記得妳。她怎麼會記得我呢？我明明只在她面前出現過幾次……」

「Lumi可逗了，Lumi也可勇敢了，我覺得我跟Lumi在一起久了，現在都變得厲害了……」

「盧克……」

欒念手堵住尚之桃的嘴：「妳今天話怎麼這麼多？」

「我得跟你把接下來半個月的話講完，因為我們要半個月見不到了呢……」

「手機是擺設？」

「你又不願意回我訊息，也不願意跟我講電話。」回訊息就那幾個字，電話就那一分鐘，極偶爾會講得多一些。

尚之桃輕聲抱怨，像喋喋不休的小怨婦，翻身的時候碰到膝蓋內側，乳酸堆積帶來的疼痛要了小命，哼了聲。

黑暗中欒念將她轉向他，抬起她的腿到他身上，掌心壓在她小腿上，輕輕地揉。

「疼。」尚之桃也不知道是真的疼還是怎麼樣，差點落下淚。

「所以我說，妳需要鍛鍊。」

尚之桃忍著疼，又向他靠了靠，姿勢就有些曖昧了。欒念身子微微後移，留出一個縫隙，對她說：「妳別招惹我。」

尚之桃就真的不敢再招惹他，安安靜靜待在他懷裡。她手機響了，拿過來看，是Dony，問她：『在做什麼？』

尚之桃看了欒念一眼，放下手機。欒念看到一閃而過的Dony，就問她：「Dony真的沒有騷擾過妳嗎？」

「沒有。你為什麼要這麼問？」

「因為妳在凌美看起來是最好拿捏和欺負的那一個。」

「這也是你選我的理由嗎？」

尚之桃用了「選」這個字，好像欒念原本該有很多很多選擇，而他在其中挑了最容易擺平的那一個。

「嗯。妳說對了。」欒念放開她的腿轉過身去，給她一個倔強冰冷的後背。尚之桃也不嫌棄，臉貼在他背上，對他說：「我偷偷看你的行程了，你不出差。那就請你幫我照顧盧克哦～如果你能抽空帶盧克洗個澡就更好了。牠像個小泥球。而且牠最近好像喜歡玩飛盤，扔出去，接回來，不亦樂乎。」

欒念想起她和孫遠翥帶著盧克走在街上，那場面現在想起來挺滑稽。

藥勁上來了，他有一點暈。手機亮起，看到龔月問他：『我們下週可以去你那裡辦活動嗎？』

『歡迎。妳可以直接聯絡酒吧經理。』欒念回她，順手將酒吧經理的電話傳給她，然後點了刪除好友。

欒念其實很懶，他懶得應付那些人情世故，也懶得改變現狀。

他以為自己不想改變現狀是因為懶。

至少那時他是這麼以為的。

第十九章　勇敢的心

尚之桃沒有想到會跟 Dony 在同一座城市出差。她結束了工作，分公司的同事說要請她吃串串，順便說：「Dony 也在。」同事的神情有點複雜。

尚之桃愣了愣，問：「他來做什麼呢？」

「說是來跟一個企劃項目。」

「哦。」

尚之桃知道 Dony 一定不是特意跟她來成都的，她的行程是出差前一天定的，那就是巧合了。只是這個巧合令人覺得不適。

「我先回飯店寫報告，寫完去找你們。」尚之桃為自己找好了逃脫的藉口，那同事卻攙住她手臂：「吃完了再寫！工作做不完的！」尚之桃就這樣被架到了那家串串香。其他同事已經到了，大家圍坐在兩個小桌邊。Dony 看到她朝她招手：「Flora，坐在這裡。」說完移出一個位子給她，尚之桃想了想，終於坐了過去。

Dony 開玩笑與大家說：「我總覺得 Flora 怕我，我是什麼洪水猛獸嗎？」他問尚之桃。

「怎麼可能呢？」同事們笑著替尚之桃開脫：「Flora 只是害羞。」

尚之桃扯開唇笑了一下，起身去調蘸料。Dony 跟在她身後，用看似平常的語氣問她：「Flora 住在哪個飯店？公司協議飯店嗎？」

尚之桃點點頭：「是。」

「那等等可以一起回去。」

「好。」

尚之桃回了這一句，回到桌上。他們要喝酒，尚之桃將杯子扣在桌上：「你們知道我不能喝酒的。今天還是不喝哦！」

跟服務生要了一瓶礦泉水，就放在自己手邊。

這一切，要得益於她有一個好老師。

欒念說：「不能喝酒就一口都不要喝。」

欒念還說：「女孩子在公共場合，喝自己的水。」

尚之桃覺得欒念就像坐在她旁邊一樣監督她。Dony 倒也不強迫她，只是誇她：「Flora 一看就是乖乖女。」

他誇她的時候手看似自然的拍在她膝頭，尚之桃偏著腿自然躲過，向對面的同事說：「我想吃辣，我們換換吧。」

她的閃躲在獵人看來只是欲擒故縱而已，年輕女孩為了提高身價，在條件好的男人面前扭捏，但最終也會屈服。

但年輕女孩心裡想的卻是：「你這樣的蛆，不配坐在我身邊。」管你擁有什麼，不入流就是不入流。

尚之桃冷靜清醒地吃完這頓飯，看喝多了酒的同事們漸漸失去了體面。Dony酒量好，那麼多酒只是穿腸過，面色都沒變過。他冷眼看著女同事失態，再看尚之桃的時候，目光就有幾分意味不明。拿出手機傳訊息給她：『等等來我房間坐坐？』徹底擺明姿態。

『不了，Dony。』尚之桃回他。

『喝口茶而已。』男人對一個女人有心思的時候，茶和咖啡都是最好的藉口。不過是無實物表演而已。

『我房間裡有茶。』

必須要結束這無聊對話，尚之桃眼從手機上抬起，對一旁的同事說：「妳喝多了，我送妳回去吧？」

尚之桃扶起她向外走，將剩下的同事們丟在身後。那女同事出了門，依偎著尚之桃走了幾步，轉出那家串串所在的小巷，突然站直身體。

尚之桃有點錯愕的看著她。

她呢，卻有點無奈：「不想喝。」

「為什麼？記得妳很喜歡喝酒。」

「因為……桌上有狼。」女同事並沒將話講得很清楚，但尚之桃卻隱約覺得她們面對的是同一隻狼。

與女同事分開後回到飯店，將門鎖好，行李放到椅子上推到門口，做完這一切才去沖澡，然後躺到床上。工作並沒有那麼累，跟 Dony 吃飯卻很累，尚之桃甚至都沒有吃什麼。也是這幾年在社會上才明白真的有人骨子裡就透著壞的。

『燒退了嗎？其他症狀減輕了嗎？』傳給欒念，不指望他回。

欒念卻破天荒直接打給她，尚之桃接起電話時甚至有點慌：「怎麼打過來了？」

『妳不是抱怨我不回妳訊息，不跟妳講電話？』

「……」她講的話他聽到了，這種感覺真棒，尚之桃覺得自己小小的虛榮心被滿足，嘿嘿笑了兩聲，有點心虛，又像小孩子在撒嬌：「那你好了嗎？」

『沒有。』

「沒有吃藥嗎？」

『吃了。』

「那怎麼回事呢？」尚之桃有點著急：「要不要去醫院？不行就打點滴吧？我之前有一次生病，燒了好幾天，怎麼樣都不好。孫雨帶我去樓下的小診所打了一個屁股針，當天晚上就好了哦！」她著急的時候話就有點多，欒念聽著她喋喋不休，心想怎麼會有話這麼多的女人。

話很多，卻不討厭的女人。

欒念有時討厭話多的人，這讓他覺得聒噪。他喜歡世界安靜有序。

『孫雨是妳那個在創業的室友嗎？』欒念問她。尚之桃有時會講起她的室友，就三兩句，比如孫雨腳傷啦，張雷升職了，孫遠翥要經常待在西北。她還有一個學姐叫姚蓓，經常帶她出去吃飯。她講這些人的時候欒念並不插話，但時間久了，這些人在他頭腦中也漸漸有了鮮明的形象。比如孫遠翥，博識良善貴公子，不知道多少女孩對他傾心。包括尚之桃在內。

「嗯！」尚之桃想起答應孫雨的事，醞釀怎麼開口。

欒念聽出她停頓之外的含義，就說：『有事直說。』

「就是孫雨……不是一直在找投資嗎？我記得你有一天跟朋友講電話，那個朋友好像去了投行……我……」尚之桃還是不好意思開口，總覺得這會讓欒念覺得麻煩。

『妳偷聽我講電話？』欒念逗她，是他沒有避諱她，在她身邊的時候什麼電話都接。

「我沒有偷聽……」尚之桃急忙解釋：「你就在我旁邊接電話，我又不聾……」

電話裡傳來欒念低低的笑聲，尚之桃止住聲音，意識到欒念在逗她，臉突然就有一點發燙。

『尚之桃。』

「嗯？」

『孫雨公司有簡介嗎？或者項目企劃書？隨便什麼，寄給我。』

「真的嗎？」

『不然？』

「沒有不然！我現在就寄給你！」尚之桃沒想到欒念答應得這麼快，怕他反悔，馬上打開電腦找資料順手寄給他：「我寄了哦。」

『嗯，等我看一下。』欒念靠在床頭，拿過電腦，打開來看，眉頭揚起：『孫雨做婚戀？』

「啊……婚戀怎麼了……不是一個很好的市場嗎……我好像……跟你說過吧……」

『等我一下。』欒念翻看資料，準備得不錯，是有思考的，找到一點投資應該不難。再往後看到過往案例沉澱，裡面有一張照片，應該是相親活動。尚之桃在跟一個男生握手，那男生手裡拿著一朵玫瑰，尚之桃笑得跟朵花似的。欒念眉頭皺起而不自知。

『孫雨做的是婚戀還是婚騙？』有一點嘲諷的味道了。

「哈？」

『參加他們線下活動的都是什麼人？』

「單身，都是單身啊。」

欒念眼落在尚之桃和那男生交握的手上：『拿玫瑰，握手，就代表成功了？』

「嗯……對啊……成了之後呢主辦方會給聯絡方式，然後就可以聊天啦、約會啦……」

靠。

欒念大概是燒得厲害了，一股火躥到頭頂，讓他有弄死尚之桃的衝動。還他媽聊天、約會……怎麼就妳那麼忙？

尚之桃見他不講話，以為他在思考，就問他：「你覺得這個資料可以嗎？孫雨人很可靠的，她的合夥人和團隊也很可靠。如果資料可以，你可以讓你的朋友幫幫忙嗎？」

『幫什麼忙？助紂為虐嗎？』欒念語氣非常不友好了。

「……這怎麼能是助紂為虐呢？這是給廣大單身男女提供一個交友管道，幫助大家找到命中注定的另一半……」尚之桃把孫雨平時洗腦她的話都搬了出來：「這是造福人類。」講完還在心裡誇自己，平常真是沒白聽孫雨傳道，關鍵時刻全用上了。

欒念終於徹底知道尚之桃那些消失的週末都去幹什麼了，跟室友在一起、去相親會認識異性、約會，他以為她是個十足乖巧的女孩，結果這個女孩一到週末就變身了。穿梭在陌生男人之間，大概也在為自己的姻緣做打算。

他真是被她那乖巧的外表矇騙了。

「你怎麼不講話呀？是不是累了？那你要不要早點休息？」

『不睏。』被尚之桃氣到有精神了。

「哦。那你會幫忙嗎？」

『嗯。』

欒念看了資料，覺得是個不錯的項目，順手寄給叫宋秋寒的朋友。他去了投行，也會看一些項目。

「謝謝你啊。」

『嗯。』

「那你現在再量一下體溫，看看退燒了沒？」

『妳怎麼跟我媽一樣。』

「關心你嘛……」

『省著點吧！』欒念這麼說，卻還是去拿了體溫計夾在腋下，果然又燒了起來。尚之桃餓了，起來找了個迎賓水果吃，蘋果咬一口很清脆，在深夜電話裡格外清楚。

『沒吃飯？』欒念問她。

「吃了，但沒什麼胃口。」尚之桃略去 Dony 這件事。欒念卻不傻，Dony 去成都出差他知道，於是問她：『跟 Dony 一起？』

尚之桃想了想：「很多人。」

在 Dony 這件事上，尚之桃的有意迴避欒念心知肚明。他一直在問她，她一直在迴避。

『Dony 不是什麼好人。如果哪位女同事以為 Dony 跟她們親近是為了談戀愛，妳勸那女同事省省力氣。Dony 眼高於頂，公司這些女人入不了他的眼，無非是不停換人圖個新鮮。』欒念話講得不好聽，說給尚之桃聽的。他知道尚之桃不是那種人，卻還是在她再三隱瞞後生了疑竇。

落在尚之桃耳中，就好像在說他們。他和她，一個雲端掠影，一個平原野草，圖個新鮮。真奇怪，在一起第三個年頭，欒念這新鮮感還沒散呢？

她又咬了口蘋果，對欒念說：「Dony 對哪個女同事有心思我不知道，畢竟不熟；哪個女同事對 Dony 有想法，我也不清楚，畢竟跟我沒關係。Dony 是要跟別人談戀愛還是要上床，恐怕只有當事人自己清楚。換句話說，我不多管閒事。」

『……』

說這什麼話？欒念覺得自己的體溫又高了，拿出體溫計，果然，三十八點四度。電話再打下去他就離死不遠了。誰說煲電話粥好的？有病吧？沒事煲什麼電話粥？

順手掛了電話，不再理尚之桃。

又生了很大的氣。

尚之桃還不知死活，傳訊息給他：『萬一 Dony 就是想尋找真愛呢？』

Tracy 陸續將資料寄給欒念，很詳細的資料，欒念認真仔細地看，真不是普通背調機構能調查清楚的，還真要有點功底才行，至少在海外也要有背景才行。Tracy 做事可靠，他對 Tracy 說：『錢沒白花。』

Tracy 沒理會他這句，徑直問他：『幹掉他嗎？』

『私生活再亂，是他從前的事。不涉及違法犯罪，目前公司亦沒有他出格的證據。』欒念理性回覆。

『你確定他沒有違法？』Tracy 回他：『第十五頁，女生舉證，在公司聚餐酒後，意識不清情況下與他發生關係。』

『看到了。』

『所以我再問你一次，幹掉他嗎？』Tracy 難得這麼嚴肅且好鬥。

『妳想幹掉他是因為他是董事會不經妳就安排的人嗎？』欒念問 Tracy。

『你想幹掉他是因為董事會想用他幹掉你嗎？』Tracy 問欒念。

過了一下，兩個人幾乎同時傳訊息——

『不是，是因為噁心。』欒念說。

『不是，是因為我是女人。』Tracy 說。

同盟就是這樣結下的。

但欒念這個人，要麼不動手，動手就不想讓對方再翻身。他不是什麼善類，不能輕易招惹。

翻著 Tracy 寄的那些資料，正如欒念所說，在國外的事，國內沒辦法追溯，除非他在國內也惡習不改。倒也不必守株待兔。欒念決定主動出擊。

宋秋寒的電話打斷他的思考，欒念問他：「資料看過了嗎？」

『看過了。』

「怎麼樣？」

『不錯。但不是我負責的區域，我把資料轉給中國區同事了。近期會約見面。』

「好。我一起去。」

『沒問題。不用擔心，只要團隊可靠，他們拿到投資的機會是百分之九十五。』宋秋寒做出預判。

「你做事一向穩妥，你的判斷我相信。謝謝。」

『不客氣。再見。』

「再見。」

單看講電話，會以為這兩個男人之間並不十分相熟，其實已經熟了。他們共同旅行兩次，並有共同群組，四個人，十分穩固的友情。但他們都不大喜歡講話，又都冷感，寥寥幾句，就當問候。但欒念知道宋秋寒可靠。

於是打給尚之桃。

她正在活動現場，周圍很吵，有點意外接到欒念的電話，畢竟他前一天晚上電話掛得突然，那之後又不理會她。

「孫雨電話給我。」

『嗯？』

「有一個投行的人會見她。」

尚之桃不敢相信自己的耳朵，又與欒念確認：『真的嗎？』

欒念察覺到她發自內心的喜悅，竟也難得覺得有一點開心：「嗯，給我她的聯絡方式，我約時間。」

尚之桃從前並不覺得欒念會將她的事尤其是她朋友的事放在心上，特別是在他莫名掛斷電話後。心中隱隱感動，就吸吸鼻子對欒念說：『謝謝你，真的。』

「以身相許好了。」

『我也可以請你吃飯的。』

「妳還是少惹我生氣吧！」欒念掛斷電話，留尚之桃對著電話發愣。我惹你生氣？我什麼時候惹你生氣了？我哄你還來不及我惹你生氣了？這麼一想，就覺得欒念冤枉她，傳訊息給他：『我什麼時候惹你生氣了？』

『自己想。』

欒念這樣回她，卻不指望她能自己想，她那腦子，八成也想不明白。到了下班時間，他收拾東西又走了，迎面遇到 Tracy，看到她困惑的神情：「見客戶？」

「回家遛狗。」

「你不是說那條狗送人了？」

「又接回來了。」

Tracy 跟在他身後一起上了電梯，上下打量欒念：「你戀愛了？」

「這個也歸妳管？」

「現在不用，回頭你女朋友寄公司郵件群組爆你醜聞的時候就歸我管了。」Tracy 講起話來也厲害，軟刀子出得勤，對手卻更狠：「那妳也終於能有點活幹了。」

兩個人都沒占到什麼便宜，Tracy 切了聲下了電梯。

欒念又想起那晚尚之桃手機螢幕上閃過的「Dony」，就不想再給 Dony 更多時間讓他露出馬腳，他等不起。他得出手了。

欒念到了家牽上盧克出了社區，他幫牠預約了洗澡。還沒進寵物店，盧克就開始煩躁，牠不愛洗澡，牠就想髒著，一屁股坐到地上，脖子用力向後仰，打死不肯往前走。

欒念嚇唬牠：「不走就燉了你。」

盧克還是不肯走：燉就燉！

一人一狗僵持很久，欒念終於投降，走上前去抱起牠，盧克趴在他肩膀上，沒出息地抖腿。欒念難得溫柔，甚至拍牠後背安慰牠：「你怕什麼？洗個澡而已。」

盧克拉長聲音嗚~我不洗！好像有很多話要說。

欒念將牠抱進寵物店，送到洗澡池邊，又輕聲細語安慰牠很久，才退到玻璃窗外看牠洗澡。欒念覺得自己可真是閒出屁了，抱一隻狗洗澡，還要安慰牠，這都什麼事？

盧克一邊洗一邊變身，再過一下洗澡間開始飄著白毛，地上也是厚厚一層。欒念覺得這錢花得真值，等牠洗完的時候，順便為牠辦了一張洗澡卡，好像盧克會經常在他這裡待著一樣。

洗完澡的盧克真的好看，一身細細小絨毛，瞇著眼伸著舌頭在秋風中笑，拉風得要死。拉風到欒念都覺得這狗不錯。

晚上尚之桃打電話給他，問盧克乖不乖的時候，欒念還要嘲諷：「妳的狗什麼樣妳自己不清楚？洗個澡還要哆嗦，沒見過這麼膽小的狗。」

『你帶牠洗澡啦？』

「嗯。」

『多少錢？』

「五千。」

『什麼？你們社區附近幫狗洗一次澡五千？』

「……辦卡了。」

『哦。』尚之桃想了想，試探地說：『五千塊錢的卡呢……那盧克以後要經常在那洗才好……不然老闆要跑路了……』

「嗯。」

欒念嗯這聲的時候盧克正坐在窗前看落葉，窗前燈光昏黃，牠孤零零的小背影，跟得了憂鬱症似的。怎麼尚之桃的狗也這麼惹人憐呢？

『我下週五回去，直接去你那好不好？要不然還要來回折騰……』

「好。」欒念又看了盧克一眼，真得讓盧克把澡都洗回來，不然五千塊錢打水漂了。

今天的欒念怎麼這麼好，沒有鬧任何彆扭，尚之桃甚至覺得不習慣。同事從包廂裡探出頭來叫她：「尚之桃，快來！」她應了聲，對欒念說：『今天西南分部安排聚餐，我進去啦。』

「嗯。沒喝酒吧？」

『沒有。』

「保護好自己。」

尚之桃應了聲好，掛斷電話，走了進去。

包廂內酒過三巡，異常熱鬧，就連Dony都微微變了臉色。他將襯衫釦子解開兩顆，衣袖挽起，露出好看的手腕，額頭有細汗，也算美色。

尚之桃心想，如果這個人沒有那樣的壞心思，得在職場上走多遠啊。她在神遊，Dony的目光移了過來，隔著一桌子酒菜落在她臉上，朝她笑一笑。

尚之桃也朝他笑笑，拿起眼前的茶杯啜了口，眼看向別處。

看在Dony眼裡，就是這個女生害羞了，或許對他也有一點興趣。於是時常在講話時有意無意看著她，帶著一點特殊意味，要用自己的網將尚之桃牢牢罩住。直至最後讓她丟盔棄甲，完全臣服。

Dony 喜歡這樣的遊戲，他喜歡在征服女人的過程中得到快感。

再過一下尚之桃去洗手間，她沒有選擇包廂內的，而是去了公共洗手間。公共洗手間在走廊盡頭，要途經很多沒有人的包廂，這個時間，很多聚會都散場了。

她在洗手間裡待得久了一點，然後出來洗手，擦手，往回走。Dony 迎她而來，在經過她的時候一把帶進旁邊的包廂，門被帶上。他們被困於黑暗之中。

尚之桃厲聲問他：「你幹什麼！」

「Flora，別端著了。都是成年男女，我知道妳要什麼。」Dony 的手死死扣在她肩膀上，又將她推到牆上。尚之桃聽到咚一聲，是她的身體撞到牆的聲音。

她強迫自己鎮靜下來：「我勸你放手，我要喊人了！」

「是嗎？」Dony 的手放在她脖頸上：「聽說妳想來企劃部履歷不夠是嗎？」年輕女生體溫升高了一些，Dony 覺得自己在拿捏一隻小雞。

是很赤裸乾脆的誘惑了。尚之桃沒有講話，Dony 繼續說道：「升職、加薪，唾手可得。妳想一想，會不會比妳自己努力更容易？妳努力兩年多，才升兩級。什麼時候能到頭？」

「沒想到 Dony 竟要靠這種手段來俘獲女人。」尚之桃強迫讓自己的聲音聽起來鎮定，但是她做不到。她快哭出來了。

「手段不重要，重要的是結果。」Dony笑出聲，唇去尋尚之桃的耳朵，尚之桃突然開始掙扎，並大聲喊道：「你放開我！你放開我！」

伸手去撕扯他衣服，包廂門開了，成都的那個女同事適時站在門口，伸手開了燈，問他們：「怎麼了？」

尚之桃拚命推開Dony，跑了出去，跑到包廂，在眾人錯愕的神情中拿起自己的包，跑了。

她跑出飯店，打給Lumi，聲音有一點顫抖。

「Lumi，我有證據了。確鑿的證據，職場性騷擾的證據。」

『Flora，妳在哪？成都分公司的同事呢？』

「我在成都，但我準備趕最後一班飛機回去了。」

『等妳回來，我們來進行最後一步好嗎？』Lumi對她說：『嘿姐妹，妳知道嗎？妳可太厲害了。我終於知道我為什麼第一眼看見妳就喜歡妳了，因為我知道妳骨子裡就是這麼厲害的人！』

尚之桃忍著熱淚，她忍了那麼久，終於把一個男人如何從言語騷擾到具體行動徹徹底底錄了下來，還有了目擊證人。自從Dony問她有沒有男朋友那天開始，她買了錄音筆，隨時放在身上。只要Dony出現在她身邊，她就開著。

尚之桃想，我不是咩咩的小綿羊，我要讓你這隻蛆無處可藏。尚之桃這一輩子最勇敢的瞬間就是那一天。這麼勇敢也是因為那天那個同事對她說：「我不想喝酒，桌上有狼。」女孩子對尚之桃哭訴，在她酒醉之後，Dony 壓在她身上。幸好那天，她生理期來了。

Dony 對那個同事說：「妳喝多了，沒人會相信一個醉酒的女人。我可以說是妳勾引我，妳不是想升職嗎？我可以給妳機會。」

他得手過，就覺得所有的女孩都好欺負。

而尚之桃有了證據，終於可以去檢討這隻蛆。

直到這時，Dony 都以為那件事會就此被遺忘，他不覺得尚之桃會做出任何不利他的事情，因為她看起來那麼好欺負。

尚之桃覺得自己馬上就要勝利了，可她的腿卻總是不聽話地抖，直到她上了飛機、下了飛機、直奔欒念家裡，她的顫抖好像都沒有停止。

她開了門，盧克在深夜裡迎接她，她抱了抱盧克，跑到欒念房間，看到剛剛關掉電腦的他，尚之桃一件一件脫掉自己的衣服，捧著他的臉熱烈地吻他。欒念將顫抖的她摟進懷裡，唇舌烙在她肌膚上，在她耳邊低語：「不是要半個月才回來？」

「我等不了，我今天就想見你。」

尚之桃仰起身體，緊貼著他：「現在就想見你。」

「尚之桃，怎麼了？」

尚之桃搖搖頭：「我就是突然很想你。」她想她應該告訴欒念的，Dony 一直騷擾她，但她沒有。她心裡小小的自尊令她覺得她不能告訴欒念，她應該自己解決，以一個獨立的成年女性的姿態。更何況，她的身後還有 Lumi 還有孫遠翥還有孫雨，還有那個痛苦萬分的女同事。她們能行。

尚之桃從不後悔自己當時的決定，她知道自己從那時起就在練習一個人面對一切。她知道她已經被拋向這殘酷的現實之中，企圖用童話故事化解問題的人很難找到更好的出路。因為現實永遠是血淋淋的。她用這種方式證明自己也行，沒有欒念也行。

總得硬碰硬一次的。

「欒念。」她在黑暗中呼喚他的名字，並用力抱緊他。

「我在了。」欒念用炙熱滾燙的吻，帶她走出黑夜，走向光明。

那天對於凌美來說是很平常的一天。大家在各自的崗位上忙碌著，有時輕聲講幾句話，大多數時候在沉默的打著字。

欒念正在開管理會，在會上，Dony 正在說要再修改一版新策略的事，但大家都沒有講話。欒念也沒有講話，他只是抬起頭淡淡看了 Dony 一眼，那一眼，看不出什麼情緒。

Tracy 也抬頭看了 Dony 一眼，然後低下頭，傳訊息給欒念：『今天我特意化了妝。』

『是該隆重。』欒念回她。

這個會開得繁冗，但欒念一反常態沒有叫停。他甚至靠在椅背上，看各部門掐架。再過一下，欒念看到見慣大風大浪的 Tracy 神情變了，她打斷 Dony：「抱歉 Dony，請你停一下。Luke，麻煩你出來一趟。」

欒念跟 Tracy 走出會議室，看到工位上不對勁，大家在竊竊私語，看到他們又突然安靜下來。

欒念拿過 Tracy 的電腦，看到那封郵件，標題是：『我是 Flora Shang，我實名檢舉企劃部負責人 Dony 對我進行長期性騷擾。』

欒念的血都湧到頭頂，他心裡好像有什麼東西塌了，那麼疼。眼睛看向尚之桃工位，她正筆直地坐在那裡，承受異樣的目光和指點。那麼鎮定、坦然，嘴角微抿著，像一個即將去決鬥的戰士。欒念永遠都忘不掉那一天，也忘不掉那樣姿態的尚之桃，是他從未見過的勇敢和決絕。

「看完吧，Luke。」Tracy 察覺不到她的聲音已經在顫抖了，她想，如果她有這樣的遭遇，那麼多少個夜晚她將與惡夢為伍，無法安眠。

『我第一次正式見到 Dony 是在他的辦公室，在我跟他講解預算管理流程之後，他突然問我是否有男朋友，我詢問他這是否與工作有關，他說沒有關係，但他是單身。我的直覺告訴我事情不對勁。第一次來得太過突然，我沒有證據。』

『我買了錄音筆，每次單獨與 Dony 在一起的時候我就會打開。』

『Dony 第二次騷擾我，是在公司的茶水間裡。當時同事們都在工作，我在裝咖啡。他走到我身邊，打量我全身，對我說：Flora 妳今天很漂亮。要不要一起吃飯？我說，對不起，我晚上有約了。這一次，我儘管覺得不對，卻仍以為這只是職場的正常溝通。』

『第三次，在敦煌途經飯店的小路上，他約我第二天吃飯，我拒絕了。晚上，他突然傳來一張半裸照片，並對我說：我永遠覺得男人應該自律。Flora 要跟我一起健身嗎？我拒絕他，並指出他的照片尺度太大，建議他以後不要再傳。』

『從那以後，我經常在半夜收到他的訊息。有時是邀請我一起吃飯，有時是照片，有一次，他傳來一張他的生殖器照片，並問我是否想嘗試。那次我崩潰了，我封鎖了他。但我內心十分害怕，我不知道該怎麼面對這種情況，我開始做惡夢。』

『但他沒有放過我，他在公司溝通軟體上對我說：Flora 妳非常不專業，如果有工作，我會找不到妳。如果是因為那張照片，非常抱歉，我喝多了，我會注意尺度。』

『Dony 騷擾我，一次又一次，一次比一次更甚。直到那天在成都，我去洗手間，他把我拉進一個空包廂。』

『我不想待在成都，我非常恐懼，從成都到北京，一千五百二十公里的飛行距離，我始終在顫抖。』

『我也聯絡到從前被 Dony 騷擾的女性，舉證在郵件下方。懇請公司啟動調查程序。』

從成都到北京，一千五百二十公里的飛行距離，我始終在顫抖。

那天晚上，欒念聽到盧克在樓下撒歡，他闔上電腦想下樓看看，卻看到尚之桃走進他房間，脫掉衣服，鑽進他懷中，她一直在抖，像受到什麼驚嚇。

他問她怎麼了？

她說沒事。

欒念闔上 Tracy 的電腦，走回自己的辦公室，將門鎖上。他心裡好像燒了一把大火，那火將他的心燒得滋滋的疼。

外面很安靜，再過一下，Lumi 聽到 Kitty 在工位上說：「沒談攏吧……？」

就是這一句話，充滿惡意，有同事在點頭：「Dony 對我很禮貌。」

Lumi 看了尚之桃一眼，她坐在那裡，一言不發。世人的惡意像狂風席捲她，她從最開始就知道大家會說不可能、不會這樣的、為什麼要選她？條件沒談攏？永遠只有少數人相信，那個女孩就是無緣無故被欺負了。

Lumi 站起身，走到走道那裡，又轉到 Kitty 工位前，突然伸手抓住她頭髮，用力向後扯：「我他媽今天弄死妳！妳別以為妳那些事誰都不知道！妳信不信老娘都把妳抖出去？！！」

Kitty 動手掙扎，Lumi 臉向後仰，拽著她頭髮的手就是不鬆開。

Lumi 狠狠揍了 Kitty 一頓，沒人上前攔著。今天的凌美籠罩在一股奇怪的氣氛中，尚之桃的檢舉郵件打破了凌美表面的繁榮，讓它內裡的破敗和腐爛一覽無遺。

突然有一個女孩說：「我也收到過Dony的訊息，我以為他喜歡我。」聲音小小的，怯懦的，卻終於說出來了。

欒念聽到外面的動靜，卻沒有動，他在聽尚之桃郵件裡的錄音。

尚之桃剛開始工作的時候，講話很小聲，你看她一眼，她就臉紅了。她內心柔軟，總是去幫助別人，用她那近乎笨拙的社交手段與人相處。這樣一個女生，被人拉進漆黑的包廂裡，對她說：「妳想去企劃部資歷不夠是嗎？」

她身體撞到牆上那一下，錄音裡有一聲雜音，那雜音在欒念心口劃了一下。銳痛。

他拿下耳機，沒有意識到自己的眼角濕了。站起身出了辦公室，走進Dony辦公室，突然抄起桌上的茶杯砸到他頭上，外面響起尖叫聲，Dony站起身還手。但欒念不給他機會，他揪起Dony的領帶纏到他脖子上，用力拉著，在他耳邊說——

「喜歡捆綁是吧？」

「喜歡窒息是吧？」

「喜歡下藥是吧？」

「嗯？」

「喜歡嗎？」

欒念不打算鬆手，他想弄死他。他十幾歲時喜歡槍、喜歡搏擊，總想弄死那些噁心的人，那些人都沒有眼前這個人噁心。

終於有兩個人衝了進來，拉開欒念，Tracy 站到他面前，對他說：「警察來了。」

他鬆開領帶，手掌被勒出紅印，而他的眼睛更紅，像要殺人放火的野獸。他走出辦公室，看到大家都在看他，但他沒有講話，只是透過安靜的人群看了尚之桃一眼。

心要疼死了。

真的。

那麼好的女孩被一條蛆糾纏那麼久，惡夢纏身，卻每天強顏歡笑。他將她推到牆上，手掌掐住她脖子，那一下錄音筆甚至有了雜音。

她當時該有多害怕，從成都到北京，一千五百二十公里的飛行距離，一直在抖。

欒念恨自己動作太慢，也怪尚之桃自作主張。

Dony 捂著脖子從辦公室裡走出來，看著欒念：「你做局？」

「我其實想弄死你。」

欒念的神情太嚇人了，當他真的動怒的時候，殺氣並不那麼明顯，而是在他眼底，薄薄那麼一層，又淡淡看你一眼，第二眼都不屑再看。

Tracy 站在走道中間，與欒念對視一眼，又看著大家，很真誠的，好像也有一點難過：

「在凌美中國區，男女員工的比例是四十五比五十五。女員工是凌美在國內業務高速發展急行軍。我沒有預見到會發生今天的事，尤其是 Flora 的郵件，讓我心痛不已。」她第一次在眾人面前落淚：「同樣是女性，我為 Flora 有這樣的遭遇感到難過，真的。」

尚之桃還是坐在那裡沒有動，Lumi 坐在她旁邊，握住她冰冷的手。

Tracy 擦掉眼淚，讓自己冷靜下來：「Dony 受聘於凌美總部，背景調查並沒有經過凌美中國區，這也是集團的用人失誤。今天一早，我們接到警察的電話，讓我們配合他們調查一起女性被強暴的案件，所以有了剛剛大家看到的那一幕。」

「我也從警察處了解到，Dony 涉嫌的案件不只這一起，有六名女性聯合報案。但目前因為我知情不多，所以只能講到這裡。」

「作為凌美中國區的人力資源負責人，我今天將啟動對 Dony 的司內調查，歡迎女同事們能找我聊一聊。同時我也懇請各位，尊重站出來的每一位女性。妳沒有置身其中，只是因為妳運氣好那麼一點而已。」

「謝謝。」

Tracy 跟大家鞠躬，走到尚之桃面前，拍拍她肩膀。多好的女孩，她當初面試她，她開口第一句話她就喜歡她。

「Flora，我聽了妳提供的錄音。有一句話我認為我要親口對妳說，Dony 說妳進企劃部履歷不合格，我不認同。妳在凌美兩年多的時間，拿了兩次 A+ 績效，主導了供應商管理專案以及市場部提效項目，成績斐然，能力卓越，有目共睹。接下來企劃部會開放內部轉崗

ＨＣ，歡迎妳競崗。」

尚之桃點點頭，但她有點累了。今天明明沒講話沒有工作，身體卻被掏空了。她對Tracy說：「我今天可以請個假嗎？」

「好。」

尚之桃收拾東西下了樓，她不想待在公司。當她途經欒念身邊的時候，強忍著撲進他懷中號啕大哭的衝動，是前所未有的委屈和脆弱。眾人的目光將她剝得一絲不掛，她知道她會被質疑，也做好了準備，卻還是在聽到那句「沒談攏吧」的時候，所有防線轟然倒塌。

Lumi將她送到樓下，孫雨和孫遠翥在那裡等她。欒念站在窗前，看到尚之桃走到他們面前，孫遠翥接過她的背包，手拍在她頭上。他們離開了。

欒念問過尚之桃無數次：「Dony有沒有騷擾過妳？」

她說：「沒有。」

她從來都沒有想過告訴他Dony的事，在她遇到困難的時候，她從沒覺得他能給她幫助。她寧願一個人害怕、擔憂，惶恐的熬過一個又一個漆黑的夜晚，都沒想過向他尋求幫助。

他站在窗前看著他們走遠，突然明白，尚之桃從不是他看到的樣子。她從來沒有真正依賴過他，她清醒獨立，一直將他劃在她的信任距離以外。正如最開始的時候他對她說的那樣——

我們只是床伴，不需要為對方負責。

如果有哪一方遇到新的感情可以隨時終止。

我們好聚好散。

——尚之桃都做到了。

欒念坐回辦公桌前，突然覺得這一切索然無味。他打開電腦，寫了一封辭職信——

我不準備為公司錯誤的用人策略背鍋。Dony 的任命沒有經過我，甚至背調資料都有問題。

我不知道 Dony 究竟代表誰的利益，但公司這次用人事故充分證明對我的不信任。

我在今天辭去在凌美的所有職務。

就這樣。

欒念闔上電腦，走出辦公大樓。

欒念開車在街上漫無目的地走。

秋天的北京大概是一年中最美的時候，落葉鋪陳在街上，公車站一把孤伶伶的椅子，有老人坐在街邊寫生，將這些都入了畫。畫裡沒有那些骯髒和醜陋，是粉飾過的太平和美好。

他將車停在街邊，找了把椅子坐下，看著眼前人流如織。顫抖的尚之桃和接受眾人審視的尚之桃交替在他眼前，最後變成了那個孤軍奮戰的尚之桃。

一個從不想尋求他幫助、恪守二人在一起初衷的尚之桃。

一個全新的她，又或是她從前就是這樣的人，只是他從來沒有發現而已。

欒念從沒像今天這樣震驚和後怕過，心裡被那錄音劃出一道口子，汩汩流著血。他的心太疼了，沒這樣疼過，他不知道應該怎麼處理。

他想跟尚之桃說些什麼，或者什麼都不說，哪怕擁抱她一下也好。於是他打給尚之桃，卻沒人接聽。

欒念想了很久，撥打了孫雨的電話。那邊過了很久才接起，他說：「妳好，我是欒念。尚之桃在嗎？」

『尚之桃在睡覺，她累壞了。』孫雨看了沉睡的尚之桃一眼，輕聲說：『等她醒了我告訴她你找過她。』

「不用了。謝謝。」欒念掛斷電話。

他在街邊坐了很久，電話一直在響，他接起，是Tracy。

『董事會炸了，讓我找你上線參會。』

「不。」

『我看網路上開始議論了，股價已經下跌了。』

「活該。」

『那你……真辭職？』

「嗯。」

Tracy想了想說道：『給他們點顏色看看也好。但辭職不是我們提前計畫好的。』

「不是為了給他們顏色看，我就是要辭職。」

『你認真的？』

「認真的。妳趕緊讓董事會找人，我從今天開始休假。」

欒念掛斷電話，將手機丟進口袋裡，就這樣坐在街邊。有年輕女生路過他，會偷偷看他一眼，好奇這個好看的男人為什麼要坐在這裡。欒念看不到這些目光，他在街邊坐了很久，直至天黑。

他的電話吵得他不得安寧，他卻不去管它。

直到尚之桃的電話打進來，她輕聲問他：「孫雨說你打給我了？」

『是。』

「你在哪？」

『在妳家門口。』

欒念聽到尚之桃家的門打開的聲音，而後是她腳踩在樓梯上的聲音，咚咚咚，腳步很快。終於忍不住對她說：『妳慢一點，我不急。』

「哦。」尚之桃哦了一聲，腳步卻沒放慢，一聲又一聲，響在欒念心頭。

「嗨。」尚之桃站在他幾公尺遠的地方，心頭的委屈和恐懼又一股腦湧了上來。眼望向別處，不想在他面前哭。尚之桃想，我得堅強一點。

「我想看月亮。」尚之桃對他說：「我可以帶上盧克跟你一起上山看月亮嗎？」尚之桃喜歡那樣的夜晚，月光皎潔，將人心照得坦蕩透亮。

「好。」

兩人一狗朝山上開，欒念一路都沒有講話，他不知道該講什麼。車在酒吧前面停好，欒念拉起手剎車時，尚之桃的手覆在他手背上，輕聲說：「欒念，你可以跟我說幾句話嗎？」

「說什麼？」

「隨便什麼都行。」尚之桃心中是有惶恐的，她不知道被人矚目竟會這麼痛苦。孫遠翥和孫雨明明都在陪著她，可她還是出門了，想見欒念。她知道她心中對欒念的愛是沒有任何人能取代的，她特別難過的時候只想待在他身邊，哪怕他可能會讓她更難過。

「我不會隨便聊天。我只知道我問過妳幾次，Dony 有沒有騷擾過妳，妳說沒有。」欒念將車燈熄滅，周圍陷入黑暗，只有天上的星和雲能聽到他們講話：「所以妳從來都沒有信任過我對嗎？」欒念看著尚之桃：「又或者是妳身邊有足夠多的人讓妳信任和依靠，所以妳根本不需要向我求助，哪怕告訴我實情都不肯？」

「我沒有告訴你的立場。」

「那妳告訴別人的立場是什麼？」

「因為別人是朋友。」

「而我只是妳的炮友？」欒念下了車，尚之桃和盧克跟在他身後，欒念走了幾步又退回來：「我以為我們睡了好幾年，能比朋友近一點呢。」

「你別這麼尖刻。」尚之桃眼睛有一點紅了，她想讓欒念擁抱她，但她沒辦法開口：「我心情不好。我跟著朋友回到家裡，原本想睡一個安穩覺，但我只睡了一下下。我想見你，想跟你說幾句話，這樣我可能就會好受一點。所以請你別這麼尖刻。」尚之桃緊抿著嘴唇，她覺得自己的淚水好像到了眼底，但她憋了回去。她不想在欒念面前哭，她害怕他會說：「妳不是逞英雄嗎？那妳現在哭什麼？」

欒念看到尚之桃的眼睛在月光之下亮晶晶的，像蓄著淚水。他覺得自己是一個挺操蛋的人，她今天過得那麼糟糕，他卻只想問她為什麼不告訴自己。而他去找她的初衷是為了擁抱她。

「還怕嗎？」欒念輕聲問她。

尚之桃嘴唇抖了抖，唇角向下，像一個快要哭出來的小孩。

「過來。」欒念叫她。

她走了兩步到他跟前，欒念伸出手將她拉進懷中，用力擁抱她。

他們好像從沒有在做愛以外的任何時間裡擁抱過，欒念的懷裡寬闊又溫暖，他的手放在尚之桃腦後，讓她的臉貼在他胸膛。

尚之桃那顆惶恐不安的心終於安穩下來，她緊緊環著欒念腰身，怕他很快放手，就說：

「我可以在你懷裡多待一下嗎？」

「嗯。」欒念手臂又緊了緊，尚之桃又變回那個乖巧女孩，安靜地窩在他懷裡。他們都沒有講話，欒念覺得自己的心好像痊癒了一點，尚之桃也覺得今天似乎沒有那麼糟糕。

至少在即將結束的時候，欒念擁抱了她。

「你為什麼打他？」

「因為他欺負妳。」

「可你經常欺負我。」

「我可以。」欒念手臂又收緊了些：「但我今天也很生氣，我氣妳什麼都不跟我說，像黑仲介一樣。」

「尚之桃，妳是不是要讓我每年為妳打一架？」

「兩架也行。」尚之桃仰起頭看他：「你打架的樣子該死的性感。」

她的瀏海擦著他下巴，有點癢，欒念索性低下頭，將下巴在她頸窩蹭了蹭。

尚之桃咯咯笑出聲，偏著頭躲他：「癢。」

欒念不許她躲，捧著她的臉，用下巴蹭上去，他臉上那層薄薄的鬍渣扎到尚之桃細嫩的臉上，又疼又癢。她伸手打他，手握成拳輕輕捶在他心口：「服了！服了！」

欒念憋悶疼痛一整天的心好像又好了一點，就又抱著她。盧克等了很久，以為要進門吃肉了，因為尚之桃出差的日子，欒念經常帶牠來酒吧。欒念在酒吧裡為牠準備了寵物罐頭還有烘乾肉，那都是盧克最愛吃的。可這兩個人站那抱著都沒有要進門的意思，就有一點著急。咬住尚之桃褲子向酒吧方向拽：「嗚嗚。」

尚之桃狐疑地看著牠：「你怎麼了？」

欒念當然知道牠怎麼了，卻轉過頭去裝不知道。尚之桃不讓盧克吃太多肉，說吃肉多對狗不好。每天要麼限定兩顆雞蛋，要麼就一塊風乾肉，欒念看不慣，她不在的時候，他就給盧克吃很多肉。

盧克放開她的褲管，朝酒吧跑了兩步，見她站著不動，又跑回來汪汪：「汪～嗚～」脖子朝酒吧那轉，就差開口講話了。

欒念看盧克的傻樣笑出聲，還不忘嘲笑牠：「真是誰養的狗像誰。」長腿一邁，走了。

今天酒吧剛做完活動，這時已經沒有人了，只有值班經理在。看到欒念進來就說：「您怎麼來了？」

欒念看看尚之桃：「帶盧克主人來喝酒。」

經理朝尚之桃笑笑：「您好。」

盧克跟經理已經很熟了，站在那朝值班經理叫：「肉呢？」

值班經理當然明白盧克的意思，朝牠擺手：「來。」

尚之桃歪著腦袋有點納悶：「牠常來這裡？牠憑什麼常來這裡？我都沒有常來。」

「管得著嗎？」

欒念看她一眼：「餓嗎？」

「餓！」尚之桃一天沒怎麼吃東西，真的要餓死了。

「等一下。」

欒念去了後廚。他的酒吧，就連後廚都乾乾淨淨，牛排、羊排、義大利麵在食品櫃裡擺放整齊，都是上等食材。

拿出義大利麵和牛排，做一頓西餐簡餐。

尚之桃坐在高腳凳上打量這家酒吧，心想這得賠多少錢啊。她念頭還沒落，外面就來了幾輛車，男男女女下了車，進了酒吧。

變魔術似的，兩個服務生從旁邊一個隱形門裡走出，欒念招的服務生都這麼好看，站在那裡英俊帥氣，招呼進來的男女：「隨便坐。」

「就窗前。」幾個人坐在窗前，其中一個人問服務生：「等等可以關燈看星星嗎？」

服務生說：「好。」

還能關燈看星星？

欒念端著兩份簡餐過來，放一份到尚之桃面前。那邊的男女轉過頭來看他們。

欒念朝他們笑笑，拿出刀叉遞給尚之桃，坐在她旁邊跟她一起吃飯。

尚之桃聽到一個女生說：「要告訴龔老師嗎？」

「別了吧。」

「但不是說老闆是龔老師的相處對象嗎？」

「那人不一定是老闆吧？就算是，那也不一定是女朋友吧？」

尚之桃吃了口義大利麵，嘴角沾著一點醬汁，欒念指指自己嘴巴，又指指尚之桃的。

尚之桃睜著眼睛有點困惑，不懂欒念的意思。

欒念又指了指，尚之桃也指指自己的嘴唇，欒念點頭。

公然親吻不大好吧？欒念八成是遇到什麼麻煩了吧？結合剛剛那幾個人的話，恍然大悟。欒念應該是招惹了別的女生，現在不好脫身了。

那就犧牲一下吧。

傾身上前，唇在他唇角點了點，還認真問他：「這樣就行了嗎？」

欒念被尚之桃蠢到了，拿起紙巾用力擦她嘴角。尚之桃知道自己又做了傻事，紅著臉坐回去，口中念叨：「那你直接說不就行了嗎？」

「妳見過男人在公共場合讓女人擦嘴角的？」

「哦。」尚之桃紅了臉，欒念卻揚起嘴角。

調酒師在調酒，尚之桃趴在吧檯上看，她覺得調酒可真帥，那酒應該也挺好喝，就問欒念：「幫客人們調完後可以也給我一杯嗎？」

「不可以。」

欒念將餐盤端走，讓服務生在那幾個男女面前放了一個小蠟燭，蠟燭周圍是他們的雞尾酒，酒吧關了燈。只有窗戶那裡微微亮，其他地方都有一點黑。

尚之桃在黑暗中扯住欒念的手，小聲提要求：「我也要喝雞尾酒賞月。」

「不行。」

「就一杯。」

「好。」

欒念也沒什麼立場，走進吧檯為尚之桃調酒。點了小小一盞燈。他在吧檯裡調酒，尚之桃在吧檯外看他調酒。過了一下，欒念端出一杯酒，杯子裡是一顆用冰塊雕成的心。

「這酒叫什麼？」尚之桃問他。

「勇敢的心。」欒念說。

第二十章　有人入局

尚之桃將酒放到窗前的另一張桌子上，月光皎皎，那顆心在杯裡閃著光。盧克吃夠了肉跑出來，坐在她旁邊，陪她一起看月亮。

她的酒跟別人不一樣，鄰桌的一個女孩看了好幾眼，對同伴說：「我也想喝那杯雞尾酒，從前沒見過，看起來很好喝。」

她問尚之桃，這款酒叫什麼名字？

「叫勇敢的心。」尚之桃不懂雞尾酒，只以為是市面上常見的女孩酒，喝起來酸甜溫柔，卻也有一點後勁。欒念調了一款像尚之桃性格的酒。

「是老闆特調嗎？」那女孩又問。

「哈？」尚之桃顯然不懂什麼是老闆特調。

女孩舉起手，對欒念說：「我也想來一杯那個酒。」

「抱歉沒有了。」欒念端了一杯水坐在尚之桃旁邊，對女孩笑笑。

「那杯酒是老闆特調嗎？」

欒念看了杯中那顆玲瓏剔透心一眼，點點頭：「是。」

「我就說。」女孩轉過身去對同伴說：「在別的酒吧沒有見過。」

「什麼是老闆特調？」尚之桃小聲問欒念。

「就是老闆亂調。」欒念靠在沙發上看月亮，整個酒吧就剩隔壁桌那一根小小的方燭，店長放了溫柔的歌。都安靜下來，各自癱在沙發上賞月。

尚之桃於黑暗中抓住欒念的手，又將頭倚靠在他肩上，欒念將手臂攤在沙發上，讓她靠得舒服。

盧克也學尚之桃，跳到欒念旁邊，前爪扒拉他手臂：我也要。

「不行。」欒念小聲教育牠。

盧克又不氣餒，繼續扒拉他，欒念哼了聲，移開手臂，盧克躺在沙發上，頭枕著他的腿。

尚之桃覺得自己從不奢求什麼，偶然能有一個這樣的晚上，她所有的痛苦就都能痊癒。雖然她好像也沒有過什麼深刻的痛苦，只是一個普通女生健健康康長大。

拉過欒念的手在他手背上輕輕地親，一口又一口。那句「我愛你」在她嘴邊跑了幾個來回，始終沒有講出來。

他們下山的時候已經是凌晨，尚之桃拿出手機，看到同事們陸續傳來的安慰訊息，她一一回了。有一則是Lumi的，她說：『我他媽越想越生氣，有的人根本不配妳保護她。舉證的時候就該把她半夜進他房間的影片放進去！』

尚之桃忙回她：『別了，不至於。放人一條生路。』

『晚了。我寄匿名郵件了。』Lumi 回她。Lumi 想了近一個晚上，Kitty 那個人愛報復，今天不把她幹趴下，明天她肯定冒出頭來。這些年明裡暗裡使的絆子還少嗎？包括白天那句噁心的話，那是人說的嗎。

『……手真快。』

『哈哈哈哈哈哈，心情真好。妳還好嗎？我打電話給孫雨，她說妳跟朋友出去了。』

尚之桃看了正在看手機的欒念一眼，回她：『我很好哦。』

『我的倔驢今天那一下太解恨了。他也太他媽帥了吧？今天妳走後他也走了，股價跌慘了。』

『哈？因為醜聞跌嗎？』

『醜聞算個屁。因為掌舵人說他不幹了，下船了，撂挑子了。Luke 這局贏得漂亮。』

『什麼意思？』

『意思就是 Luke 辭職了。』

欒念辭職了？可他今晚沒有說過一個字。尚之桃偷偷看他，他皺著眉頭，好像不開心。

尚之桃對盧克使眼色，伸出一根手指，指向欒念，輕輕一擺：「上！」

盧克動作快，「嗖」就竄到欒念身邊，頭在欒念胸前蹭來蹭去。欒念放下手機捏牠狗臉：「走開！」

不！

一人一狗打了起來，尚之桃在一旁看得咯咯笑，欒念跳下床將她抱起來丟到床上，逼她加入混戰。他們鬧了很久，直到鬧累了，盧克趴在地上，他們躺在床上喘氣。

尚之桃側躺身體看欒念，又忍不住笑。

她本來就不是有什麼心事的人，白天那麼驚天動地的難過和脆弱此刻都不見了。她甚至開始自我安慰，我多幸運呢，我有一個這麼溫柔的床伴，還有 Lumi 那麼好的同事，還有孫遠翥和孫雨那麼好的朋友。

有人問她是怎麼搞到 Dony 前面醜聞的女主角資訊的，尚之桃絕口不提。因為孫遠翥，利用了駭客技術，幫她把 Dony 翻了個底朝天。

尚之桃知道，不是所有人都像她一樣幸運，她格外感激。

凌美的人只知道 Dony 觸犯法律，卻不知道那六個人為什麼突然聯合報警，也不知道 Dony 在國內的生活是怎麼被翻出來的。只有欒念和 Tracy 知道，欒念花了大價錢，讓唯一一個不肯開口卻有確鑿證據的女生決定站出來。

欒念把這一切做得輕飄飄的，事了拂身去，不留任何痕跡。

他的手掌罩在尚之桃臉上，將她推回床上：「嚴肅點。」

「哦。」尚之桃就勢吻他掌心，欒念抽回手，藉著皎潔月光看她。指尖放在她的脖頸上，那脖頸，被 Dony 的髒手掐過。

欒念的唇落在她脖頸，輕輕柔柔的吻，把尚之桃那一千五百二十公里的恐懼慢慢消解。

尚之桃喜歡他難得的溫柔，她也不會講敗興的話，比如你為什麼要辭職。她覺得她不需要問，這一次她很確定，欒念打架和辭職，都不是因為高層鬥爭，純粹是因為他心疼了。

欒念心疼她，這個認知令她感動不已。

是在結束後，尚之桃才說：「我明天早上怎麼上班呢？」

欒念看了時間一眼，凌晨三點了：「請假。」

「不行。」尚之桃睏得眼睛睜不開：「我不能請假，Tracy 要找我面談。」

「睡吧。我送妳。」

「謝謝。」

「不客氣。」

尚之桃睡著了，欒念拿過手機，繼續回 Tracy 的訊息：『我說辭職就是辭職，股價漲跌跟我沒關係，我的早套現了，剩下那幾十萬股我就當扔了。』

『我知道你不缺錢。』Tracy 竟然沒睡，這一天的事情把她搞得焦頭爛額，平常睡眠規律的人徹底失眠了：『我缺。我剛離婚你知道吧？要重新買一間房子。股票跌成這樣我拿什麼買？』

『我借妳。』

『你可以借我，能借所有人嗎？』

『那就都自求多福吧！』

『……總部的人已經上飛機了。後天約你面談。』

『不見。』

『你有競業，而且根據公司規定你辭職至少要提前半年打招呼。』

『根據公司規定，我的地盤用人我決定。那那些老東西為什麼還要派人過來？規定是個屁。』

『好好。明天來公司面談吧？』

『不。』

欒念關了手機睡覺。

到了早上，聽到身邊的動靜，睜開眼看到尚之桃正躡手躡腳穿衣服：「做賊呢？」

「你醒啦？我要去上班。」

「不是說我送妳？」欒念起來穿衣服，尚之桃在一旁說：「不用啊，我攔車去，盧克留在這。」

「有病吧？這個時間妳去哪攔車？」

「哦。」

欒念快速沖了澡，穿上衣服，去樓下快速做了早餐。尚之桃喜歡吃麵包片和牛奶，欒念又煎了兩顆雞蛋，在她的牛奶裡撒了桂花：「過來吃了再走。」

尚之桃早已習慣欒念的早餐，對他道謝，然後喝了口牛奶，偷偷看了欒念一眼。

「有話就說。」

「你辭職啦？」

「嗯。」

「為什麼？」

「因為我有錢，想辭職就辭職。」欒念見尚之桃一口乾了牛奶，又為她倒了一杯，她喝了才說：「有錢可了不起呢，不像我，沒有辭職的底氣。」

「妳不想幹也可以辭職，去我酒吧做服務生。」欒念逗她。

尚之桃當真認真思考了這種可能，問欒念：「如果以後酒吧都招那麼好看的經理和服務生的話，錢少點倒也不是不行。」見色起意了。

欒念哼了聲，這早餐算是餵了狗了。開車載著尚之桃和盧克出門，在公司臨近的街道停了車，順口對尚之桃：「晚上我來接妳。」

「好啊。」尚之桃跳下車，向公司跑。

到了公司門口，卻停下了腳步。她還沒有準備好面對同事們同情的目光。有同事經過她，好心叫她：「Flora 早，不進去嗎？」

「進去。」尚之桃跟著她們一起坐電梯，走到工位，意外看到 Lumi 竟然已經到了。

「妳怎麼來這麼早？」尚之桃問她。

「我來管那幾張破嘴。」Lumi 搭在桌子上，吊兒郎當，一副大姐大的樣子，好像今天還要再為尚之桃動手幹架。

尚之桃眼睛紅了，對 Lumi 說：「我愛妳妳知道吧？」

Lumi 吹了個口哨：「以身相許啊～」

兩個人說了一下話，尚之桃打開電腦和郵箱，收到了無數同事的慰問。她們回覆了她的郵件——

『Flora，加油。』

『Flora，我坐在四樓，妳明天會看到一個穿女孩加油棒球衫的人，那個人就是我。』

『Flora，謝謝妳。我也曾遇到這種事，但一直忍氣吞聲。感謝妳告訴我，女孩還可以這麼勇敢。』

郵件那麼多，尚之桃一封一封看，突然覺得被理解的感覺很好。她那時只是覺得應該站出來，並沒想過這件事會對別人有什麼樣的影響。直到那一刻，她終於覺得這一切值得。

再遇到同事的目光的時候，她不再覺得異樣，而是看到了友好。職場上真的只有一小撮人很壞，大多數人，都只是像她一樣的普通而善良的人。

包括 Tracy。

管理這麼大一間公司的人力資源工作，卻也只是一個普通人，會因為尚之桃的遭遇感到痛心的人。她辦公室裡有一個咖啡機，親手為尚之桃做了一杯摩卡，對她說：「今天喝點甜的，打敗不開心。」

「謝謝。」

「昨晚睡得好嗎？」Tracy 問她。

尚之桃想起欒念輕柔的吻和溫暖的臂彎，就點頭：「很好。」

「很高興妳不做惡夢了。」Tracy 拍了拍她手背，然後說：「現在我們的談話不是公司層面的，因為這件事已經移交到司法機關了。警察希望妳參與舉證，妳同意嗎？」

「我同意。」

「Dony 有一些背景，這件事能審到什麼程度，我們都不清楚。但我想表個態，我和 Luke，是一定要讓他進去的。」Tracy 跟尚之桃說背景，要告訴她這些實情，萬一以後被報復，女孩也要有心理準備。

尚之桃點頭：「我知道，我不怕，我配合調查。」尚之桃想，既然已經走到了現在，那就不要忘記初衷。她的初衷就是要讓壞人得到懲罰，她不能在這個時候放棄。

Tracy 看著她笑了：「Flora，我第一次見妳的時候就覺得妳可能是一個了不起的女生。沒什麼依據，就是直覺。」

「謝謝您。感謝您給了我那麼多偏愛。」尚之桃並不是真的傻，隨著工作慢慢發展，她看到凌美用人的嚴苛，以及在最開始，欒念總是問她跟 Tracy 什麼關係。她後來漸漸明白，她遇到了一個好人，一個願意給她機會的好人。這是命運對她的偏愛。

不是所有人都會有這樣的機會。

「所以我當初力排眾議僱用妳，這個決定挺棒的。」一力排眾議，哪裡來的眾議，欒念一個人的議，「接下來市場部新的負責人馬上到崗，企劃部呢，如果董事會能夠搞定Luke……」Tracy苦笑一下：「Luke辭職了妳知道吧？」

「嗯，我知道。」

「如果董事會能搞定他，他會兼帶企劃部。企劃部會開放百分之三十的內部競崗HC，妳可以來試試。」

「我可以嗎？」

「我覺得可以。但最終用人決定，要看企劃部。」

「謝謝。」

「加油。」

尚之桃出了Tracy辦公室，琢磨那句企劃部由Luke兼帶，她其實很喜歡跟欒念一起工作，他嚴格，但跟他一起，真的能學到很多。

想了想傳訊息給欒念：『我想通過競崗去企劃部。』

欒念正帶著盧克在郊野公園裡曬太陽，看到後回她：『加油。』

『你會給我過嗎？』

『首先，我辭職了；其次，競崗會有三人評審團，一個人決定不了。』欒念的言外之意是，沒有綠燈，自己努力。有能力妳就上，沒能力就在市場部待著。

他的意思尚之桃懂。

她也不指望他會幫她，她只是想跟他一起工作。

『那你會回來做我老闆嗎？』

『？』

『我想你做我老闆。』

『為什麼？』

『因為我喜歡跟你一起工作。我覺得跟你一起工作能學到很多很多東西，你還能給我很多動力讓我不停成長。最重要的是，我能經常看到你。這些感覺都很棒。』尚之桃打著字有點臉紅，她就差說：我想每一天都跟你在一起，永遠在一起了。

『Tracy 跟妳談什麼了？』

『……什麼都沒說，她又不知道我們的關係。』

『什麼關係？』欒念問她：『出事了瞞到底的關係？』欒念是真的小肚雞腸又記仇，尚之桃知道了。

『……』

尚之桃不理他了，認真研究起競崗的事情。她想轉崗，因為她想挑戰更專業的工作。

Lumi 搞了一份 Grace 當年的競崗文件丟給她讓她抄作業，尚之桃看了看，還真有不少能抄的。於是照葫蘆畫瓢先寫個大概。

欒念就沒有那麼逍遙，他的手機不停地響，索性丟在一旁不去看。但梁醫生的電話還是要接的。梁醫生好像心情特別好，對欒念說：『你是不是有什麼事情瞞著媽媽？』

「比如？」

『比如你談戀愛了？』

欒念想了想，就問她：「您這麼希望我談戀愛？這麼想讓我結婚生子？這麼著急看孫女？」

『為什麼不是孫子？』

「我喜歡女孩。」欒念故意逗她。

『女孩當然更好。那你談戀愛了嗎？』

「談了。」

這麼答一句，真真假假，惹梁醫生思考。但她覺得多少是有一點苗頭的，不然自己的兒子今天為什麼這麼奇怪？於是又問：『女生是做什麼的？長得怎麼樣？性格好嗎？』

梁醫生這麼說，欒念還真的認真思考起來：「普通職員，長得很順眼，性格很好。」

『順眼是什麼評價？』梁醫生不大明白順眼的意思，好看或者不好看。

「順眼就是我看起來舒服。」

梁醫生突然感覺有點欣慰，不知道為什麼。她以為欒念那個臭脾氣和古怪的性格大概會孤獨終老的，女人說不定會衝著他的外貌和家底跟他談戀愛，但時間長肯定是忍不了他的。更何況他看起來也不是會戀愛的人：『挺好的，我以為你會孤獨終老。』

「讓您失望了。」

梁醫生笑出聲：『在一起多久啦？有機會見見？』

「嗯，等你們回來。所以別再介紹女生給我了，我沒精力應付。」

『好好好。』早上龔教授無意跟欒爸爸說起欒念好像在戀愛，梁醫生的心情就很好，她非常開明，不管兒子跟誰戀愛，他喜歡就行。戀愛本來就是很幸福的事，自己的兒子能體會幸福有什麼不好的呢？她甚至有想過，哪怕欒念跟她說他喜歡男人，她都能接受。

『那先這樣，你能傳一張女生的照片讓我看看嗎？』

「嗯。」

『那就這樣，等你的照片，再見。』

梁醫生要看照片，欒念去哪弄照片，網路上隨便找了一張傳過去給她。梁醫生真的仔仔細細拿放大鏡看了，看到照片上面的網站Logo，氣得把手機拍到桌上：「這孩子！」

欒爸爸從報紙上抬起眼，嘲諷她：「多管閒事。」

「我只是好奇。」

「一直好奇，一直被他搪塞。」

「你能不能不說我？你怎麼這麼煩人？」梁醫生來氣了，轉身走了。

欒念應付完梁醫生，看到一旁的盧克伸著舌頭看他，好像洞見了他某些心思，就捏牠臉：「你看什麼？」

盧克滿臉無辜：我看你了嗎？我沒有吧？

欒念覺得跟這傻狗說不出什麼，帶著牠回家了。

董事會成員到的那天，欒念消失了。

Tracy 打他手機，關機。

打他家裡電話，忙線。

撂挑子的態度非常明確，愛誰誰了。董事會的人坐在凌美的會議室裡，臉色一個比一個難看。公司裡氣壓很低，大家都大氣不敢出。Lumi 偷偷對尚之桃說：「早知今日何必當初？我倔驢什麼性格他們不知道？敢這麼惹他，活該。倔驢再堅持兩天，股價就他媽觸底了，到時候誰都別他媽玩了。」

「人去哪了？」董事會的人問 Tracy。

Tracy 聳聳肩：「說實話，我不知道。」

「派人找。」

「家裡沒人，手機關機，找不到。」Tracy 語氣也不是很好，手指敲在桌面上不講話。她也是有脾氣的，這次的事情究竟怎麼發生的這些混蛋們比誰都清楚。現在急了，早幹嘛去了？

尚之桃知道欒念在哪，他一定是在酒吧。

藉著買咖啡的時間下了樓，找了個沒人的地方打電話到酒吧，果然有人接。

「請問欒念在嗎？」

『投敵了？』電話那頭傳來欒念戲謔的聲音。

尚之桃騰地紅了臉，忙解釋道：「不是，我就是好奇你是不是在酒吧。他們都來了，在會議室裡，公司氣氛很不好。」尚之桃並沒有意識到她此刻的行為像極了一個小眼線。

『我知道。』

「嗯？」

『我有眼線。』欒念好像心情不錯，對尚之桃說：『今天酒吧有活動，我和盧克在山上睡。晚上妳回我那或者回妳自己那都行。』

「哦。那我想聽盧克叫一聲。」

『我綁架牠了？』欒念對尚之桃的不信任不滿，對一旁的盧克說：『你主人叫你，吠一聲給她聽。』

尚之桃聽到欒念這樣說，又真的聽到盧克汪了一聲，咯咯笑出聲：「那再見吧。」

『嗯。』欒念掛斷電話前說：『不用擔心，我熬鷹呢！』

這些老鷹當然得熬，不然下次說不定要出什麼花招。一次熬明白了，熬到他們肉疼，下次再搞小動作的時候就能忌憚點。

「火候到了嗎？不要太過，不然董事會直接找一個人接替你。」

『那太好了，我再開家公司跟凌美搶生意。』欒念這人真的軟硬不吃，惹到他了，如果你不讓他徹底把氣撒了，那這件事肯定過不去了。

Tracy 自然也知道，想了想問他：「你董事會有人對吧？有的話你自己把握時機，我就不打電話給你了。」

從前欒念和 Tracy，只是單純的校友加同事。自從共同對付了一個人渣後，就覺得對方真的是值得信任的人。

『好，再見。』

欒念在酒吧裡忙碌，今天也是高校活動。

龔月這個人挺有意思，欒念刪除她，她也沒有急，竟然真的只透過酒吧經理預約場地，再沒有主動聯絡過他一次。想來也是一個有傲骨的人。

欒念帶著盧克在酒吧外賞秋，龔月從車上下來，遠遠跟欒念打個招呼，就進去了。她的學生們則偷偷看欒念，真的以為這是龔老師的男朋友。

欒念對他們點點頭，帶著盧克朝山上走。山上秋景好，他找了塊石頭坐下就這樣待著，身邊什麼時候站了個人他都不知道。還是盧克汪了一聲，欒念才回頭，看到龔月。

「不是在活動？」

「活動開始了，我就不用盯著了。出來走走。」龔月見欒念皺了眉頭，朝他反方向邁了一步，跟他保持一定距離，這才說：「我知道你為什麼刪除我，但我其實沒那個意思。才見一面，能有什麼心思？譚勉知道，我這人雖然在學校教書，但其實有點江湖氣。你別被我外表蒙蔽了，我不是嬌滴滴的小女生，我喜歡交朋友。」

欒念還沒講話，盧克不願意了，坐在那朝龔月叫，大概意思是安靜點，別講話。又或者在說，離 Luke 遠點。

龔月看到盧克叫，愣了一下，看看盧克，又看看欒念。欒念則拍拍盧克頭，對龔月說：「盧克不讓我跟異性講話。」

「所以江湖瘋傳的冷面欒公子，被一隻狗管束了？」

「這麼說可不妥。」欒念不高興了：「這可不是一隻普通的狗，這是我的朋友。」講完又加了一句：「我的狗兒子。」

「秋景挺好，多看一下。」欒念對盧克下命令：「走！」走了。欒念邊走邊看盧克，就你？也配做我的朋友？我的狗兒子？你連腦子都沒有，整天就知道亂叫。也是奇了怪了，跟男人講話你不叫，跟女人講話你就生氣。你氣什麼？我還不能跟女人講話了？

一路走回酒吧，看到學生們正在搞讀書會，每個人面前放一本書，主持人在安排大家進行交流。那幾年突然興起這件事，好像不參加一場讀書會那書就跟白讀了一樣。欒念切了聲，帶著盧克回了休息室，睡了一覺。

他睜眼的時候活動早就結束了，山上起了大霧。欒念坐在窗前看外面跟寂靜嶺一樣，一直看到幾輛車緩緩開過來停到酒吧前面，欒念嘴角動了動。鷹受不了了，自己飛來了。應該是怕股價再來兩個跌停。

他坐那沒動，看到老朋友們走了進來。大家都是場面人，進門後也沒有講不合時宜的話，先跟服務生要了酒，然後坐在欒念對面。對於欒念沒有起身迎接他們這件事也見怪不怪，習慣了。

董事會來的這三個人，兩個美國人，一個中國人，美國人喜歡開門見山，中國人喜歡先談感情。於是開口就走了兩條路，一條是美國人，問欒念：「什麼時候回去上班？」另一條是中國人，問他：「經營這家酒吧要投入不少錢吧。」

欒念被他們逗笑了，先對中國人說：「還有點家底，出得起錢。」對美國人說：「不回去。」

美國人笑了：「以後中國分部都聽你的。」能屈能伸。

欒念沒接話，反而說：「今天的酒我請了，各位從美國飛來應該挺辛苦。多喝點，回去睡個好覺。」

「提要求吧。」美國人說。

「盡快把我離職手續辦了。」

欒念這個人，真的不知好歹了。但知好歹就不是他了。大家這次徹底了解了欒念的脾氣，談判進入了僵局，彼此對視，喝欒念請的酒。

一杯酒喝完，欒念才說：「Dony 的所作所為對那個員工傷害很大，公司連道歉的意思都沒有，怎麼讓員工心安？」

「你的建議呢？」

「我建議兩點，一，即時行權股票，代表公司的誠意；二，讓那個人渣錄影片道歉。」

大家沒想到欒念開口竟然是這個，彼此看了一眼，這倒是不難。於是其中一個美國人開口：「折合人民幣十萬元的股票？」

欒念點點頭：「給其他舉證員工可以，第一舉報人被掐過脖子，有過性命之憂，如果她找到媒體說出細節，股票還能再走五個跌停。」

「那你的建議呢？」

「我的建議，第一舉報人折合二十萬人民幣股票，其他四個員工，十萬。」他講完加了一句：「特殊獎勵，不予公布。」如果公布了，恐怕又有人說了：看看，這件事可不是那麼簡單，說不定有什麼內幕呢。欒念不想女生們再被捲入輿論漩渦。

「好。」

幾個人達成共識，然後美國人又問：「什麼時候回去工作？」

「明天先處理員工道歉的事。處理好我回去上班。」他停了兩秒，擔心美國股東理解不到位，又加了一句：「我的意思是，我需要看到員工簽署的股權授予同意書，以及那個人渣的道歉影片。」

這就是欒念的態度。

他站起身，送客。

他早算好了一筆帳，股票還會再跌一天，女孩們以最低點位拿到股票，行權後不到半年就能漲回高位。希望她們能睡個好覺。

欒念從前沒有發現，他竟然也會有這麼好心腸的時候。他一直以為自己是一個冷血的人。

第二天尚之桃坐在 Tracy 辦公室時，看到 Tracy 拿出厚厚一疊文件，就有點愣：「公司要辭退我嗎？」

Tracy 被她的傻樣子逗笑了：「妳看看。」

尚之桃就真的看了，股權授予同意書？這是什麼？

Tracy 看出她的困惑，跟她解釋：「公司每年會給少部分員工獎勵股票的事妳知道吧？」

尚之桃點頭，她知道。但是要專家級員工才可以。

「這是公司獎勵妳的特殊股票，獎勵妳勇敢無畏，孤身奮戰為女同事謀得一個安全的辦公環境。」

「哈？」尚之桃的第一反應是她不能要，要了別人會說她是為了錢。

Tracy 卻把筆推到她面前：「獎勵股票是祕密授予，妳不用擔心任何人知道。這件事只有妳和我知道。哦對，還有 Luke。這是他回來復職的條件之一。」

欒念嗎？

欒念從沒對她說過這件事。尚之桃看著那授予書，一筆不少的錢，足有二十萬人民幣。那是二〇一二年，二十萬人民幣對很多普通上班族來說，都是一筆巨額授予。

「接受吧。」Tracy 說：「也當作為所有同事謀福利了，妳不接受，Luke 不復職，股票繼續跌，大家今年年終獎都泡湯。」

尚之桃拿著筆的手又有一點抖，Tracy 按住她的手逗她：「這就抖了，過幾年競崗專家拿到百萬股權，那還不暈倒？」

尚之桃被她逗笑了，工工整整簽上自己的名字。

又簽了保密協定，然後問 Tracy：「這樣就好了？」

Tracy 點點頭：「會有人聯絡妳開股票帳戶，這筆股票的行權期限是三天，對，不是三年，是三天。三天後就全部是妳的。最後，注意保護自己的資產。」

「謝謝。」

「不客氣。」Tracy 說：「幹得漂亮，Flora。」

尚之桃出了 Tracy 辦公室，看到公司電視上統一切到一個畫面，Dony 在畫面裡說：『我對遭受過我騷擾的女性道歉。對不起。』

他還站起來鞠了躬。

公司裡很安靜，大家彼此看看，突然有人帶頭鼓起了掌。這大概最接近彼此心中的完美公司了。

Tracy 將電話擴音關掉，對欒念說：「聽到了？」

『聽到了。』

「消氣了？」

『還行。』

「復工嗎？」

『下週一。』

欒念掛斷電話，心情有一點好，朝盧克吹了聲口哨。盧克耳朵一立：吃肉？去玩？就這麼點心思。

欒念拍拍牠狗頭：「看看你這腦子，跟你主人一模一樣。」

剛說完，那個沒腦子的主人就打電話過來，她聲音有一點悶：『Tracy 說……』

「感動哭了？」

『……不是……是，我想說謝謝你。』

「不客氣。」

欒念不喜歡尚之桃道謝，這本來就不是什麼值得道謝的事，不過是他舉手之勞而已。雖然這個舉手之勞是以風險非常大的博弈方式實現的，但欒念覺得值得。

他本來就不缺錢，一份破工作，不做就不做了。

如果贏了，倒是挺好。

反正他好鬥。

『盧克今天聽話嗎？』

欒念看著正在吞肉的盧克，說：「還行。」

『那我晚上請你吃飯好不好？』

「我不愛吃外面的飯。」

『我做！』

欒念不作聲，尚之桃做的飯真的沒辦法吃：「還是去外面吃吧。」

『我學了幾道拿手好菜……』尚之桃說。

「妳上次也是這麼說。」欒念提醒她。

兩個人沒談攏，掛了。

過了一下，欒念傳來訊息：『競崗資料準備的怎麼樣了？』

『還在準備，總感覺不夠好。』

欒念心想，妳可夠傻的。都這時候了，還摳文件呢。評審都是公司內部同事，該講人情的時候妳摳文件？於是直接說她：『企劃部的幾個 Leader 是誰？都是什麼風格？跟妳關係怎麼樣？內部競崗的核心要素是人際關係。妳現在不找人什麼時候找人？失敗了以後嗎？』

尚之桃仔細想了想，覺得欒念說得可真對。企劃部那幾個老闆各有各的風格和喜好，擅長領域也不同，文件準備得再好，要是問個答不上的問題也玩完。這大概也是一種職場文化。

欒念的批評尚之桃虛心接受，於是問他：『那我應該找誰呢？誰有這件事的決定權？你有沒有建議？』

過了很久欒念回她——

『我。』

尚之桃不知道欒念說的找人是這個意思，至少在去他家以前還不知道。他像一個「癮君子」。

尚之桃累得不想動，癱在床上抱怨：「這不是權色交易嗎？」

欒念打量她一眼：「哪裡『色』？」

「哼！」

尚之桃不服氣，背過身去。雖然她性格軟，但她是冰城女生，多少帶著點冰城女生的觀感。個子不矮，線條流暢，其實挺好看。但距離讓欒念眼前一亮的好看還有一點距離。

畢竟欒念是瞎子。

尚之桃這麼想。

但她心裡還在惦記競崗的事，就坐起來，抱著膝蓋，看著欒念笑：「那我這次競崗你會給我開綠燈嗎？」尚之桃問他。

「不會。」

「……那你讓我找人？」

欒念聳聳肩：「不會給妳開綠燈，但從公平角度講，妳會成功的。我會給妳過。」

「為什麼？」

「因為妳的確做出很多成績，也有極佳的工作態度，頭腦嘛，也比從前好用。」

尚之桃咯咯笑出聲，手指勾住欒念的：「你誇我。」

「不是妳讓我偶爾誇妳？」

時間真的是很奇妙的東西。尚之桃覺得時間改變他們、也塑造他們，甚至塑造了他們之間的關係。儘管那關係以不好的名義不足為外人道，但在尚之桃心中，這是一段舒服的關係。儘管欒念還是一個尖銳的人，但他偶爾流露出的柔軟令尚之桃著迷。

尚之桃沒有遠大理想，她覺得當下就很好。

欒念真的幫孫雨約了投資人。

他們見面那天，孫雨問尚之桃要不要去，她搖搖頭，然後對孫雨說：「妳可以假裝不知道我和他之間的關係嗎？」

「為什麼？」

「因為除了妳沒人知道。」

孫雨看了尚之桃半晌，嘆了口氣：「妳的意思是，讓我對他客氣一點對嗎？妳怕我說出什麼不合時宜的話，惹怒他。我們兩敗俱傷。」

尚之桃點頭：「是的。我怕妳拿不到投資，也怕他生氣。」她懂事得讓孫雨心疼。

「放心吧，我什麼都不說。」

「那祝妳成功。」尚之桃擁抱她，又對盧克說：「快給孫雨姐姐汪兩聲，姐姐今天財運一定旺！」

盧克：汪！汪！

他們約在欒念的酒吧裡，孫雨開著剛買的二手吉利車上了山。推開酒吧的門，看到一個男人站在吧檯裡正在調酒，一張冷清臉，應該就是欒念了。尚之桃說過無數次。

她走到吧檯前，跟他打招呼：「你好欒念，我是孫雨。」

「坐。」欒念下巴朝高腳凳上點點：「喝點什麼？」

「酒。」

欒念抬眼看孫雨，他遠遠見過她一次，尚之桃舉報 Dony 那天，她來接她。其他時候，就是尚之桃口中喋喋不休的那個貴州美人，獨立清醒聰明仗義的人間尤物。

尚之桃到底知不知道「人間尤物」是什麼意思？欒念覺得尚之桃審美有問題。有一次她在車上，突然指著路邊一個穿著羽絨外套的女生說：「哇，好漂亮。」欒念看過去，沒找到那個「哇」的點。

孫雨比那個「哇」強點，至少白白淨淨。

他將調好的酒推到孫雨面前：「慢用。對方還有半小時左右。」

「那倒是沒有遲到，我到太早了。」孫雨沒有說尚之桃對她說山上很遠，山路又彎，讓她提前走的事。她就沒有提起尚之桃。

「尚之桃誇張這條山路了吧？」欒念喝了口水，乾淨的手放在吧檯上輕輕地敲。說不出什麼感覺，只是讓人覺得他肯定不好相處。

出門前尚之桃叮囑孫雨不要提她，結果欒念上來就打破尚之桃定下的規矩。孫雨朝他笑笑：「她說山路不好走。」

「對馬路殺手來說的確不好走。」

「……」

孫雨有聽尚之桃說過欒念嘴毒，心裡早有準備，卻還是在聽到他這句嘲諷的時候想揍他。

欒念故意的。

孫雨搞的那些是什麼破活動，欒念想起來就來氣。

兩個人都不講話，孫雨心想就欒念這種男人，也就只有個色相。如果她跟他在一起，肯定先割了他舌頭讓他閉嘴。不能說話的他說不定能順眼點。

也不知道桃桃怎麼忍他的。

兩個人就這麼沉默到投行的人到。

是一個三十歲左右的年輕人，帶著眼鏡，穿著一件厚毛呢大衣，脫掉後是一身筆挺西裝。看到欒念後主動伸手：「Hello，Luke 大師好。」

欒念被這個稱呼逗笑了：「宋秋寒讓你這麼說的？」

投資人名字叫辛集，此時搖搖頭：「不是，我看過您的獲獎作品，特別喜歡。」

「過去的事了。」欒念難得謙虛：「我先介紹一下，孫雨女士，是這家創業公司的合夥人，主管銷售和運營工作。這位是辛集，頂級投行的專案經理。辛集喝點什麼？」

「酒。」辛集人很隨和：「聽說 Luke 調的酒好喝，既然來都來了……」

「那我獻醜了。吧檯聊吧？」

「好。」

孫雨一直沒講話，欒念直接替她把該講的都講了，甚至變了一個人一樣突然變得和氣，於是她乾脆住了嘴，想看欒念究竟想幫她到什麼程度。

孫雨萬萬沒有想到欒念會這麼賣力。欒念竟然摸清了他們的商業模式，甚至還幫他們做了模式最佳化。從頭到尾，她幾乎沒有講過話。欒念都替她講了。

尚之桃說欒念的話不多，跟個悶葫蘆一樣。

尚之桃還說欒念脾氣不好，講幾句話就甩臉子，翻臉比翻書還快。

尚之桃還說欒念情商特別低，講話從不看別人臉色，他想講什麼就講什麼，管人高不高興。

尚之桃說的欒念跟孫雨見到的欒念根本對不上。她甚至以為尚之桃對欒念有什麼偏見了。

到了最後，欒念拍著辛集的肩膀說：「最好快點做決定，後面還約了兩家公司。」

「？」

孫雨差點給欒念跪下，我們約不到別的更好的公司了啊。我們這個項目再拿不到錢就完蛋了啊！

辛集卻點頭：「我這裡沒有任何問題的，回去就去做評估。」

「什麼時候能有結果？」

「一個星期內。」

「久了點。」

「三天內。」

「好的。」

就這樣結束了。孫雨和欒念送辛集出門，看他上了車，被司機載走了。

欒念又變回那副要死不活的樣子，講話太累人，而他為了尚之桃姐妹的專案一直在講話。也不知道自己圖什麼。

孫雨對他說：「謝謝哈，剛剛一直在幫我回答各種問題。」雖然我並不需要，潛臺詞是這個。老娘做銷售出身的，最不怕的就是講話了。

「早點拿到投資，早點有錢找群演參加你們那些奇奇怪怪的線下活動。」

欒念莫名說了這一句，讓孫雨丈二金剛摸不著頭腦。

「喝酒了怎麼開回去？」欒念突然這樣問她。尚之桃養的狗像她，交的朋友也像她，進門就要酒，忘了自己開車來的。他也懶得提醒她，關他屁事。

……靠。孫雨這才想起今天她開車來的。看看車，看看欒念。他沒喝酒，不知道能不能送她。

欒念卻擺出一副好人姿態：「那我就送妳吧，改天妳找人把妳的車開回去。」

「那就謝謝了。」

欒念將孫雨送到社區門口，孫雨覺得有點過意不去，就客套道：「今天真的麻煩了，我請你吃飯吧。」

「你們公司資金鏈不是斷了？」

孫雨心想，這男人嘴可真賤：「吃頓飯的錢，我自己還是有點的。」

「那妳就請吧。」欒念拿出手機，打給尚之桃：「出來。」

孫雨覺得尚之桃和欒念之間的關係很奇妙，他們兩個明明沒有講話，卻湧動著奇怪的情緒，連帶著空氣都變得曖昧，把這家日料店搞得有一點燥熱。欒念要了清酒，孫雨好心提醒他：「你開車了。」

「我有司機。」欒念皮笑肉不笑，看起來挺欠揍的。

孫雨看尚之桃，這就是把妳迷得要死要活的男人？尚之桃撇撇嘴，那是妳沒看到Lumi，近乎瘋狂了。又眉開眼笑，這個男人不好嗎？我可喜歡了。我覺得他哪都好。

三個人一起喝酒，尚之桃的酒量練出來一點了。面前放著三個清酒壺，小臉喝得紅撲撲的。甚至還主動跟孫雨碰杯：「今年就要過去了，雖然這一年一如既往的糟糕，但好歹，在即將結束的時候，妳有可能拿到一筆投資，而我將去到我夢寐以求的企劃部。這算是給我們平淡生活的一點獎賞。」

兩個人突然想起她們每年在這個時候，好像都會遇到不好的事，於是彼此鼓勵，說下一年一切都會好，她們會迎來屬於她們自己的快樂元年。然而下一年是一如既往的殘酷，生活本來就是很苦的，苦是生活的一味藥。

孫雨喝了口酒，突然說了句髒話：「也他媽不知道這操蛋的生活什麼時候能好。」

「早晚。」

欒念坐在旁邊一直沒有講話。他曾經想過尚之桃或許過得不如意，比如她無意向他展示的那破碎的生活一角，生病、黑仲介、職場性騷擾，但還有很多他看不到的地方，她和她的朋友們自己挺過去了。而尚之桃呢，每次出現在他家裡，都帶著一身陽光，甚至像那句詩「笑響點亮了四面風」，像四月裡的雲煙，是真正的早春晴朗。

兩個女生喝得熱鬧，尚之桃脫掉毛衣，腰間細嫩的皮肉和流暢的曲線，十分惹眼。欒念不動聲色將毛衣圍在她腰間。孫雨看到他的舉動，心想：有人入局了不自知呢。

喝過了酒，欒念將她們送到樓下，孫雨藉口先上樓，尚之桃腳尖踢在路邊的殘雪上，喝酒的人講話有一點含糊不清：「如果分別前能擁抱一下，那就再好不過了。」

欒念笑了。他其實不知道自己笑起來很好看，人間四月萬物蓬勃的那種好看。他將尚之桃帶進懷裡，口中講的話可不溫柔：「跟別人喝酒弄死妳。」喝酒脫衣服那麼順手，裡面穿的那是什麼？

尚之桃在他懷裡咻咻的笑，順便撩撥他：「你要不要帶我和盧克去你家？」

他們又要經歷很長時間的分別，尚之桃不喜歡。

「我找代駕。」

清酒後勁大，尚之桃在車上鬧著開窗，一路吹著風，到欒念家裡就開始吐。

靠。欒念心裡罵了一句。

一邊忍著弄死她的心情一邊收拾，心想妳和妳的狗都挺不是東西的，妳的狗拉在我家裡，妳吐在我家裡，你們都應該被凌遲。

收拾完了又伺候尚之桃刷牙漱口洗澡，一直折騰到後半夜才消停。欒念捏著尚之桃的臉惡狠狠地說：「喝點貓尿就折騰人，看妳以後還喝不喝？」

睡夢中的尚之桃不耐地掰開他的手，又鑽進他懷裡，含糊喊他的名字，一遍又一遍：「欒念，欒念，欒念……」

這名字大概是魔咒，將尚之桃牢牢困在他輻射的疆域，她出不去，也不想出去。她喜歡他建的這座圍城，除了愛的不自由，其餘的東西都有。

又是這樣一年，尚之桃帶著盧克回冰城，欒念去美國。

梁醫生也小肚雞腸，記得欒念騙她有女朋友的事。跟在他屁股後面說：「我看了，那相親網站也不錯，裡面真的有很多不錯的女生呢。媽媽覺得條件看起來都挺好，順手幫你也註冊了一個。」

「？」

欒念停下收拾行李的手，看到梁醫生拿出手機給他看：「你看看，媽媽這資料填得怎麼樣？」

欒念拿過手機，看到簡介裡寫：世界頂級廣告獎項獲得者，少年天才，知名外企高管，年薪千萬。對了，家境很好。擇偶條件：不限。梁醫生甚至用心選了照片，不知道從哪搞到幾張帥哥的照片，假得要死。

梁醫生有點得意：「怕影響你們股價，把你名字和照片都換了。你別說，還真有很多女生喜歡你，還傳來私訊。」

梁醫生見欒念滿臉問號，心想，跟你媽鬥，你還嫩了點。又笑著說：「你猜怎麼樣？世界太小了。這私訊裡竟然有一個女生，就是你隨便找那照片的所有者，也傳來私訊。」

欒念聽到這句，眉頭皺了，心情很不悅了，打開私訊，看到尚之桃的帳號傳來一則訊息：『Hello，我也在北京工作。要認識一下嗎？』

「……」

周圍很安靜，欒念想弄死尚之桃。梁醫生察覺到欒念的怒氣，拿過自己手機，嘴上還在氣人：「這女生挺可愛，我說那就見見唄。那女生說：單獨見面有點尷尬，不如一起報名網站線下活動？」

梁醫生講完這句忍著爆笑的衝動出去了，她憋得肚子疼。第一次發現拿捏自己的兒子這麼好玩。

欒念沒想到自己竟然在新年這天被尚之桃氣到胃疼。他吃了胃藥跟宋秋寒陳寬年他們聊天。對宋秋寒說：「那個破相親項目我想了想，不是特別可靠。裡面太多婚騙，不如叫停你們的投資，好歹再評估一下風險。」

宋秋寒自然不知道他為什麼這麼說，很認真地回答他：「風險我也跟國內同事評估過，實名認證能規避一些，問題不大。這項目挺好，給單身的人創造一個春天。」

……春天個屁啊！尚之桃那個傻子快成那個網站的代言人了！

遠在冰城的尚之桃打了個噴嚏，不知道誰在罵她。老尚和大翟正在廚房裡忙活，盧克坐在廚房門口等著他們時不時扔出一塊肉。

尚之桃抗議：「別給牠吃那麼多肉！不好！」

盧克對尚之桃汪了一聲：汪！我在酒吧有一整個抽屜的肉！天天吃！

尚之桃聽不懂，以為盧克在跟她叫板，拿起拖鞋追牠：「不讓你吃你還凶我，打你啊！」

老尚不樂意了，搶過她手裡的拖鞋：「妳敢打盧克一下試試！我把妳攆出家門！」

「我才是你女兒！」

「別說那沒用的，盧克比妳重要。」

哼！

外面鞭炮劈里啪啦響，尚之桃照例寄郵件給欒念：『新年快樂哦，新的一年一切都好。』

欒念回她：『新年快樂，別做婚騙了！』

第二十一章　時光不再

在這一年早春，尚之桃再次察覺到工作的艱難。

她坐在會議室裡，旁邊是企劃部的同事們，正在跟遠在美國的欒念開電話會議。Grace 對尚之桃說：「Flora，妳不用著急。企劃部的工作和市場部的工作雖然不一樣，但工作的本質和內核其實沒有變。妳這幾年打下的底子好，很快就會跟上。」

Grace 是她在企劃部的新導師。

尚之桃喜歡 Grace，她是一個很理性很專業也很有才華的人，自從聽過她那次拿到百萬股權激勵的述職報告，她就在尚之桃心裡稱神了。

此時的 Grace 身懷六甲，臉上起了淡淡的斑，卻還是有一股知性的好看。

「把會議中不懂的地方記下來，會議結束後統一問我。」Grace 對她說。儘管 Grace 人非常好，卻也有一點私心，當時企劃部內部競崗，Grace 將高分打給了尚之桃，因為她值得信任。Grace 懷孕了，生產的時候手裡的項目是一定要交接的，交接給誰是個門道。企劃部的人各個是人精，想做人上人，她的專案交出去就很難再拿回來。而她又要面臨哺乳期，她在凌美的職業生涯很可能就到頭了。

所以她把目光投向尚之桃。

尚之桃可靠。Grace 觀察她很久，她正直，善良，富有同情心，Grace 把賭注押在她身上。

欒念在那頭問：『今天新同事到崗了？』

Grace 答：「Flora 昨天到崗了，今天第一次參加企劃部會議。另外一個內部同事還在交接專案，今天遠端接入；社會招募的新人家中有人病故，推遲了入職日期。另外，今天人力資源部聯絡我，今年的校園招募預計開放兩個ＨＣ給企劃部，招募重點在海外高校。」

『好。開始吧。』

企劃部的會議節奏太快了。

尚之桃儘管已經在凌美歷練了幾年，卻還是有一點吃力。上級部門、行業協會、客戶管理、諮詢、專案、專案管理，這些核心工作都彙聚在企劃部裡，換句話說，凌美的企劃部就是凌美的大腦。大腦發出指令，各部門去執行。大腦指令下錯了，各部門就會遭殃。

尚之桃在企劃部做的第一份工作是會議紀要，只需要寄給 Grace 就好。她開完會整理好紀要寄給 Grace，意外收到 Grace 的認真批註，圈出每一個重點，以及專業名詞解釋，還拉著她去茶水間，跟她講了目前核心專案的專案背景。毫無保留。

Grace 真的是一個很好的導師，她講話言簡意賅，態度親和，卻目標明確。在茶水間裡她是這樣收尾的：「別怕，不難。多問。妳沒問題。」

講話風格有點像欒念。尚之桃也突然明白為什麼欒念欣賞 Grace，大概是因為 Grace 本質上跟他是同類人。

「我會的 Grace。」尚之桃點頭。

Grace 撫了撫胸口：「喘不過氣。走，陪我下樓透氣。我順便跟妳講一下公司今年的戰略布局，這些跟我們的核心專案都相關。」

「好啊。」

兩個人向樓下走。尚之桃之前很少接觸懷孕的女同事，公司只有一些，但工作沒有交叉，就很難了解。下樓的時候問 Grace：「肚子……累嗎？」

Grace 笑了：「倒也還行。其實沒打算這兩年要小孩，結果意外了。醫生不建議打掉，畢竟我三十三歲了。」

「那老闆怎麼想？不是說老闆都不喜歡女員工懷孕？」

「妳說 Luke 嗎？」

尚之桃點頭。

「盧克說：趁年輕，早點要。工作就那樣，反正妳拿到股票了，怕什麼。」Grace 笑出聲：「其實 Luke 人很好。剛開始的時候怕他，慢慢就發現他就是嘴不好，其實心很軟。我覺得他不是資本家心態。」

「哦哦哦。」尚之桃哦了幾聲，欒高管要回來了。

他這次走得太久了，尚之桃有兩個多月沒有見到他了。她慌張忙到半夜，到家後看到床上放著一個包裝盒，是一件很好看很好看的睡衣。孫雨的訊息來得及時：『送妳，穿給妳老闆看，一舉兩得。』

尚之桃將那件睡衣套在身上，胸前是半透明深V鉤花，身後是大片露背，這哪裡是睡裙，分明只是一塊衣不蔽體的布而已。但是真的好看。尚之桃穿在身上散開頭髮自拍，拍完了自己嘖嘖兩聲。

晚上欒念問她：『資料寫完了嗎？』

尚之桃想了想，將睡衣照傳給他。

欒念點開聊天畫面，看到那張照片，幹。

臉紅到脖子根，迅速關上手機螢幕，怕被別人看到。過了半天回她：『就這一張？』

尚之桃又傳來兩張，燈光幽暗，她坐在穿衣鏡前，乾淨長腿勾在身前，睡衣肩帶滑下來，鉤花圖案褶皺，紅唇微啟。不僅如此，還傳來一句不知死活的話：『所以，過去半個小時，你在做什麼？』

欒念喉結動了動，回她：『看資料。』永遠別指望一個高傲的男人赤裸調情，他放不下身段。

『哦哦哦，那您好好看。資料我寄到你郵箱了哦Luke。』

尚之桃學壞了。

Lumi教她的。中午陪Lumi做指甲，她翹起手對尚之桃說：「看看妳這清湯寡水的，就算找到男朋友時間也不會長。風情點。」

「怎麼風情？」尚之桃真心求教。

Lumi在她耳邊嘀咕幾句，她紅著臉：「哦。學到了。」學到了，這不就用上了？

尚之桃想像欒念失控的樣子，一個人在床上笑得咯咯咯。是在兩天後的傍晚突然收到欒念的訊息：『過來。帶著妳那件睡衣。』

『不是下週回？』

『提前了。』

很久沒見的兩個人，連寒暄的意思都沒有。尚之桃聽到衣帛破碎的聲音，暴戾的欒念扯壞了她的睡裙。Lumi怎麼說？別問他喜不喜歡，看他的反應就好了。尚之桃覺得自己好像懂了一點男人，看欒念，平時看起來多嚴肅的人，在扯她睡裙的時候可不是什麼正經人。

第二天上午，她定了鬧鐘起來，看到欒念也已經起床了，正在穿衣服。

「你要出去嗎？」尚之桃問他。

「嗯，約了朋友。妳今天做什麼？」欒念隨口問她，看她準備丟出什麼荒唐答案。

「我今天要去圖書館哦！」尚之桃朝他笑笑，隨便套上衣服，走了。她得回家換衣服，孫雨說今天的活動都是高端會員，好多會員非常非常有錢，她希望尚之桃努努力，讓他們購買的服務再升級一層。

尚之桃速速回到家，換上一件黑色連身裙，長度膝上一掌，一雙黑色皮靴，化了淡妝，塗了紅唇，穿上大衣就出門了。活動是在一家酒吧，白天人少，包場便宜，交通方便。尚之桃到了以後簽好到，脫下大衣掛上，回過身看到有男人投來眼神。

孫雨沒說謊，今天果然是高品質線下聚會。

她跟孫雨對視一眼，找了一個不那麼起眼的位子坐下，抬頭的瞬間看到一個人走了進來，尚之桃閃躲不及，他已經坐在她對面，含笑看著她。那可不是什麼好笑容。欒念怎麼來了？

尚之桃心想完了。拿出手機傳訊息給欒念：『我幫孫雨忙。』

『我很少來哦！』此地無銀三百兩。

『而且我參加這種活動只是走過場，從來不胡來哦！』

『你怎麼來了？』

可欒念看都不看手機，尚之桃看著他，指指手機，欒念跟沒看到一樣。梁醫生替他報名的活動，報名費八百八十八，他說他不來，梁醫生說去嘛去嘛，如果看到照片上那個女生，你幫我拍張照片，我看看真人什麼樣。

欒念就差把尚之桃的睡衣照傳給梁醫生。

早上冷眼看尚之桃說謊，就決定不浪費那八百八十八，結果尚之桃真沒讓他那八百八十八白花，竟然化了妝，還他媽穿超短裙。真行。認識妳好幾年，在我面前素得跟尼姑一樣，卻來高端聚會做托了。

到了發資料環節，欒念看著尚之桃的資料，跟網站上又有一點區別：畢業於賓大，外企工作，年薪四十萬，身高一百七十一公分，體重五十四公斤，喜歡潛水、滑雪、高爾夫。精通三國語言。他突然哧一聲笑了。

尚之桃聽到這個笑聲，隱約覺得今天要完蛋。就傳訊息給孫雨：『欒念怎麼來了？』

『我怎麼知道？我看了，他在另一個會員的名字後面簽到的。他應該用別人的身分註冊帳號。』

我靠。

尚之桃哪知道這些，只能討好的朝欒念笑笑，她隱隱擔心欒念會搞砸孫雨今天的活動。起身走到外面透口氣，回來的時候見到欒念在跟酒吧服務生講話，視線淡淡掃過她，仍舊沒有理她。尚之桃走到他面前，對他說：「聊聊嘛？」有一點撒嬌的意味。

「抱歉，活動不允許私下聯絡。」欒念對尚之桃擠出一個微笑，轉身向裡走。

尚之桃快跑幾步把他拉進一邊的包廂裡，對他說：「這裡沒事，我們說說話。」

「我又不認識妳。」

「……」

「你生氣了？」尚之桃問他：「我早上不是故意撒謊的哦。只是這件事也沒有什麼可說的……」

「只有今天早上？」

欒念說的是他從她家裡離開的每一個週六上午。她那千奇百怪的藉口，最讓他生氣的是她竟然那麼認真，化了妝。

「從前……也有幾次。」

「我跟妳說過嗎？如果遇到別人，坦然告訴對方，別把對方當傻子。」

「說過。那不是沒遇到嗎？」尚之桃有點生氣了，欒念怎麼就不明白，她只是來幫孫雨一個忙而已。順便賺點外快。

「……」這話真是戳到欒念肺管子了。梁醫生剛註冊帳號她就撲上去主動聊天，就差把自己家裡地址告訴梁醫生了。放假期間，梁醫生每天拿著跟各種女生的聊天紀錄給他看，尤其是她的，梁醫生就差有感情朗讀了！梁醫生怎麼說？原話是：這女生好真誠，一看就是特別著急找對象。你給我努力一點。

那時欒念沒怎麼生氣，還嘲諷梁醫生不懂「系統託管帳號」和「虛擬帳號」。直到在會場，看到化了妝的尚之桃，真棒，是他不懂了。

「讓開。」

「不。你答應我不搗亂我就讓開。」

欒念眼瞇成一條縫，過了很久才開口：「好，我不搗亂。」

欒念從來不說話算話。

到他發言時，突然說：「八號女嘉賓跟我公司的一個員工長得很像。但那位員工沒有精通三門語言，也不是畢業於賓大。是吧？」

靠。

就不能相信欒念的嘴。尚之桃想：「我大眾臉，巧合。」

「嗯，我司的女員工也叫尚之桃。」

在座的活動參與者開始議論，孫雨在一邊開始冒汗，完蛋了。欒念那張嘴她領教過的，還有他睚眥必報的心態。趕緊拿出欒念帳號，心想不行今天就先犧牲你吧，你跟帳號照片不一樣，就說你是來砸場子的。你司尚之桃大家沒見過，但你假照片是有證據的，這也算以後的活動備案之一了。

哪承想欒念不給她機會，說道：「今天的活動我先退出吧，我看到八號女嘉賓就會想起我的下屬。我入不了戲。」

「好的。真的是太巧了。」主持人馬上開口：「我們會安排退費給您，下次活動歡迎您來參加。」

欒念看了尚之桃一眼，走了。

剛剛想弄死她，還是留了點餘地，孫雨創業不容易，剛有轉機。

出了酒吧去找車，尚之桃跑了出來，在他打開車門時也上了車。

欒念看著她：「不找對象了？裡面都是鑽石王老五。」

尚之桃嘿嘿一聲，繫上安全帶。

「下去。」

「不。」

欒念看她一眼：「做婚騙好玩嗎？妳跟我媽聊了兩三個月好玩嗎？」

「哈？」

「沒想到是吧？婚騙遇到老騙子了。」

尚之桃根本不知道欒念媽媽是哪個帳號，她帳號託管了，每次活動前孫雨會把聊天紀錄傳給她讓她簡單預習。欒念簽的那個帳號的名字她有印象，已經聊得挺深入了。

「我說我帳號是系統託管帳號你不會質疑吧？」尚之桃說完突然反應過來：「那梁醫生在國外怎麼知道孫雨網站的？她為什麼要幫你註冊帳號？」

這其中的故事可精彩了，但欒念不準備對尚之桃說。

「妳下車，我要去約會。」

「跟誰約會？」

「尚之桃，這點我就比你強了。妳問我，我就告訴妳。龔月老師。妳下車。」

「遇到別人坦然告訴對方。」

「我多坦然，睡之前我會告訴妳的。」

「行。好的。謝謝。」尚之桃來了一個氣人三連，下了車。

欒念的車濺起一點灰塵，揚長而去。

欒念開車上山。

龔月籌組學生在山上做讀詩會，欒念本來就要去看情況，根本沒有約會這件事。講的是氣話。

他進門的時候讀詩會已經開始了，正巧是龔月在讀詩。看到欒念進門，朝他笑笑。學生們發出隱祕笑聲，欒念當作沒聽見。走到吧檯裡，拿出手機放到桌上，脫掉外套，幫自己做一杯橘子蘇打。

欒念心情不好。

尚之桃參加相親活動真的戳到他肺管子，他好像很久沒生過這麼大的氣了。龔月讀過詩來到吧檯前，對他說：「勞煩老闆幫我調杯酒。」

「喝什麼？」

「都行。烈一點的。」

欒念調了一杯烈酒給龔月，龔月喝了手捂著嘴，差點辣出眼淚：「好辣。」

「妳自己點烈酒。」

「這就是男人和女人的認知差異了。」龔月看著那杯酒，有點遲疑，最後一狠心，仰頭乾了。也是一個老實的。

欒念眉頭揚起，問她：「再來一杯？」

她搖頭：「不了。」

「妳每週來這辦活動費用不低。」

「有錢和志同道合的學生多。」龔月這麼說，但其實她費了很多心思。倒不是要跟欒念怎麼樣，就覺得這個人挺好玩，想跟他多玩玩。她喜歡交朋友。

欒念倒是無所謂，她願意來就來好了。有時他們能遇見，有時遇不到。調酒師從外面回來，接替了欒念的調酒。他準備出去走走，龔月跟在他身後：「你的狗呢？」

欒念沒有回答她。他從來就不是什麼紳士，心情不好的時候向來都是愛誰誰。他不想理龔月，見她又有一點你不理我，我還偏要跟著你的架勢，就停下看著她：「龔老師有事？」

龔月見他面色不悅，就後退一步：「沒事，回頭見吧。」她回到酒吧，透過窗看欒念，覺得這個男人真是捉摸不透。她本來對他只是一點興致，現在好了，特別想把他拉下神壇。

欒念在小路上散步，姜瀾電話打進來：『你們公司的 Kitty 來我這裡面試，我覺得不錯，想錄用她。但想跟你打聽一下，她人如何。』

這跟欒念沒什麼關係，Kitty 因為作風不端被人寄了匿名郵件從而離開凌美，這事如果姜瀾想知道不難。既然還是要打這通電話，那就證明真的看上 Kitty 了。於是說：「姜總相信自己的判斷就好。任何人說什麼都只是片面。」

『面試的時候她提起凌美的一些腐敗情況，比如市場部，哪怕小職員，也跟供應商有很多牽扯。她說她親眼看到有供應商在過年的時候送禮給市場部員工。』

「所以？」

『沒什麼因為所以，以後我司的專案我會要求避開這個人。』

「誰？」

『一個叫尚之桃的員工。』

欒念覺得挺逗，尚之桃那個小膽子如果敢受賄，半夜能把她嚇醒。他認識尚之桃第四個年頭，送給她十幾個包，沒見她背過。現在說尚之桃受賄，那倒是有意思。於是對姜瀾說：「我還是那句話，別人說的任何話做的任何評價都是片面。凌美是一家非常開放的公司，我們鼓勵員工正直，公司也有舉報機制。如果 Kitty 當時看到了，且有確鑿證據，以 Kitty 的性格，她會直接舉報的。而不是等到今天。」

姜瀾突然笑了：『你看，我如果不跟你說這些，就聽不到你對 Kitty 的真實看法。』

「什麼看法？」

『你自己心裡清楚。』

「Flora 通過競崗來到了企劃部，後面免不了跟妳打交道。妳的偏見會給她的職業生涯帶來困擾。」

『哦？』姜瀾有了興致：『那女生去了你們企劃部？可以啊。看來實力不俗。下週開戰略合作會的時候帶著。』

「好。Grace再有幾個月休產假了，她現在是Flora導師，下週一起去見妳。」

『行。』姜瀾掛電話前對欒念說：『剛好下週Kitty入職，一起見見。不用尷尬。』

「不至於。」

欒念掛斷電話，心想尚之桃八成是八字不太好，總是一波未平一波又起。

這個八字不好的人還不知道自己被捲入了經濟問題，正在看電影。不想辜負自己今天打扮一場。

有時會看手機，看欒念會不會傳來約會進度，可欒念什麼動靜都沒有。他越安靜，她越不想低頭。卻還是跟孫雨說把她的帳號註銷。

她不想辜負精心打扮，一個人去看了一場電影。電影院裡都是情侶，她一個人夾在情侶之間孤零零的。

我為什麼不能擁有一起看電影一起牽手看夕陽的愛情呢？她突然察覺到內心的不滿足。從前也有過這樣的遺憾，但那時遺憾都很輕，今天這樣的遺憾格外強烈。

電影快結束時孫遠翥打電話給她：『要不要回來吃飯？我從寧夏背了小灘羊回來，準備晚上烤了給妳們吃。』

「哇。」尚之桃覺得自己還沒吃到小灘羊，就已經被治癒了。貓著腰出了影廳，直奔家中。

家中有濃重的燒烤調料味，孫遠翥戴著透明手套正在醃羊肉，分割好的羊，是他起大早去買的，一路托運回來。

尚之桃想幫忙，孫遠翥拒絕：「妳對做菜這件事缺一根筋……」尚之桃嘿嘿一聲收回手，就背著手站在他旁邊亂指揮，像個老闆。

「你還走嗎？」

「最近幾個月不走了。」

「真的嗎？」尚之桃很開心：「那找個週末我們去找龍震天好不好？他要走啦！我們為他送行，我要請你們吃一頓好的。龍震天去年為我介紹了很可靠的法語老師呢！」

「妳法語學的怎麼樣？」孫遠翥問她。

尚之桃點頭：「挺好。你知道嗎？我讀書的時候都沒發現自己其實有一點語言天賦，法語老師說我語感很好。她還誇我，說我穿長風衣的時候像法國女人。」

尚之桃其實有一點法國女人的味道，她個子不矮，身材又好，卻不是小骨架，當她穿緊身毛衣的時候，可以看到她平直的肩膀。

孫遠翥看尚之桃手舞足蹈，開心得沒有什麼形狀，開心本來就不應該被束縛，更不該有形狀。真好。

他臉頰沾到了燒烤醬料，有一點辣，就用手背去蹭，結果面積更大。尚之桃跑去拿來一張紙巾，幫他擦。站得比從前近一點，看到孫遠翥清澈的眼神，突然覺得這樣不對，收回手。對他說：「你去洗一下。」

「好。」

尚之桃站在那裡發呆，孫雨進了門。

她好像有點疲憊，看到從洗手間出來的孫遠翥，眼神就亮了起來：「你回來啦？」

「是。晚上我們自己烤羊。」

「那我去拌涼菜。」

孫雨會做一手好菜，但這幾年卻不做給任何人。她只在這間屋子裡下廚。尚之桃跟她去了廚房，輕聲問她：「開心嗎？」手指指外面。

孫雨笑了：「好像很久沒這麼開心了。」

「那妳……」

孫雨拍拍尚之桃的頭，沒有作聲。

「欒念好了嗎？」孫雨問尚之桃。

尚之桃撇撇嘴。

「你們兩個真的很奇怪。如果只是炮友，他為什麼生這麼大的氣？如果不是，那他為什麼沒有進一步動作？那個帳號我看了，清一色聯絡的是海歸名校畢業的女生。不管怎麼說，這代表一種態度。」孫雨看了看尚之桃，怕她難過，不肯再多說。這是她跟欒念牽扯的第四個年頭，四個年頭，連一個正經名分都沒有。要等第二個四年嗎？應該是不必了。

尚之桃在一旁剝蒜沒有講話。她大多時候是清醒的，知道她跟欒念不會有結果；但偶爾也會有幻想，是在欒念失控為她出頭的時候，她會以為他們之間其實是有一點不同的。

孫雨嘆了口氣。她做婚戀生意，婚戀生意把人的各項條件都進行量化，大家能在線上一目了然的看到。這也是大多數婚姻的本質，那就是你的條件和我的條件是否適合。

飯吃到一半的時候，孫雨被同事的電話叫走，只剩尚之桃和孫遠翥。她問孫遠翥：「還不戀愛嗎？」

孫遠翥搖搖頭：「別害了人家女生。」

「談戀愛怎麼是害了人家女生呢，跟你談戀愛的女生得多幸福啊！」

孫遠翥看著滿臉真誠的尚之桃笑了，手伸出去想捏她臉，卻在她臉前方停下，最後只是拍拍她頭。

「戀愛不重要，在一起很重要。」孫遠翥這樣說。

尚之桃覺得這句話好像是在說她和欒念的關係，或許孫遠翥洞悉了什麼。其實不是，孫遠翥說的是他和尚之桃。他出差回來，看到前面那個驚慌失措的女孩在深夜裡狂奔，最後跑進了他的家裡，那一天起，就覺得他總是疼痛的心有了一點落腳的地方。

女孩真誠，待人總是傻傻捧出一顆心，女孩也簡單，她的心思你不必費心去猜，都寫在臉上。女孩也很努力，每一天都在前進，步履不停。

孫遠翥喜歡這個女孩，卻永遠不會說出口。

「我做的烤肉還行嗎？」孫遠翥問她。

「好吃！」尚之桃點頭。

「那妳的不開心有沒有緩解？」

「有。」

「那就好。」

「我今天打扮了一下。」尚之桃站起身給孫遠翥看。

孫遠翥笑了：「打扮這麼好看，應該去約會才對。」

尚之桃學欒念聳肩，她自己都沒有意識到她聳肩了。不想繼續這個話題。她不願跟孫遠翥說她的感情從來沒有站在陽光下過，那不過是欒念的一時興起。在孫遠翥面前，尚之桃想掩飾自己不光鮮的一切，她自己都不知道為什麼。

尚之桃覺得自己今天真是太沮喪了，她為什麼會這麼沮喪呢？起身去找了杯酒：「我想喝點。」

「妳喝。不用擔心盧克，我會去遛牠。」

「謝謝。」

欒念是在深夜的時候收到尚之桃的訊息的，她傳來一張孫雨網站登出畫面的截圖，外加簡單幾個字：『我註銷了。』

沒了。

尚之桃習慣了在她和欒念的關係裡不停低頭，他不喜歡的事她不會再做。儘管那不喜歡其實並沒有什麼正確立場。

欒念看著手機半晌，終於回她：『很好。婚騙很低級，哪怕只是個托，也上不了檯面。』

『嗯。』尚之桃猜到他會這麼說，一如既往的尖刻，嗯了聲，關掉了手機。她明明喝了點酒，卻還是睡不著。夜裡起床喝水時看到孫遠翥坐在沙發上，半明月光灑在他身上，裹覆一層寒涼。這樣的孫遠翥她沒見過。

握著杯子的手有一點抖，走到他身邊問他：「你怎麼不睡？」

「睡不著。」孫遠翥朝她笑笑，笑容飄忽，像在尋求安慰，又像在求救。

「那我陪你坐一下好嗎？」

「好。」

他們坐在沙發上，隔著一人半的距離。起初都不講話，是月亮躲在雲後，客廳突然變暗，尚之桃有點害怕。她說：「孫遠翥，你知道嗎？我根本沒有在談戀愛。我只是有一段不太正常的關係。」

「我一直覺得我不在乎結果，又或者我奢望守得雲開見月明。但其實我沒有這樣的能力。我知道我並沒有委曲求全，因為我也曾獲得快樂。可每當我要在衝突中低頭的時候，我就開始動搖。」

「我是不是太糟糕了？」

「妳沒有。」孫遠翥打斷她：「妳還年輕，年輕就有機會試錯。我也相信妳有破殼的勇氣，現在沒有，早晚會有。不像我……」孫遠翥不再講話，身體向後靠去，像魂魄走失了一縷。尚之桃覺得他無比孤獨，又好像有很多故事想講。可他什麼都沒有說。

尚之桃仍舊坐在他身旁，後來各自靠著沙發背睡著了。第二天她睜眼時孫遠翥已經不在了，她起身去找，看到桌上留著一張便條紙，孫遠翥說：「我去買油條和豆花，我們都需要碳水帶來的巨大快樂。」

尚之桃捏著紙條微微笑了，心想孫遠翥太了解她了。

於是穿上衣服下樓遛狗，盧克不喜歡她社區的花園。都說狗最不嫌貧愛富，那不適用於盧克。盧克喜歡欒念的大房子和他社區的大草坪，每次去那都像一個國王，昂首挺胸巡視自己的領地，不願意回家。回到尚之桃這裡，走一圈就主動往家走。

尚之桃上了樓，才想起手機還關著。打開來看，有 Grace 傳給她的工作訊息，她週一要去產檢，希望尚之桃幫她參加一個會議。還有 Lumi 醉酒傳來的奇怪照片。欒念沒有跟她講話。

『參加什麼會議？』

『Luke 說週一要去拜訪姜瀾，但我臨時加了檢查去不了，妳幫我去好嗎？』

『好的。』

週一出發的時候，尚之桃上了欒念的車。

在他發動車的時候問他：「跟龔老師約會怎麼樣？」

「挺好。」欒念覺得尚之桃挺逗，她根本看不出他說的是氣話。可你說她情商低，她看別人臉色倒是看得準。

「那……」

「我約會的事先放一放。妳先跟我說一下前年做巡展活動，蘇州那一站妳為什麼啟用新供應商。」

「哈？」尚之桃不知道他為什麼這麼問，只能如實答：「當時的幾家供應商不接受墊款，比稿的時候也不優秀。後來 Alex 說既然這樣，那就用新的態度好的。」

「妳後來單獨跟王總接觸過嗎？」

「單獨是指？」

「私下。」

「沒有，他來拜訪過我們兩次，但 Lumi 都在。」

「收過他的禮物嗎？」

「沒有。」

「嗯。」

「所以你為什麼要問這個？」

「因為有人舉報妳受賄。」

欒念看了尚之桃一眼，她正看著窗外，不知道在想什麼。如果是從前，她大概會說：「怎麼能汙衊人呢！」

今天卻沒有動靜。

「不說點什麼？」欒念問她。

「什麼？」

「比如妳是清白的？」

「如果你相信我是清白的，我就算不說你也會相信。如果你不信，我就算說了又有什麼用？」尚之桃覺得欒念不信任她，比起別人的汙衊，欒念問她這些話更令她難過。

就像欒念說婚騙很低級，托也上不了檯面，他根本不會想她為什麼會那樣做，一味把她劃到低級、上不了檯面的行列。習慣俯視她，定義她，因為她是那個根本不值得他尊重的人。

明明從前也是這樣的，從前的她能夠化解這些情緒，但現在她不能了，突然就不能了。

「現在還只是有人質疑，如果有人舉報，公司會調查。」

「歡迎調查。」

尚之桃講完這句就緊抿著唇不再講話，一直到姜瀾公司的會議室。她看到 Kitty 坐在會議室裡，坐在姜瀾身邊。果然優秀的人不愁找工作，哪怕品行不端。

姜瀾站起身迎接他們：「Luke 好久不見。」

「上週才見過。」

姜瀾大笑出聲：「一日不見嘛。」又看向尚之桃：「這位是 Flora ？」

「您好姜總，我是 Flora。」

「Kitty，妳們都見過了。」

「是的。」

「那就開始吧。」

姜瀾坐回椅子上，看尚之桃打開電腦，準備投影。這個女生她有印象，在蘇州的活動裡，留在欒念房間照顧他。生了一張乾淨無害的臉，又有一點少見的嚴肅。挺有意思。

再看欒念，坐在那氣定神閒。

尚之桃替 Grace 講這一年的戰略合作規劃，Grace 原始資料做的好，尚之桃也參與，所以講起來不費力。期間姜瀾問了幾個問題，她都一一答了。出奇順利的結束了這輪提案。

「吃飯？」姜瀾看了看時間。

「好，我請。」

「都行。」姜瀾跟欒念很熟，他們兩個走在前面，Kitty 和尚之桃走在後面。Kitty 打量尚之桃，突然問她：「匿名郵件妳寄的？」

「妳高估我了。我沒那個閒心。」

「那就是妳那個下三濫導師了。」

「我覺得，真正的下三濫是半夜跑去男人房間，又汙衊站出來反抗的人。」尚之桃難得這樣剛硬：「Kitty，我知道妳不喜歡我。我們是同一批校園招募進的凌美，妳覺得我拉低了同批的品質，我能理解，我也的確普通。但人，還是要把目光放長遠，我不介意妳看到五年後，我未必會過得比妳差。」

尚之桃對 Kitty 這樣說，其實也是在暗示自己。

Kitty 卻笑了：「妳都是這樣安慰自己嗎？那要是五年後妳還這樣，眼光要放到十年後一輩子嗎？尚之桃，人這一輩子的好時候就那麼幾年。妳不行就是不行。」

「我們討論這個沒有意義。」

「還是收受賄賂有意思是吧？收受賄賂能幫妳成功？」

「我建議妳說話講證據。」

「當然。」Kitty 湊近她耳邊，挑釁地說：「尚之桃，準備好接招了嗎？」

欒念回過頭看她們：「敘舊？」

「是。」好久沒見了，Kitty 笑了。

尚之桃學不會她人前一套人後一套，向一旁一步，脫離她手臂。

「走吧。」欒念看尚之桃，他們要去五公里左右的地方吃飯，需要開車，就兵分兩路。

「是 Kitty 舉報我嗎？」尚之桃問欒念。

「嗯。」

「所以你相信別人？」尚之桃又問。

「什麼意思？我立場中立。」

睡了好幾年，換來一句立場中立。尚之桃看著車窗外，一言不發。一直到吃飯，她都很少講話。但她牢記應酬禮儀，該笑的時候笑，該捧場的時候捧場，該照顧別人的時候照顧別人。卻沒有什麼多餘的話。

「Flora 話不多？」姜瀾問她。

「不是的姜總，是因為我覺得大家聊天很有趣，就想多聽一些。」

「俗稱偷著樂唄。」姜瀾朝她眨眼。

尚之桃笑了：「是！」

姜瀾也笑了，對欒念說：「Flora 好玩，可以考慮後續來負責這個項目。」

職場，所有的職場都有地盤。姜瀾的項目是 Grace 的地盤，尚之桃不想動。於是婉拒姜瀾：「我剛來到企劃部，跟著 Grace 導師學習專案，目前還處於一無所知的狀態。姜總的項目非常重要，Grace 又一直在操盤，只有她最懂。」

有理有節，有原則，挺好。姜瀾看看欒念，又看看尚之桃，揚揚眉。

飯桌上的話沒人當真，除非有心人換了口味傳出來，傳到 Grace 耳中就是尚之桃想要姜瀾的項目。儘管 Grace 信任尚之桃，卻也有了一些忌憚。再教她的時候，就放慢了進度。

尚之桃察覺到了。

她不是剛進職場的菜鳥，這幾年看了多少眼色受了多少委屈才學到這些職場彎彎繞繞，她知道她和 Grace 被離間了。於是在 Grace 下樓透氣的時候主動陪她下了樓。

在樓下，尚之桃開誠布公的對她說：「Grace，那天替妳去見客戶，看到了 Kitty。席間姜總玩笑說讓我來做她的項目，我的原話是我剛來企劃部，還在跟 Grace 導師學習。姜總的項目只有 Grace 能做，而我會搞砸。」尚之桃講完頓了頓：「Luke 作證。」

Grace 笑了，對她說：「Flora，妳說什麼呢，我相信妳。」

「嗯嗯，我知道。我怕有誤會。妳知道的，Kitty 不喜歡我，那天在姜總那見到她我也很意外。」

很多事不用說太清楚，說清楚就沒意思了。Grace 含糊過去，對尚之桃也拾起以往的態度。

在企劃部的尚之桃把自己的姿態放得很低，她不像從前一樣戰戰兢兢患得患失，卻也還是謹小慎微的處理同事關係和工作之間的平衡。

有時看到欒念，想從他的眼中尋找一絲慰藉，終於還是作罷。不肯將自己的脆弱展示給他看。

到了週五，尚之桃生理期來了。

她鬆了一口氣，沒有原因的。她並沒有意識到自己有一點抵觸去欒念那裡了。陪 Lumi 買咖啡，在咖啡店裡遇到談事情的欒念。Lumi 跟他打完招呼對尚之桃說：「他不會又以為我們蹺班呢吧？」

「我們不就是在蹺班嗎？」尚之桃忽閃一雙眼，Lumi 伸手捂住她的嘴：「妳可真是我祖宗，小點聲！還是冰美式嗎？」

尚之桃搖頭：「不啦，我今天不方便。」她講這句的時候聲音比平常大了一點，到別人剛好聽到的音量。想說給欒念聽，言外之意我今天不去你那裡了。

「哦哦哦。」Lumi 哦哦兩聲，問尚之桃：「週末去哪？」

「跟室友出去。」

「去哪？」

「五臺山。」

「好傢伙。」

Lumi 拿了咖啡，遞給尚之桃一杯熱的：「天天不是工作就是玩，什麼時候能找到對象？妳二十五了吧？」

「啊……二十五不是還小嗎？Grace 姐說她三十才結婚。」

「那倒也是。但妳總得談幾年吧？我前年跟妳說我那哥們，還單身呢。要不然這樣，今天晚上一起吃飯？」

尚之桃想拒絕，突然想起欒念那天說：我約會，跟龔月老師。那天以後他們除了工作的事幾乎沒有講過任何一句話。她知道欒念在等她低頭，等她週末殷勤地跑到他家裡，然後就會像從前一樣，她依舊乖巧，他依舊掌控。

「好啊。」

「好嘞！我這就約！」兩人出了咖啡廳，Lumi向裡掃了一眼，突然對尚之桃說：「我靠，妳看Luke是不是在瞪我呢？」

尚之桃看進去，欒念正在跟人講話，手臂搭在沙發上，姿態閒適，根本沒看她們。

「妳是不是蹺班心虛……」尚之桃說她。

「難道是幻覺？難道我瞎了？」Lumi自言自語。

尚之桃很認真的打字傳了一則訊息給欒念：『我身體不方便，這週就不去你那裡了。』覺得口氣有點生硬，看起來像在跟他叫板，就改成：『我身體不方便，這週就不去你那裡哦！』欒念沒有回她。

晚上真的跟Lumi去吃了飯。Lumi的青梅竹馬像她一樣是個話癆，長得看起來就挺有錢，手腕上纏著各種文玩串，脖子上一塊上等玉，青金、蜜蠟，花裡胡哨，才春天，手裡還捏著一把昆扇，挺逗的裝扮。青梅竹馬一來就對尚之桃說：「妳身材挺好。」

尚之桃也沒見過一來就誇人身材好的，臉騰地就紅了。這一紅，Lumi的青梅竹馬就驚了：「我靠，我都多少年沒見到一來就臉紅的女生了？」

Lumi 在桌子下面踹他：「你快閉嘴吧你！」對尚之桃抱歉的笑笑：「他就是這樣，人不壞，就是那張嘴太煩人，妳別介意啊。」飯剛吃了幾口，Lumi 就覺得自己這青梅竹馬是個什麼東西，怎麼從前沒發現呢？說到底還是喜歡尚之桃，喜歡到就連自己的有錢青梅竹馬都覺得配不上她了。

尚之桃覺得他們挺逗，咯咯咯的樂。這一頓飯吃得太歡樂了，Lumi 一個勁地打她青梅竹馬，青梅竹馬一個勁地求饒，尚之桃一個勁「沒事沒事」的勸架。吃了飯，青梅竹馬對尚之桃說：「我實話實說，我是真看上妳了。但我這人沒定性，怕妳以後受委屈。妳要是……」

「你快閉嘴吧！」Lumi 打他：「還他媽要是，哪來的要是？你撒泡尿照照吧！一年多沒見，你怎麼滿嘴胡說八道了！滾蛋！」罵了一頓拉著尚之桃走了。

都繞著後海走半圈了，還在道歉呢：「真對不起啊，太丟人了。他原來不這樣。」

「真沒事，我覺得他特別好玩。這一頓飯笑得我肚子疼。」兩人勾著手臂走，尚之桃終於想起 Kitty 舉報她受賄的事，就請教 Lumi：「這件事怎麼解決？」

「那我還說她跟上司權色交易呢！她說什麼就是什麼？怎麼可能？王總怎麼說？」

「我打給王總，他沒接。」

「沒接？」

「沒接。」

尚之桃想不接電話應該就是有問題的，但她行得端坐得正是不怕的。Lumi 看她一眼，隱約覺得事情不簡單：「Kitty 那傻子肯定是使壞了。」

「我不知道。」

「走一步算一步，不行妳就找 Luke，他現在是妳老闆，部門員工被冤枉他總該管吧？」

尚之桃沒有講話，她沒有對 Lumi 說她覺得欒念不信任她的事。欒念不信任她這件事比以往任何一次都令她難過，難過到她一想起就覺得透不過氣。

她不明白自己為什麼一定要尋求欒念的認同，他的認同就那麼重要嗎？

是在午夜夢迴，春夜早已深透，她看著外面的月影雲影發呆，突然意識到儘管她說自己品行端正不在乎被舉報，卻還是暗自上了心。

儘管她有一點恐懼也有諸多難熬，但她仍舊不想向欒念求助，她覺得那沒有任何意義。

第二天早起出發時，眼底的黑眼圈還在。張雷開車來接他們，他又升職了，這次換了一輛大越野，四人一狗，好像還是最初的他們。一路向山西開。

那幾年高速公路總在修路，開一段就有坑坑窪窪的路。幾個人在車上顛得嘻嘻哈哈，盧克在後車廂裡時不時汪一聲給大家助興。

到五臺山的時候已經是傍晚。

混合香燭味道吃了一頓齋飯，又賞了一下月。孫遠翥挎著他心愛的相機，拍月下人影。四個影子，並排坐在院子裡，誰都不大想睡覺，心心念念求隔天的頭炷香。好像都有很多願望。

尚之桃帶了兩顆去蘇州出差時買的核雕，想著帶來開個光。從前什麼都不信的人，這幾天突然覺得自己犯太歲，總想尋個什麼辦法避一避。求個心安也求個順遂。

那兩顆核雕是兩個可愛的娃娃，一個男娃，一個女娃，男娃在牧牛，女娃在讀書。手雕的，一顆一千多。她也不知道她為什麼喜歡這兩個小東西，最後真的花錢買了。

希望法師開光的時候能多念幾句經，讓佛祖聽見。

「妳明天燒香求什麼？」尚之桃問孫雨。

她想了想說：「求心愛的人長命百歲，求事業順利。」

「只能求一個呢？」

「那就求心愛的人長命百歲。」

孫雨眼裡隱隱有淚光，低頭抬頭之間淚水已消失不見。偶爾看孫遠翥一眼，那眼裡有尚之桃看不懂的東西。

「妳求什麼？」張雷問尚之桃。

「我……求事業……」尚之桃說謊了。她想求什麼呢？她想求愛情。

其他人都進去睡了，尚之桃站在院子裡打了一通電話給欒念。欒念那邊有點吵，尚之桃問他：「你在哪？」

『在酒吧。』

「今天有活動嗎？」

『嗯。』

春末晚風吹著她，試圖吹醒她。但是尚之桃那時剛二十五歲，正處於急於求索的年紀，如果一件事情搞不清楚，那件事情就會占據她心神，直到她弄清楚為止。

「欒念，我有話想對你說。」

『等一下。』欒念走出酒吧，站在酒吧前面的停車場上，春末晚風也同樣吹著他。他覺得他的心跳好像比平常急了一點，又或者那是錯覺。

「欒念，我想對你說的話很多。我從最開始的時候說吧。」

「我不是一個隨便的人，我談過一次真正的戀愛，在你之前，我沒有與人一夜情過，在你之後也沒有。」

「開始的時候，我看不清自己的心意。我不懂為什麼要跟你有那樣的開始，隨著時間推移，我慢慢了解你……我自以為我比別人了解你……」

「我開始不滿足。欒念，我想問問你……」尚之桃停止講話，她其實還有一次機會什麼都不說，繼續裝傻，繼續編織欒念可能也有一點愛她的美夢。但她不能了，四年過去了，如果有一些東西她四年都沒等來，那它憑什麼還會來呢？不會了。尚之桃不要這次機會了。

「我想問問你，我們可以像平常男女一樣戀愛嗎？戀愛，一起養一條狗，我覺得你好像也挺喜歡盧克，一起看電影吃飯逛街，一起做飯，如果可能的話，再往後，到了適合的時機，我們結婚，生一兩個孩子……」這是她這些年關於欒念所有零碎的美好的想像，她不經常做夢，但偶爾有一兩場夢是這樣的。她是真的很喜歡欒念，比喜歡辛照洲還要多。喜歡到她覺得她這輩子再也不會喜歡任何一個男人了。她太傻了。

尚之桃說完了，安靜等欒念給她判決。可是欒念不講話，尚之桃不知道他在想些什麼。就說：「你可以說點什麼嗎？」

欒念終於開口，他說：『我希望妳冷靜一下。因為我不打算改變我們之間現在的狀態，我不準備再向前一步。』

「為什麼呢？我以為我們在一起第四個年頭，很多東西都變了。至少會比開始的時候深刻。」她的聲音和手都微微抖了，但她察覺不到。

『變了，卻沒變到我覺得應該跟妳戀愛結婚的程度。妳年紀還小，對一切還不堅定，儘管妳現在說妳想跟我在一起，但明天妳還是會去赴一場相親會，去認識不同的男人。我並不樂意跟這樣的妳談戀愛。』

「我只是在幫孫雨的忙。」

『是嗎？』欒念問她：『妳確定嗎？妳只是在幫孫雨的忙，所以妳每週去參加相親會，妳只是想跟朋友相處，所以妳跟一個男人曖昧不清的合租。抱歉，我覺得我們還是做炮友更適合。』

尚之桃沒有講話，她不知道該說什麼。剛剛的衝動明明就是自取其辱，突然就這樣認清了，欒念看起來在乎她，其實只是她的一場盛大的錯覺而已。

「我知道了。」

尚之桃掛斷了電話。

每個人的一生中都會有完全失控、不計後果的一次奮不顧身。挺好的，她心裡那另一隻鞋子落地了。

欒念掛斷電話走進酒吧，譚勉問他：「怎麼了？」

「沒事。」

「但你看起來心情不好。」

「我心情挺好。」

酒吧裡熱鬧，他坐在裡面顯得有一點疏離。龔月問他：「今天還是不喝酒嗎？」

「不喝。」

「那一起走走？」

「不走。」

欒念站起身，他說不清心裡是什麼感覺。他最不怕拒絕人也最會拒絕人，一年總有幾次，乾脆俐落的拒絕女孩。他沒難受過。今天是第一次，心裡堵著一樣東西。他不想困囿於愛情，所有的關係到了更親密的時候就會開始彼此管束、占有、雞零狗碎，欒念不喜歡那樣。儘管他對尚之桃的感覺是不同的，但欒念覺得那並沒熱烈到要進入到愛情的階段。

他太武斷了。

說別人幼稚，最幼稚的是他。

尚之桃還是請法師為兩個娃娃開了光，一個為自己，一個為欒念，所求不多，祝他們睡得安穩，日子也順遂。

下山的時候，路邊有一棵樹，枝椏伸了出來，已經開始有了一點夏日的繁盛，尚之桃將那個放牛的男娃核雕綁了上去，雕刻紋路的縫隙透出一縷細光，把男娃的臉照得通紅。

像一生情竇初開的時候。

但那樣的時光不會再有了。

第二十二章 獨自旅行

尚之桃知道她和欒念之間的關係不一樣了。再遇到他的時候還會跟他打招呼，微笑，但她知道他們不可能了。

她是在一個春雨天傳訊息給欒念，她說：『Luke，我想想，覺得應該結束我們之間的關係。』

欒念的訊息回得很快，他說：『好。』

她覺得自己真的很奇怪，她以為自己會嚎啕大哭痛不欲生借酒澆愁，會無止境的糾纏，但她沒有。她問過孫雨：「我這樣是不是很奇怪？難道我是沒有感情的動物嗎？為什麼我被他拒絕了卻不羞愧？為什麼我一點都不恨他？我到底是什麼樣的人？」

她問的問題很多，都是飲食男女的尋常問題，她的經歷也是萬千女孩的經歷。她們沒做錯任何事，只是愛了一個不該愛的人而已。那個人似乎也沒什麼錯，他只是遵從內心感受而已。如果每一次表白都有迴響，那為什麼世界上又會有那麼多傷心人呢？

但孫雨不知道該怎麼安慰尚之桃，只好輕輕抱她一下，對她說：「或許妳愛的沒那麼深，也或者真正的難過根本沒有聲音。」

最令尚之桃看不懂自己的，是她偶爾還會想他，只是他不那麼重要了。尚之桃覺得自己的身體啟動了一種應激機制，這種機制讓她將身邊的人或事重新排序，欒念被排到了最後。她喜歡自己的這種轉變。

一切都井然有序，有序到她差點忘了自己深陷受賄風波。

尚之桃收到面談通知的時候剛剛結束一個會議。

內審的人打她手機，對她說：『Flora，勞煩妳來五〇二會議室。』

「好。」就這樣抱著電腦去到會議室，看到 Tracy、欒念，還有內審部門的同事，七七八八坐了一排。她沒見過這樣的架勢，心裡是緊張的，卻也是坦然的，端正坐到椅子上。

雖然她知道要談的是什麼，卻也不知道陣仗為什麼會這麼大。

Tracy 跟欒念對視一眼，開口解釋道：「因為 Luke 現在暫代企劃部，根據公司規定，內審談話部門負責人要參加，所以……」

「談吧。」欒念並沒從手機上抬眼，對 Tracy 說：「直奔主題，後面還有兩個會。」

「好。」

「內審開始吧。」

問的是尚之桃的基本收入資訊，有沒有兼職，平時是否喜歡奢侈品，總之千奇百怪的問題，最終都指向一點：是否有大額不明收入。

尚之桃一一回答，內審的同事問她是否有購買奢侈品的習慣時，她搖搖頭：「沒有，我不喜歡奢侈品。」是的，她不喜歡。雖然欒念順手送很多給她，但她都沒有拆開過。不喜歡就是不喜歡。她說她不喜歡奢侈品時，欒念的眼從手機上移開，淡淡看她一眼。

內審又問尚之桃跟供應商之間的關係，怎麼處理招標和付款流程，尚之桃一一回答了。

欒念終於放下手機，一貫的公事公辦的語氣：「不用裝得這麼客氣，直接點。Flora，妳被妳當年入庫的供應商舉報現金受賄，累計金額四十餘萬。公司會繼續調查，在有結果之前請妳先將妳手裡的專案交接出去，停止辦公。」他不想迂迴，和緩的話說幾百句，最終的結果都是一樣。與其在這客套，不如去想解決方案。

Tracy覺得欒念太過強硬了，就對尚之桃說：「我們一定會調查清楚，不會冤枉好人。」

「也不會放過壞人。」欒念說。

尚之桃聽著他們講話，總覺得聲音有點聒噪，四十萬現金，對那時的她來講也是一筆大數目。問題是她沒有拿過，哪怕四塊錢都沒有。

「好的。謝謝。」

尚之桃出了會議室，回到工位上拿起包。

「妳幹嘛？不上班了？」Lumi問她。

被冤枉的感覺很糟糕，尤其是欒念那一段沒有任何感情色彩的話，讓尚之桃無法接受。她沒有回答Lumi，這時她不能開口，她知道她開口就會哭出來。於是拿出手機傳了則訊息給Lumi：『我被王陽舉報受賄四十萬。公司讓我回家等調查結果。』

「操他媽的。」Lumi 生氣了，她站起身跟尚之桃一起向樓下走，等電梯的時候遇到欒念去樓下咖啡廳開會。尚之桃後退一步，站到 Lumi 身後。幾個人在電梯裡都沒有講話，欒念透過電梯鏡看尚之桃倔強的抿著嘴，是她受到委屈時慣有的表情。

進了咖啡廳，透過窗看尚之桃跟 Lumi 講話，Lumi 應該非常氣憤，尚之桃拉住她的手安撫她。過了一下，尚之桃走了。她回到家裡的時候孫遠翥也在，他正在做一個小型機器人，看到尚之桃就用變聲器對她說：「妳好。」

「妳怎麼不開心？」

尚之桃把自己的事情對他說了，孫遠翥點點頭：「妳知道嗎？有些手段屢試不爽。」

「什麼？」

「別管了。總之妳得自救。」

自救，自救最好的手段不就是去找欒念嗎？他一定有厲害的辦法，但尚之桃沒有找他。從前她不會找他，往後更沒有什麼立場。

欒念直到晚上下班都沒有收到尚之桃任何一則訊息和電話，他對此並不意外。上了車後他打了一通電話：「你幫我查一件事。」

「對，我只想知道他們之間有什麼往來。」

「另外，我想側面查一下這家公司的帳。」

「放心，我不做違法用途。」

欒念掛了電話，想了想，傳了公司資訊給對方，並說：『只查我說的那些資訊。』欒念從來都不是什麼光明磊落的人，如果對方是壞人，那以其人之道還治其人之身是最好的辦法。

『要快。』

啟動了車，路上看到一輛車載著一隻黃金獵犬，黃金獵犬從車窗探出腦袋，傻裡傻氣。突然想起了盧克。

跟尚之桃結束了關係，那是不是就再也看不到盧克了？可他後車廂裡還有買給盧克的零食。他將車停在路邊，想了很久，還是開回了家。

家裡還有幾件尚之桃的換洗衣服、化妝品、拖鞋，還有很多東西。欒念一邊收拾一邊想，原來長時間的相處真的是有痕跡的。他把那些東西都收好，裝在了一個箱子裡，連同盧克的水盆、飯盆、玩具、零食，足足兩大箱。他房子大，平時這些東西散在房子裡，有接近於無，如今收拾在一起，竟然也占了快一坪大小。

他在那天拒絕尚之桃後第一次主動打給她，電話響了很久她才接，含糊著一句：『喂。』嘴張不開一樣，孫雨拿了幾片面膜要她敷，說女人變美運氣才會變好。她被調查呢，剛好可以在家修煉。

「妳在做什麼？」

『我在敷面膜。』尚之桃摘掉面膜，聲音清楚了一點：『有事嗎？』

「半夜一點敷面膜？」

『就……突然想敷。怎麼了 Luke？調查結果出來了是嗎？』尚之桃叫他 Luke，在她心中他就是盧克，不是欒念。

「妳有一些東西在我這裡，來取嗎？」

『不了吧，今天太晚了。明天開始我要出去玩，不方便。你要是嫌占地方，直接扔掉就好。』尚之桃知道自己在做什麼，她想徹底割裂這段感情，當作一切都沒發生。她還在準備換工作，Alex 找過她，他在那個公司徹底站穩了腳跟，需要一個信得過的人去幫她。尚之桃覺得這個時機很好。但是 Grace 要休產假，從道義上來講，尚之桃至少要等她產假休完，幫她看住她的客戶。也算是對她的報答。有來有往，也算是職場。

「不在家等結果？」

『結果在哪等都一樣。』

「我送去給妳。」

『哦。』

尚之桃沒當真，但欒念真的來了。她正在洗臉，他的電話就打來了：「下樓。」

尚之桃披了一件薄衫下樓，時間過得很快，已經是初夏了。初夏的夜晚很醉人，舒適的風，還有蟲鳴。欒念正站在車邊抽菸，他腳旁是兩個大箱子。

尚之桃走過去，看著那兩個箱子，覺得上面寫著「時光如梭」四個字，又像寫著「南柯一夢」，又或者寫著「荒唐一場」。她覺得孫雨說得對，你們那樣的開始注定不會有好結果。妳距離他的標準相差甚遠，早晚是要散的。

「這麼多啊。」她淡淡的說。

欒念沒有講話，只是半低著頭抽菸。尚之桃蹲下身去打開箱子，欒念看到她盤著的丸子頭有細髮散在雪白的頸上。她也是奇怪的女人，打電話給他的時候講的那些話好像非他不可，轉眼就跟什麼都沒發生一樣。她好像一直拿得起放得下。

尚之桃看到箱子裡面的東西，是一些她在家裡的零碎的東西，水杯、洗漱用品、化妝品、衣服、拖鞋，四下看了看，看到十步遠的地方有垃圾桶，就抱著箱子走過去，將那些東西丟進了垃圾桶。留著又有什麼用呢？在她租來的這個房子裡，雖然一切樸素，但她什麼都不缺。

欒念看她扔東西扔得決絕，眼睛成一條縫，有他自己都意識不到的寒光。尚之桃像看不到一樣，又走回他面前，打開另一個箱子，看到滿滿一箱子盧克的東西，欒念可真捨得花錢，買給盧克的狗零食比她吃的飯都貴。

「我替盧克謝謝你。」她抱起箱子後退兩步，問他：「你送我的那些包需要拿回去嗎？我看到網路上有人結束關係會把昂貴的禮物要回去。」

欒念看了她一眼，什麼都沒說，上了車，走了。在後視鏡裡看尚之桃，她已經抱著箱子進了公寓門，並沒再回頭看一眼。

他打給譚勉：「喝酒嗎？」

『現在？』

「嗯。」

尚之桃上了樓，關上門，才發現自己哭了。真奇怪，眼淚那麼洶湧，她卻沒什麼感覺。將零食拿出來餵給盧克：「你曾經的一個朋友買給你的。吃吧。」

盧克好像認識這吃的，在深夜裡汪了一聲，把尚之桃汪得快心碎了。

尚之桃一個人出發了。

這應該是她這一輩子第一次獨自旅行，她去了大理。從決定到買機票，不到一個小時。她中規中矩的人生，終於又有了一件看起來有點酷的事情。

她也膽大得沒有跟團，就想自己去闖一闖。

出發前孫雨一個勁地叮囑她：「妳真的要小心一點妳知道嗎？雲南旅遊太亂了。別上商家的當，別買玉啊。」

尚之桃鄭重點頭，甚至開始安慰孫雨：「妳怕什麼呢？我這麼大的人了。」

「那妳要不要去體驗摩梭族走婚[2]？」孫雨逗她。

「倒也不是不行。」尚之桃煞有介事。

老尚和大翟也擔心她：「妳可要小心啊，手機不要關機啊。妳真的一個人去嗎？」不相信尚之桃有這樣的勇氣，也覺得她或許是談了戀愛，又不想告訴父母。

尚之桃又去安慰他們，總之出行前這一天，她說的嗓子要啞了。

就這樣出發了。

去機場的路上，一路想著大理的風月，旅途有了盼望。下飛機的時候，看到周圍的群山，天上的雲，突然覺得天地開闊，好像沒什麼過不去。

那時大理還沒有那麼多的客棧，她住在古城裡，推開窗就能看到花。客棧老闆是一對年輕夫婦，兩個人經營著這家客棧，親力親為。看到尚之桃一個人，就問她：「為什麼不住青旅？」

尚之桃想了想說：「我不敢。」

有一點害羞。那幾年新聞上經常有女孩獨自住青旅出事的新聞，儘管她也嚮往一群陌生人天南海北地聊，卻還是首先選擇了安全。

年輕夫妻把地圖和路書給她，告訴她應該怎麼遊大理，她跟他們道謝：「我今天的安排

2 中國雲南的少數民族「摩梭族」曾經盛行過走婚。這個制度的特殊性在於男性不娶妻，只是夜晚到喜歡的女方房間居住，隔天天亮後則返回自己母親家裡生活，維持感情與生養下一代的方式。

是睡覺。」

她需要一場異鄉酣暢的睡眠去治癒昨天深夜的徹底結束。回到房間蒙頭大睡。她想睡覺，也是因為身體裡那個叫「疲憊」的開關被打開了，迫切需要睡一覺。一直睡到傍晚，古城裡亮起了燈，好多編著小花髒辮的女生們在街上走，尚之桃才出了門。

她去吃了菌子鍋。

吃之前在群組裡對Lumi、孫雨她們說：『我會不會看到小人？』

『靠，我開會要被氣死了。妳卻在大理一人獨享菌子鍋，江湖不見吧！』

尚之桃笑出聲，托腮看著那小鬧鐘走，服務生站在一邊看著她，生怕尚之桃偷吃，還威脅她：「別開鍋啊，別吃啊，吃了就死了。」

說得特別嚇人，尚之桃被他嚇得動都不敢動。

等得快睡著了，隔壁桌坐著一個男孩，看她臉快貼到桌子上了就敲她桌子：「毀容了啊！」

尚之桃抬起頭，對男孩笑笑：「等太久了。」

「我也是。」男孩前面也是一個煮著菌子的鍋，對尚之桃無奈地嘆了口氣：「妳一個人嗎？」男孩問她。

尚之桃想起新聞上那些可怕的內容就搖頭：「我跟朋友一起來的。他們去別的地方玩了。」

「哦哦。」

「你呢？」

「我一個人。」

尚之桃點點頭，她的菌子終於熟了，掀開鍋舀了湯喝，真好喝，怎麼會有這麼鮮的湯，尚之桃那有限的美食品鑑水準被激發出來，迅速在頭腦裡重新安排了行程，把吃挪到了第一位。

我願意為這些美好的食物單身五年！

她一邊吃一邊想。

吃過了飯就去聽歌。來大理怎麼能不去酒吧呢？大理的酒吧裡可都是好聽的歌。她找了一家好像快要倒閉的潦草酒吧，民謠歌手坐在小小的舞臺上唱著歌。

那歌聲唱的都是愛情。

「時間改變了很多又什麼都沒有，讓我再次擁抱你鄭州。」

多好聽啊。尚之桃坐在臺下濕了眼睛，明明也沒過幾年，怎麼就覺得好像過了很久很久呢！

歌手對著臺下唯一這一個觀眾說：「上來，一起唱歌。」

「我嗎？」尚之桃指尖拭去眼角的濕意，又指指自己：「我嗎？」

「對，妳。」

好多事情她都忘了，在這一天才想起，我也是在讀書時候唱過歌的人啊！於是上了臺，坐在他旁邊。歌手看著她，撥了撥吉他，問她：「唱什麼？」

「〈三寸日光〉好嗎？」

「也行。」

尚之桃跟著吉他輕輕唱，酒吧門開了，一個人走了進來，那男孩看到坐在那裡的尚之桃，神情一亮。

女人聲音溫柔又清亮，唱小小的願望，這情景很動人。

尚之桃唱了歌，跟歌手道謝，然後拿出五十塊錢放到小匣子裡：「我聽說是這個規矩。」

歌手笑了，把錢給她：「妳請我喝瓶水吧。我今天吃飽了，不需要錢。」

「明天早餐呢？」

「明天早餐有老婆幫我煮米線。」歌手玩笑道。

「那我在你這裡買酒。」

尚之桃拿了兩罐啤酒，幫歌手開了一罐，又給那男孩一罐：「請你。」總之要把這錢花出去。

酒吧裡人來了走了，終於夜深了，散場了，尚之桃站起身，對歌手說：「明天我還來。」

「那妳早一點，明天我們包餃子。」

「哇。」

尚之桃出了酒吧，覺得這一天其實很好。她突然明白一個道理，愛情並不是人生的全部。儘管，有了愛情人生可能會更加飽滿，但如果沒有，那也應當要過得很好才對。

第二天上了蒼山，手可入雲，蒼生渺小，那天山上風大，吹得她東倒西歪，卻不影響她自在於天地間。花錢拍了一張快拍，風把她的臉吹歪了，卻笑得開心。

「當心肚子進風。」

那聲音那麼溫柔，像極了孫遠翥。尚之桃驚喜的回頭，哪裡有孫遠翥，是昨天的男孩。叫什麼名字？她想了一下，叫萬鈞，雷霆萬鈞的萬鈞。

「你好。」尚之桃跟他打招呼。

「所以妳一個人？」

「不是。」

萬鈞笑了。尚之桃的欲蓋彌彰他看清楚了，這個女生在自我保護。

「晚上去吃餃子嗎？」萬鈞問她。

「去。」

「一個人去？」

「……」尚之桃意識到她中了萬鈞的圈套，就住了嘴。女孩明朗可愛，萬鈞覺得這趟旅行真的值得。

他們一起下山，萬鈞正式自我介紹，原來他比尚之桃大一歲，是一名冰球教練。

「很酷！」尚之桃對他豎拇指。

「妳呢？」萬鈞問她。

「我在一家公司做普通職員。」

「那也挺好，自給自足。」

講了這幾句話尚之桃就不講，兩個人有一句沒一句的下了山，各自回客棧休息。到了傍晚，尚之桃出門去那家酒吧，在酒吧的後院，一群年輕人圍著一張木桌子說說笑笑，竟然真的在包餃子。

這也不是什麼節日，為什麼要包餃子呢？尚之桃心想。可包餃子這件事本來就讓人開心啊！洗了手加入到年輕人的隊伍。

這些人都不像欒念，欒念話少，張口講話就很直接尖銳；這些年輕人呢，一直在講話，講的都是溫暖的話。尚之桃喜歡跟他們在一起，都是二十出頭的年紀，有的甚至大學還沒畢業，朝氣蓬勃。

這真的很棒。

尚之桃對Lumi說：「這是我覺得最棒的一部分，我在今天理解了自由和自我。」我更愛自己了。

這只是一趟突如其來的旅行而已，但無比美好。

尚之桃早上會吃客棧老闆煮的米線，然後出門玩，蒼山、洱海、喜洲、雙廊，一一走遍。

是在旅行的第四天晚上，孫遠翥打電話給她，對她說：『我找到證據了。妳可以提交給你們內審。』

「什麼證據？」

孫遠翥傳來聊天紀錄截圖：『希望能幫到妳自證清白。』

在那聊天紀錄裡，王總對Kitty說：『事情辦好了。』

Kitty說：『這次我司的供應商入庫，你沒問題。』

只是有一點，事情是什麼事情，說不清楚。但這模稜兩可的表述，卻能引人懷疑。

『其他消息，我再去挖。如果妳不著急，就再等幾天。』孫遠翥把尚之桃的事徹徹底底放在心上，尚之桃知道。

「孫遠翥，別了。我已經想到辦法了。」尚之桃說。

『什麼辦法？』

尚之桃說：「Lumi會幫我，以光明正大的方式。」是白天在喜洲古鎮吃喜洲粑粑[3]的時候突然冒出的念頭。

尚之桃只有一個念頭在支撐她，我不能總是被欺負，我要反擊，我要讓壞人知道我不好

3 喜洲粑粑，是雲南大理白族自治州的傳統美食。餅狀為圓形，麵團經過發酵，在面板上揉擀成片，撒上精鹽或白糖，抹豬油、捲成一長條狀，然後分制擀成圓餅，在平底鍋中烤製而成。

惹。

但她要等到回去再處理這件事，這是她的快樂假期，她不想毀掉。

「孫遠翥，我在蒼山腳下寄了明信片給你哦！」尚之桃對他說。

『我可以現在知道明信片上寫了什麼嗎？』

「能！」尚之桃開心的笑了：「我寫的是，但願你的眼睛，只看得到笑容。我文采不好，只能抄一句歌詞送你。但我希望你永遠開心。真的。」

電話那頭的孫遠翥眼眶紅了。他安靜很久，對尚之桃說：『那我也祝妳，以後的每一場夢，都不會一場空。』

孫遠翥沒有問過尚之桃怎麼了，但她週五不出去了，一個人旅行，聰明如他，知道尚之桃正在經歷陣痛。陣痛也沒什麼，大多數人都能挺過去，有的人則不能。

「那我還要祝我們長命百歲。」尚之桃覺得說吉利話很好玩，又順口這樣說。

『那我只能祝我們萬事如意了。』孫遠翥也笑出聲。

「所以我會帶好吃的給你們哦。」

『那我們買好東西等妳回來一起吃飯。』

「好。」

尚之桃掛斷電話的時候想，至少我還有幾個值得信任的朋友，我已經比大多數人幸運多了。她好像徹底好了，如果那個叫「欒念」的人徹底消失，她大概也不會特別難過了。

但欒念沒有徹底消失，他打了一通電話給尚之桃，對她說：『從現在開始，那家供應商打給妳的任何一通電話妳都不要接。如果接，記得錄音。』

「為什麼？」

『因為妳的調查結果出來了。』

「什麼結果？我還沒有自證。」

『留著下次吧。』

欒念掛斷電話。

尚之桃是在欒念電話的第二天接到公司的復工通知的，Tracy親自打給她的。尚之桃接電話時還有一點緊張，因為欒念的話說得不明不白，她一宿沒睡。想傳訊息問他，又覺得他一定不會說。他就是那種人，一句話都不肯多說。

「Hi，Tracy。」

『Flora下週回來上班哦！』Tracy聲音輕快，聽起來很開心。

「嗯？是內審結果出來了嗎？」

『是。今天早上出來的。』

可是欒念昨天晚上就打電話給她了。這其中究竟有什麼訊息差，尚之桃不懂了。

「那結果是什麼？」

『結果就是供應商承認是誣陷妳。』

「哈？」

Tracy 能想像尚之桃傻不啦嘰的樣子，就笑出聲：『在想為什麼供應商改口了是吧？』

「是。」

『我也不知道。總之，供應商改口了，內審也從妳的各種情況中沒查出異常，妳是清白的。回來上班吧。』

「謝謝。」

尚之桃掛了電話還在愣，為什麼供應商撤銷投訴了？這是怎麼回事？她想不通。想不通，就打給欒念，欒念把電話掛了：『在開會。訊息說。』

『Tracy 說今天早上才收到供應商撤銷舉報的決定，可你昨晚就說結果出來了。我想問問是怎麼回事。』

欒念傳去一個笑臉，皮笑肉不笑的，挺像他。然後對 Grace 說：「不用擔心人手不夠，今天早上得知 Flora 下週就能復工。妳該產檢就去產檢，不用擔心其他事。」

「真的嗎？」Grace 發自內心的開心，尚之桃不在，她像失去左右手。很多事要親力親為，覺得胎動都比從前頻繁。

「嗯。」

欒念手機又亮了，還是尚之桃，她傳來一個問號。

欒念關上手機螢幕，不準備幫她答疑解惑。會議時間長，中午祕書訂了餐，他們在會議室邊吃邊對，再過一下，祕書又提了咖啡進來。

「Flora 請大家喝的。」祕書這麼說，然後發咖啡，拿著一張紙對照。

尚之桃有心了，每個人喜歡什麼口味她都記得，Grace 是摩卡，欒念是冰美式，有兩位同事是拿鐵，還有一位同事只喝紅茶。

欒念看祕書發咖啡，突然想起剛入職場的尚之桃，只顧低頭向前衝，一點人情事故都不懂。現在的她，記下同事的口味，會主動請大家喝咖啡，處理職場矯情遊刃有餘。

所以時間還是能改變人的。

經歷也能改變人。

欒念喝了口冰美式，有一點甜，皺著眉頭將咖啡放下，尚之桃擅自作主讓店主在他的冰美式裡加了一勺糖漿，手機又響了，還是她：『多加一勺糖漿，感謝 Luke 出手相助。』

尚之桃不傻，欒念特地打電話叮囑她是怕事情再翻盤，他那幾天不言不語，應該是在幫她解決問題。尚之桃覺得他是那種做什麼事都不願意說的人，他就是那樣的姿態，想幫妳一定會幫妳，妳不用說太多感謝的話，看起來虛假客套，那幫助，純粹就是他在施捨妳。

挺愛助人為樂的，也挺樂善好施的。

儘管他們之間不再有特殊的關係，但欒念對她伸出援手，她十分感激。

她拖著行李回北京，在登機口遇到萬鈞，兩個人都覺得有點巧。萬鈞問她：「妳不是說還要玩幾天？」

「我有緊急工作需要提前回去。」

「真好。所以我能請妳喝杯咖啡嗎？」在大理這幾天，他們機緣巧合遇到過幾次，每天晚上又都在那家酒吧混著，就有一點相熟。萬鈞想請尚之桃吃頓飯，被尚之桃婉拒了。今天再次偶遇，兩個人都覺得神奇。

「雲南小粒咖啡嗎？」尚之桃笑笑：「我想在機場吃雲南之行的最後一碗米線。」

「走。」

大理機場小，還真有一家店能吃到米線，只是不好吃。兩個人皺著眉頭吃米線，吃完了，萬鈞問她：「現在我再要求交換聯絡方式，妳就不會覺得我是壞人了吧？」

尚之桃眼一瞇，笑了：「來吧。」

兩個人交換了聯絡方式，乘同一個航班離開大理，徹底結束了這場旅行。

當尚之桃推開家門時，她的兩個好室友在屋裡拉了一條橫幅，橫幅上寫著：「熱烈慶祝尚女士完成第一次獨自旅行的壯舉。」這就有點過於隆重了。

尚之桃一張臉都笑紅了，拿出手機對著橫幅拍了半天，三個人又坐在橫幅下合照，孫雨還訂了一束花讓她抱著，幫她拍照留念。

拍完了都覺得荒唐，又嘻嘻哈哈笑了很久。

「好玩嗎？」孫雨問她。

「好玩！」尚之桃點頭。

「還去嗎？」

「去！」尚之桃認真的說：「我要走遍全世界！」

「那得先填飽肚子。」孫遠翥終於插上話，讓情緒高昂的女士們吃飯。

一個人出去感受世界，回來的時候能有真正的朋友傾聽，喝酒吃肉，無比痛快。身體裡真正的快樂直到上班那天還沒消散。

Lumi看到尚之桃都有一點震驚，前幾天那個沮喪的尚之桃不見了，就偷偷問她：「有豔遇？」

「什麼？」

「大理麗江有豔遇？」

「哈？」尚之桃像呆頭鵝一樣，一兩秒才反應過來Lumi講的是什麼。就忙搖頭：「沒有沒有。」

「也沒認識朋友？」

「朋友認識了。」

「這不就好了？」她將包丟到工位上，一屁股坐到尚之桃桌子上：「我跟妳說，Kitty那傻子被姜瀾開除了。以試用期表現不符合預期為由。」

「怎麼回事？」

Lumi 聳聳肩：「八成是這大姐得罪誰了。這幾天公司的人都在議論，說 Kitty 應該是去深圳發展了。這個圈子這麼小，北京是混不了了。」

尚之桃隱隱覺得事情不簡單，她還沒反應過來，又聽 Lumi 說：「然後，姓王那白癡，公司帳被封了。」

「怎麼回事？」

「說是有人舉報他們偷稅漏稅，還舉證了。」Lumi 搖搖頭：「所以人不能幹壞事妳知道吧？說不定什麼時候報應就來了。」

「我的天。」

尚之桃想起欒念對這件事的沉默，突然覺得這件事或多或少跟他有關係。她想問問他，又不知道怎麼開口。

下午企劃部開會，大家進門時欒念已經在會議室了，正在接電話。大家屏住呼吸，聽到他說：「好的，我們會配合調查的。」然後掛斷電話。看到尚之桃，就說：「Flora 休假回來了？」好像他們一點也不熟一樣。

尚之桃點點頭：「是的 Luke，我回來幹活了。」

「那就抓緊吧。」

Grace 慢慢坐下，對尚之桃說：「妳不在的時候大家都很想妳。尤其是加班的時候。」

大家都笑了。可不是嗎？加班的時候都在想尚之桃。尚之桃也笑了。

欒念看了尚之桃一眼，她開開心心，像沒經歷過被舉報受賄一樣。

Grace私訊她說：『Kitty從姜總的公司走了，我和Luke商量了一下，以後姜總公司的工作妳跟我一起做。所以等等到這一部分的時候，妳多留心。』

尚之桃想起職場邊界，醞釀該怎麼回覆她。

Grace下一則訊息趕在她思考結束前：『我主動提議的。我希望妳能快點上手，這樣我就可以早點休假了。』

『不是十月份預產期嗎？』

『三個多月眨眼就過的。』

『好的。』

『然後接下來有幾個S級客戶需要做workshop，我去不了，麻煩Flora替我去吧。』

『我自己嗎？』

『跟Luke一起。』

『哦。』

Grace怕她跟欒念一起出差有壓力，就安慰她：『妳別怕，Luke其實私下相處起來還算隨和。看這情況，要兼帶我們很久，妳多跟他熟悉熟悉，對未來的工作與許也有幫助。』

『好的，謝謝Grace。』

尚之桃一邊與 Grace 私訊，一邊記會議紀要。大家都在討論，她認真聽。她給自己的定位就是企劃部的新人，要學的東西還有很多很多。加之她本性謙虛，所以開會的時候話不多。

企劃部的項目都是公司的S級項目，每一個項目都很複雜，尤其是 Grace 的。但她做起來遊刃有餘。Grace 有一點像欒念，她開會的時候有一點進攻性，並且一定要尋求一個結果，不然這會就算白開。

所以企劃部的會議氣壓很低。

欒念講話的時候尚之桃也像其他人一樣認真看他，她不知道別人的眼神放在哪裡，她的是放在他的肩膀上，不肯向上移，也不想跟他有眼神交匯，總之就想這樣蒙混過關。

欒念不許她蒙混過關，在過一個進度的時候突然問她：「所以 Flora 怎麼看？」

「什麼？」

「客戶換策略的事，妳怎麼看？」

像讀書時老師抓分心的學生，半截粉筆丟在妳腦袋上，看妳往哪跑。尚之桃想了想，答道：「我有跟 Grace 請教過這個問題。首先客戶因為企業戰略方向調整要換廣告策略，這是很正常的，我們要配合；如果客戶就是臨時起意，那我們要深挖客戶的需求。這個客戶我今天搜過，沒有什麼戰略方向調整的新聞，應該就是臨時起意了。所以我們應當深挖客戶需求，確認客戶為什麼想這樣調整。」

Grace傳了一個拇指給她。

「那妳去挖。」欒念這樣說。

「可我……」

「Grace會教妳，妳早點上手，企劃部的同事能少加點班。」

「好的。」

老師提問結束了，尚之桃暗暗鬆一口氣。欒念什麼時候能變一變呢？變得和氣一點，不要這麼咄咄逼人。她這麼想，又覺得自己想多了。他才不會變。

她結束工作的時候，萬鈞已經等在她公司門口。這世界有多巧合呢？他教冰球的地方就在她公司附近。

Lumi遠遠看到萬鈞嘖嘖一聲：「這位就是大理的萬先生？」

尚之桃捏她：「妳別瞎說，本來只是普通朋友，妳這樣說我會尷尬。」

「好好好。」Lumi又看了萬鈞一眼，小聲對尚之桃說：「體格真不錯。如果不是怕受良心譴責，我今天挺想勾搭一下的。」

可不是嗎？萬鈞教冰球，從小有運動習慣，一個陽光的運動男孩。站在那很惹眼。

Lumi推了她一把：「給我上。」轉身走了。

欒念的車繞到前面，有人流，車速慢了下來，看到Lumi推了尚之桃那一把，尚之桃回頭打她，然後笑著走向一個男生。後視鏡裡男生雙手插在運動褲的口袋裡朝尚之桃笑笑，那笑容欒念看不清，總之感覺他們好像很熟。

尚之桃跟萬鈞坐在公司附近的湘菜館裡，聞到周圍辛辣的香氣，她餓得想吃兩碗米飯。點菜的時候萬鈞多點了些，尚之桃制止他：「別點太多，會浪費。」

萬鈞對她笑笑：「我運動量大，飯量也大。」

「哦哦哦哦，那行。浪費我會覺得可惜。」

萬鈞看尚之桃，覺得她很不同。她在頂尖的公司工作，看起來卻很謙卑單純，尤其她的眼睛，好像沒被金錢浸過，乾乾淨淨的。

這女孩挺好。

兩個人還在等菜，尚之桃收到Lumi的訊息：『哥們看起來不錯。比我那花裡胡哨的青梅竹馬可靠。』

『……真的只是普通朋友。』

『發展發展就不普通了。妳也該談戀愛了。』

『哦。』

尚之桃收起手機，看服務生上菜。萬鈞真沒少點，店裡的幾個招牌菜都被他點了。兩個人，六個菜。雖然她有一點餓，超級想吃碳水，卻仍舊覺得他們吃不完。

萬鈞先照顧她，不像很多搞運動的人那麼粗糙，尚之桃開口吃第一口飯，他才拿起筷子。吃飯倒也沒有尚之桃想像得狼吞虎嚥，飯量卻真的大。

兩個人邊吃邊聊天，萬鈞主動介紹自己的情況，在東三環有一間三十幾坪的房子，也有車，單身兩年多。

然後他問尚之桃：「妳呢？」

「我啊……」尚之桃吃了口雞雜配著米飯，太香了，鼻尖就有了細汗：「我單身二十多天了。」

萬鈞笑了：「還有聯絡嗎？」

尚之桃想了想：「有。但不是男女間的聯絡，就是還有共同的項目沒做完。」

「還打算復合嗎？」

「不了。」

尚之桃不打算再繼續跟欒念的關係了，她想向前看。像孫雨說的：享受一個人的狀態，也不排斥認識異性。

萬鈞看她說得堅決，就咧開嘴笑了。他笑的時候臉頰有兩個酒窩，這就很少見了，一個陽光燦爛的人，跟欒念一點都不一樣，跟孫遠翥也不一樣。

就這樣聊著天的時候，尚之桃驚訝的發現萬鈞把所有的菜都吃光了，還有米飯。她從來沒見過飯量這麼大的人，讀書時候辛照洲運動量大，也會吃得多，卻沒有這麼多。

「嚇到了嗎？」萬鈞問她。見尚之桃慌張搖頭，又說：「今天太忙了，上午去教籃球，下午三節冰球課，傍晚又去一個公司講營養學。一天都沒怎麼吃東西。」

「這些你都懂？」

「我從小就運動細胞發達，跟運動有關的我都感興趣。所以家人就送我去學運動，足球、籃球、冰球、擊劍，學了個遍。」

「我的天。那得花不少錢吧？」

「還行。」萬鈞父母都在政府工作，他家境算得上不錯：「妳呢？妳上過什麼才藝課？」

「寫字……算嗎？」

萬鈞點頭：「當然算。我在蒼山腳下看到妳寫的明信片了，不是故意的，就是當時覺得字好看，就瞄了名字一眼，後來知道妳叫什麼，就對上了。妳的字，是我見過寫得最好看的。我的字不好，像蟑螂爬。」

尚之桃被他誇得有一點不好意思，微微紅了臉。

萬鈞好像很久沒見過這麼愛臉紅的女孩了，就越發覺得這女生好。結帳的時候尚之桃拿出錢包：「我們AA好不好？」

萬鈞將她的錢包推回去：「別這樣，我知道你們外企工作的人有這個習慣，但這不是我的。」態度很堅決。

尚之桃只好收回錢包，對他說：「那改天我請？」

「也行。」

兩個人吃完飯，萬鈞提出送尚之桃回家，尚之桃拒絕：「真的很遠。」

「比大理到北京還遠嗎？」

「那沒有。」

「走吧。」

他們坐地鐵，那時已經很晚了，地鐵上人少，兩個人並排坐著，車窗上是他們的影子。尚之桃不習慣在地鐵裡講話，就從包裡拿出書，是她在學的法語書。

萬鈞也不吵她，插上耳機，獨自聽歌。

路途遙遠，但尚之桃也沒覺得彆扭。她認同孫雨的話了，她說：「妳就是見過的男人太少，所以才會陷在這個身上出不來。」孫雨也就是說她的時候有理，她所有的原則在孫遠翥身上都不作數。她不對孫遠翥主動出擊，卻戒了酒，不再戀愛。

出了地鐵，兩個人在馬路上閒適的走，萬鈞放慢步子，跟尚之桃聊天。他聊他兒時練體育摔斷了手腕，還展示給尚之桃看，夜色朦朧，她看不清，指尖觸上去，骨頭凸出來一塊，果然沒有騙她。

「疼嗎？」

「疼啊，疼哭了。」

「那以後可得小心了。」

兩個人走到尚之桃社區門口，萬鈞看了看時間：「不早了，快上去吧。等妳的改天請吃飯，希望別太遠。」

「好！」

尚之桃點頭。她站在萬鈞面前小鳥依人的，仰起頭跟他講話，那畫面看起來很美，像回到校園時代，兩個單純的人在談戀愛。

尚之桃揮手跟萬鈞道別：「再見！」轉身跑了。

欒念站在那棵樹下將手裡的菸抽完，上了車，走了。

──《早春晴朗》02　完──

高寶書版集團
gobooks.com.tw

YH 186
早春晴朗（02）
作　　者　姑娘別哭
封面繪圖　YY
封面設計　單宇
責任編輯　楊宜臻
內頁排版　賴姵均
企　　劃　何嘉雯

發 行 人　朱凱蕾
出　　版　英屬維京群島商高寶國際有限公司台灣分公司
　　　　　Global Group Holdings, Ltd.
地　　址　台北市內湖區洲子街88號3樓
網　　址　gobooks.com.tw
電　　話　(02) 27992788
電　　郵　readers@gobooks.com.tw（讀者服務部）
傳　　真　出版部(02) 27990909　行銷部 (02) 27993088
郵政劃撥　19394552
戶　　名　英屬維京群島商高寶國際有限公司台灣分公司
發　　行　英屬維京群島商高寶國際有限公司台灣分公司
法律顧問　永然聯合法律事務所
初版日期　2025年02月

原著書名：《早春晴朗》由北京晉江原創網絡科技有限公司授權出版。

國家圖書館出版品預行編目(CIP)資料

早春晴朗 / 姑娘別哭著. -- 初版. -- 臺北市：英屬維京群島商高寶國際有限公司臺灣分公司, 2025.02
冊；　公分. --

ISBN 978-626-402-188-3(第1冊：平裝). --
ISBN 978-626-402-189-0(第2冊：平裝)

857.7　　114001365